CAUSA EFFICIENS

Bars Einstrom

CAUSA EFFICIENS

Protokoll einer surrealen Pilgerfahrt

Roman

Bars Einstrom

www.bod.de

Bibliografische Information der Deutschen Nationalbibliothek:
Die Deutsche Nationalbibliothek verzeichnet diese Publikation
in der Deutschen Nationalbibliografie; detaillierte bibliografische
Daten sind im Internet über http://dnb.dnb.de abrufbar.

1. Auflage, 2018

Herstellung und Verlag:
BoD – Books on Demand, Norderstedt

ISBN: 978-3-7460-0938-4

1

New York, Spätsommer 1985, San Bastien Gallery,
abends ...

Das Sprachgeflecht der anwesenden Kunstliebhaber hallt
in deinen kühlen Gehirnwindungen wider wie Dutzende
einander jagende Bebop-Trompeten. Der kunstinteressierte
Mensch hat sich hier eingefunden, um sich darin zu üben,
die eigene Urteilskraft zu entdecken.

Du kannst diese neuartige Videokunst nicht ausstehen.
Das bildhafte Evozieren *bohèmiöser Stimmungen*, eingefan-
gen mit einer Kamera, gesehen durch ein Mikroskopauge
eines selbstverliebten Arschlochs, sinnig durch die Stadt
wandelnd. Der städtische Wohnraum und die von Narziss
geschwängerte Frage nach dem eigenen Befinden laden hier
zu einer kollektiven Nabelschau.

Die aus dem oberen Drittel der Sozialhierarchie stam-
menden jungen Künstler sehen gekonnt weg, wenn ihnen
etwas eine Nummer zu groß ist. Sie stecken dir mit ihrer
dümmlichen Kunst so lange naive Weltbetrachtungen ins
Hirn, bis deine Galle berstet und du einen grünen Strahl in
ihre Gesichter kotzen könntest. Sicherlich würden sie dir
lächelnd im Glauben dafür danken, dies wäre soeben Ausdruck deiner Begeisterung gewesen.

Man stellt sich nun die Frage, warum man sich hier, in
dieser Situation, wiederfindet.

Die traurige Wahrheit ist, dass du einer von ihnen bist.
Du wolltest die Vorzeichen nicht wahrhaben und befindest
dich nun mit diesen *Pseudokünstlern* in einem deutlich die

Wahrheit verfehlenden sinkenden Kunstboot. Und während in diesem Boot das Wasser bedrohlich emporsteigt, musst du feststellen, dass du zu Unrecht zum Insassen wurdest. Dein eigener Antrieb war bisher nur zu schwach, zu wenig ausgeprägt, um dich aus dem Sumpf dieses akademischen Stumpfsinns zu ziehen. Einige Versuche scheiterten bereits.

Du hast dein Handwerk stets in dem Glauben ausgeübt, dass das Bildermalen ein Ventil sei, der Pinsel quasi ein Telefon zur Außenwelt. Aber letztlich bist du nur blind einem *Trend* gefolgt. Es war dir wohl wichtiger, sich einer Rotte anzuschließen, um nicht alleine und ungeschützt agieren zu müssen, als das *Bild der Bilder* zu malen. Vielleicht war es auch nur die Hoffnung, mit einem möglichen Verkauf eines deiner Bilder das schäumende Maul des Wohnungsvermieters zu stopfen. Der Kunstsektor ist hart und genau das nicht, was seine Aufgabe wäre.

Deine Bilder werden gerade von einer Gruppe junger Intellektueller verrissen, geradezu in Grund und Boden getreten. Sie müssen es ja wissen.

Allmählich wird klar, dass du mit einer Arschbacke am Stuhl der Akademie und mit der anderen am Stuhl deiner kranken Geistesabsonderungen sitzt.

Diese jungen Rezipienten besitzen erstaunlich gute Detektoren, mit welchen sie deine Unzulänglichkeiten ausloten, wie dir soeben einleuchtet. Sie haben recht. Deine Bilder sind beschissene Leinwände, verschmierte Scheiße.

Erst in der Situation, in der klar wird, dass deine Arbeit selbst durch den schützenden Subjektivismus gnadenlos durchfällt, taucht aus einer imaginären Versenkung ein emporgestreckter Zeigefinger auf und eine innere Stimme sagt dir, dass du *ohne einen Funken eines Bedürfnisses* gemalt habest. Ja, du schämst dich deiner. Du hast nur gemalt, um hier zu hängen. Der Trend nahm dir den Fokus, die Inspiration. Dein Strich hat verloren und ist zu einem angepassten, unsinnigen Reflex verkommen. Du hast es dir selbst zu verdanken, hier und jetzt zum Gespött der jungen Intellektuellen geworden zu sein.

Das einzig Gute hier ist der Champagner, dessen perlende Frische unermüdlich dein Auge hypnotisiert. Du hebst das Glas und betrachtest die anwesende Gesellschaft durch den hellen Schaum.

Vergeudung, Unsinn und Selbstüberschätzung tanzen hier wie zu Dmitri, zu Dmitri *Scheißdraufkowitschs* Walzer, in dem die Posaune erklärt, dass schon 1938 alles zu spät war. Vielleicht zeigt ja auch nur der *Space Cake* seine Wirkung, welchen Dennis dir vor einer Stunde ins Maul drückte.

Der Verfall des Eigenen hat etwas Bezauberndes, denkst du. Man genießt die Wärme des *Sich-selbst-Verheizens*.

Einzig der Respekt vor möglichen Folgen lässt dich zaudern, dich gehen zu lassen und dich beispielsweise der Hose zu entledigen, um, während du die Projektionen und pseudosubversiven Pinselstriche betrachtest, in das Weiß der heiligen Räume junger Kunst einen stinkenden Haufen zu scheißen. Die wahrscheinlich intensivste und schnellste Möglichkeit, deinen Namen in das *arglos aussiebende Langzeitgedächtnis* des hiesigen *Kunstinteressierten* zu ritzen. Wenn es dir gelänge, noch zwei Gläser Champagner zu kippen, könntest du hier keineswegs länger für Etikette garantieren.

Noch bist du ein Unbekannter, ein Neuling, welcher erst begreifen muss, dass es zwecklos ist zu malen, bevor man nicht das, was einem die Sicht auf das zu Malende nimmt, psychisch *in sich wegradiert* hat.

Dann aber wirst du es geschafft haben, und das Leben könnte endlich beginnen zu rauschen. Du würdest Farbe *saufen*, um diese anschließend auf Leinwand zu pissen! Deine brachiale Kunst würde als Urschrei von samtenen Zimmerwänden plärren und die Betrachter so erregen, dass sie den Raum nur verlassen könnten, nachdem sie auf deine Bilder ejakuliert haben. Das wären deine Werke.

Ja, du bist ein *No-Name*, und das hat auch etwas Gutes, denn noch hast du nichts zu verlieren.

Heute bist du auf Anraten der Akademie hier. Die Akademie findet also, du seist ihrer Würde entsprechend und dürfest ausgestellt werden. Du bist sozusagen eine *Empfehlung* der Akademie. Hier als Student gemeinsam mit den anderen zu hängen, ist für die Motivation, Bilder zu malen, allerdings so brauchbar wie eine Pilzinfektion. Dieser verlogene, sich permanent selbstüberschätzende Apparat hat mit *echter Kunst* einen plumpen Scheißdreck zu tun.

Dennis macht sich wichtig und teilt dir mit, dass hier schon so mancher vom Fleck weg entdeckt wurde. Das können nur irgendwelche Oligarchen gewesen sein, die jemanden engagierten, um vor diesen Kunstinteressierten großzügig ein Bild ihres Protegés zu erwerben, so die Brieftaschen anderer potenzieller Käufer zu lockern und somit künstlich einen Marktwert zu generieren. Zum Kotzen.

Ein Protegé wirst du niemals sein.

Du beginnst zu überlegen, *wie* du hier am besten aussteigen könntest. Würdest du dich tatsächlich dazu motivieren, hier einen Haufen zu setzen, wäre es dann nicht platt, einfach die Hosen runterzulassen und *daraufloszudefäkieren*? Ehe dir dies gelänge, würden sie dich sofort als *Aktionisten* entlarven und wie einen Jungen, der mal muss, mit nacktem Arsch aus dem Lokal schleifen. Sie würden dabei noch darauf hinweisen, dass das Wesen des Aktionismus erst im vierten Semester gelehrt würde.

In etwa zehn Minuten hält der Direktor der Akademie eine Ansprache, da wäre es durchwegs angebracht, Etwaiges in Szene zu setzen.

Der Boden des Raums, in dem der Direktor seine Ansprache hält, ist leicht abschüssig. Da fällt dir ein, dass Dennis mit seinem Skateboard angereist ist.

Dennis ist einer der wenigen Kunststudenten, die weder Glatze noch Hornbrille tragen, die beiden wichtigsten Merkmale des *jungen Intellektuellen*. Trägt der *junge Intellektuelle* keine Hornbrille, weil dieser noch gut sieht, dann trägt er entweder eine Hornbrille mit Fensterglas oder zumindest einen Schal, welcher die älteste Form ist, der Gesellschaft anzudeuten, dass man nicht zur Berufsgruppe der Straßenkehrer zählt. Die *Intellektuellsten* tragen Hornbrille *mit Fensterglas*, Schal *und* eine Glatze. Sie rauchen mehr, als ihre Mägen vertragen, und klammern sich stets an einen Kaffeebecher, ebenfalls ein Markenzeichen. Deshalb stinkt der Atem vieler junger Intellektueller nach Scheiße, weil hoffnungslos übersäuerte Mägen bereits das Handtuch geworfen haben und nur mehr durch Gestank auf ein bald aufgehendes Magengeschwür hinweisen können. Dummerweise registriert der *heranwichsende* Intellektuelle selbst nicht, welch höllischen Gestank er auf sein Gegenüber loslässt. Das alles gehört heute dazu, um zur Gruppe der Künstler zu zählen.

Bei diesen Gedanken erhöht sich der Druck in deinem Darm, die Notdurft möchte nicht länger hinausgezögert werden.

Dennis ist abgelenkt. Er spricht mit einer älteren blondierten Dame, die, wenn man ihr Gesicht gegen eine Leinwand drückte, durch ihr Make-up die perfekten Umrisse eines *Schrumpfkopfes* hinterlassen würde. Sie scheint wirklich interessiert zu sein und dürfte auch schon länger nichts mehr zwischen den Beinen gehabt haben. Sie lächelt so anrüchig. Dennis wäre da der perfekte Gegenstand und du bist überzeugt, dass er sich auch zur Verfügung stellen würde, kaufte der *Make-up-Schrumpfkopf* eines seiner Bilder. Dennis ist eine Schlampe. Seine junge schmissige Art kommt speziell bei Schrumpfköpfen gut an, vor allem wenn diese noch einmal wissen möchten, wie sich ein junger *intellektueller Künstlerschwanz* macht. Sein flotter Pinselstrich entspricht genau seinem Wesen, und dabei denkt eine reiche *Schrumpfkopfträgerin* vielleicht auch daran, einen Künstler einmal etwas *intensiver* zu *fördern.*

Es wäre doch elegant, wenn ein Skateboard aus der Raumperipherie rollte und sich während der Ansprache in die Mitte des Raumes positionierte, um quasi als Statement den frischen Haufen Scheiße zu servieren.

Der Kellner dreht noch eine Runde und du schnappst zwei Gläser unermüdlichen Perlens. Du verziehst dich damit in Richtung Skateboard, trinkst diese in zwei Zügen. Während du dich bückst, stößt es dir unangenehm auf. Ein druckvoller Luftschwall kann dabei nicht genug unter Kontrolle gehalten werden und lässt deine schon etwas durch den Suff gelockerten Lippen ordinär flattern. Du hast lauthals gerülpst. Der Schrumpfkopf, zwei Schwänze weiter, hat dies durchaus registriert. So sagst du der akademischen Schrumpfkopfkunstwelt:

„Aaaadioooss!"

Der Direktor ist unübersehbar erhitzt. Sein über Jahrzehnte praktizierter Lebenswandel lässt einen glatt rasierten Kopf rötlich über den Kragenrand quillen. Unüberhörbar hackt er, als würde er versuchen, mit dem Zwerchfell einen feuchten Fetzen auszuwinden, tenoristisches Gelächter in den Raum. Alles nur Gesten der Unsicherheit, denkst du.

Der Champagner drückt dich, als müsste er durch den Solarplexus durchbrechen.

Der hinterste Raum ist mit Molton abgehängt. Ein idealer Platz, um unbemerkt Dennis' Skateboard zu beladen. Als müsste noch ein Bild angeliefert werden, wirfst du deinen Parka über das Skateboard und schmuggelst dich durch die aneinandergedrängten nackten Schultern und Sakkorücken. Du bist ganz schön besoffen.

Im Grunde ist dein Vorhaben ja nichts Besonderes, das haben schon Studenten in Europa Ende der Sechziger erledigt. Und?

Der Direktor stellt sich auf, holt so tief Luft, wie es die Fettleibigkeit gestattet, und beginnt, die Anwesenden zu begrüßen.

Du hattest alle Mühe, durch den Druck des im Magen expandierenden Champagners nicht *zu laut* zu defäkieren.

Gerade als der Direktor ansetzt, sich bei den Studierenden, den Professoren und den Kunstinteressierten zu bedanken, kommt das Wägelchen ins Rollen. In letzter Zeit dürfte sich Dennis etwas unkonzentriert um sein Skateboard gekümmert haben. Deine Berechnungen haben den Faktor *des ungeschmierten Rades* nicht einbezogen. Nun steuert das Skateboard geradewegs auf den rechten Schuh des Direktors zu. Der arenaähnliche Raum vergönnt es jedem anzublicken, wie nun das mit Scheiße beladende Skateboard gegen den Lackschuh des Direktors prallt.

Der akustische Ausdruck des kollektiven Entsetzens lässt dich rasch die Entscheidung fällen, die Flucht zu ergreifen, welche durch das klebrige Toilettenfenster zum Hof führt.

2

Der nächste Tag ...

Aus deinem Gedächtnis zeichnet sich ein schwitzender, unter massivem Druck stehender Schädel mit Gesichtszügen des puren Entsetzens. Dieser Schädel saß gestern auf den Schultern des Direktors. Das letzte Bild, welches dir in Erinnerung blieb, nachdem du nur mehr damit beschäftigt gewesen warst, die Flucht anzutreten.

Es wäre dir angenehmer, würde dir das Gestrige völlig gleichgültig sein, doch Hauptsache, du bist raus aus dieser Gesellschaft, sagst du dir.

Mit der Akademie hast du abgeschlossen. Gleichzeitig befriedet dich der Gedanke, dass du auf die zeitgenössische Kunst getrost geschissen hast, und du denkst sofort darüber nach, wie befreit du in Zukunft arbeiten könntest. Uneingeschränktes Arbeiten, Malen abseits eines dich ständig in ein Klischee drückenden Kunstprofessors und abseits der dir nur ein *Stipendium* einbringenden Akademie. Nun kannst du schlicht deiner Rolle folgen, in der du in dieses System hineingeboren wurdest.

Du willst das Ganze mit frischem Bagel und Milchkaffee befinden. Es ist erstaunlich früh, zehn Uhr fünfundzwanzig. Du sammelst deine Kleidung auf, ziehst die Jalousien hoch und schlüpfst ohne Socken in die Schuhe. Die Bäckerei an der Ecke zur Spring Street ist nicht die preiswerteste, aber du gibst einen Scheißdreck darauf, es gibt ja auch etwas zu feiern.

13

Beim Anblick deiner etwas trostlosen Gestalt spiegelt das Gesicht des Bäckereifräuleins einen gewissen Erkennungsfaktor wider. Du musst noch zwei- bis dreimal kommen, damit sie dir maschinell und ohne zu hinterfragen die kulinarischen Herzenswünsche in Form von Backwaren samt Kaffee über den Tresen schiebt. Eine dich ängstigende Vorstellung. In alten Filmen wird genau *so* der Künstler als Volltrottel dargestellt, als ein lebensfremder Idiot, der nur dazu da ist, genial zu sein, wenn er zufällig vor seiner Leinwand steht. Heute muss die Bestellung etwas Absurdes sein, um dem Fräulein ja nicht nur einen Gedanken in den Kopf zu klemmen, es könnte sich allmählich merken, was du höchstens zweimal im Monat bestellst.

Du denkst darüber nach, woran es wohl liegen mag, dass sich gewisse Menschen geschmeichelt fühlen, wenn sie von ihrem Wirt wiedererkannt werden und dieser aufgrund ihrer immer gleichen Bestellungen automatisch das serviert, was man immer hatte. Erfährt der Gast dadurch ein Gefühl von Identität, weil er weiß, dass er der Gast ist und daher existiert? Welcher wahngesteuerte Mechanismus steckt hinter diesem Spiel? Egal, du bestellst einen Bagel natur, einen mit Sesam und Lachs, einen großen Milchkaffee und dazu frischen Orangensaft. Das merkt sich das Fräulein nie bis zum nächsten Mal.

Während du bezahlst, musst du an Dennis denken. Nicht nur weil du sein Skateboard angeschissen hast, sondern weil dich auch der *weitere Verlauf* der Vernissage zu interessieren beginnt.

Du schnappst den Sack mit deinem Frühstück, zwinkerst der Blonden zu und verlässt die Bäckerei.

Als du durch deine Wohnungstür schreitest, fällt dir Professor Dickson ein. Er hatte recht, als er dir davon abriet, mit Öl zu malen, wenn du das Atelier auch gleichzeitig als Wohnstätte nutzt. Der Gestank des Terpentins ist kaum auszuhalten. Du öffnest die Fenster und checkst den Anrufbeantworter:

„Du schuldest mir ein Skateboard, Mann! Ruf mich zurück ... Du hast den Direktor ins Krankenhaus befördert!"

Deine Vermutung, mit dem Direktor etwas Böses angestellt zu haben, bewahrheitet sich und du beginnst, zart aufflackernde Schuldgefühle zu unterdrücken.

„Außerdem war da ein Typ, der sich für dich interessierte", zerrt es aus dem kleinen Lautsprecher deiner Telefonanlage.

Zugegeben, dein Puls ist nun deutlich zu spüren. Das Bild des Direktors im Krankenhaus lässt dich nicht kalt. Ein sanftes Gefühl des Bedauerns fährt dir in eine kognitive Sackgasse. Der Fettwanst hatte sicher eine Attacke. Du rechtfertigst dich vor dir selbst und sagst dir, dass du dir keinesfalls einer Schuld bewusst sein müsstest, denn ein gesunder Organismus hätte solch eine *Skateboardsituation* locker weggesteckt. Aber wenn jemand wie der Direktor bei jeder Mahlzeit die Puppen tanzen lässt ...

Nun tunkst du ein Stück deines Bagels in den süßen Milchkaffee und wählst Dennis' Nummer.

„Arschloch!", meldet sich Dennis.

Du bleibst cool, nur so kannst du Dennis dazu bringen, dass er dir alle Informationen so wahrheitsgetreu wie möglich erläutert.

„Da war ein Typ, so alt wie wir, der fand raus, dass wir befreundet sind. Er wollte alles über dich wissen. Ich glaube, er ist Redakteur oder so was. Jedenfalls hat er mich nach deiner Nummer gefragt und ich hab sie ihm gegeben. Er wolle sich noch vor Mittag bei dir melden."

Nun sind jegliche Empfindungen verschwunden. Du empfindest weder Freude noch Reue. Dir ist im Moment einfach alles *scheißegal.* Du fühlst dich nun frei, aber doch verloren, weil du zwischen zwei Lebensphasen steckst, der einen, welche gestern abrupt beendet wurde, und der anderen, die noch nicht begonnen hat. Das Einzige, dessen du dir sicher bist, ist, dass du schon länger gegen deinen Strich gearbeitet hast.

Abstrakte Kunst war einst ein freies Assoziationsfeld, welches dir in gewisser Hinsicht therapeutisch entgegenkam, schlicht ein Zeitvertreib, bei dem du die einzelnen Brocken deiner emotionalen Kotze über die Leinwand drapieren konntest. Als dir allmählich bewusst wurde, wie irrelevant oder, anders gesagt, scheißegal dies für den Mitmenschen von nebenan sein muss, denn du gibst ja auch einen Scheißdreck für dessen Kotzbrocken, begann sich dein sprühender Gestaltungsdrang in *sich selbst zurückzuziehen.* Eine plötzliche Aversion gegen ungegenständlich Selbstverwirklichendes konnte dir nicht erspart bleiben. Du hast begriffen, dass du alles, was du an dir hasst, sofort an den anderen kleben siehst und somit die anderen hasst, damit du nicht dich hassen musst. Aus Liebe zur Kunst wurde Hass zur Kunst. Einst bist du auf sie getreten und hast sie als Stufe benutzt, um über die Mauer zu blicken, die du vor dir stehen hattest.

Das Telefon läutet. Nach einem kurzen internen Interessenkonflikt greifst du letztlich dann doch zum Hörer, um dem AB zuvorzukommen.

Ein gewisser *Chester Hayes* stellt sich dir vor. Er möchte tatsächlich ein Interview mit dir führen. Nachdem du in der Akademie nichts mehr zu suchen hast, kannst du diesen Typen bereits heute Abend einladen, dich zu besuchen.

3

Das Interview ...

Der Journalist, welcher gestern zusah, wie der Direktor einen Schlaganfall erlitt, nachdem ihm ein mit Exkrement beladenes Skateboard gegen den Schuh geprallt war, kommt dir irgendwie bekannt vor.

Jetzt, wo er in der Wohnungstür an dir vorbeigeht, fällt dir plötzlich eine Situation aus deinen Kindertagen ein, nämlich als du gerade im Garten warst und Schwester Margaret durch die Fensterscheibe beobachten konntest, wie sie ihre spröden Haare kämmte. Bis zu diesem Zeitpunkt hast du Schwester Margaret nur mit schwarzem Nonnenschleier gesehen.

Nun dringt ein Typ in deine Wohnung ein und fragt dich nach gewissen Befindlichkeiten. Der schlanke, unauffällig gekleidete Bursche dürfte tatsächlich circa deinem Alter entsprechen. Er bittet dich, ihn Chet zu nennen, und gibt an, für das *New York Arts Newspaper* zu arbeiten. Er wirkt trocken, bescheiden und unaufdringlich. Damit wandelt er schrittweise in Richtung Sympathie.

„Terry, wie kam es zu dieser Skateboardnummer?", fragt er, ohne zu erwähnen, wann und ob dein Interview jemals und überhaupt im New York Arts Newspaper gedruckt würde. Dir fällt ein, dass deine Wohnung wirklich den Status einer versifften Bude erreicht hat.

Nachdem du dich aber nicht mehr der Gattung der bildenden Künstler zugehörig fühlen möchtest, drängt sich dir ein Gefühl der Scham auf. Du hast dich, genau genommen, für eine unordentliche Wohnung schon immer geniert, aber diesem Schamgefühl nie nachgegeben, weil du bisher der Meinung warst, dass ein Künstler, so wie er leiden müsse, auch versifft zu leben habe.

„Wie geht es nun weiter mit Ihrer Arbeit, nachdem Sie die Akademie verlassen haben?", will dieser Chet wissen.

Du kannst dich dem Gedanken nicht erwehren, dass er etwas hat, womit er an dein Eingemachtes rankommen könnte. Noch ist dir nicht klar, warum. Seine Fragen scheinen seriös zu sein und bewegen sich keinesfalls in Richtung einer *Sensationsberichterstattung*. Er scheint tatsächlich an *deiner Person* interessiert zu sein, womit er dein gesamtes Verständnis für Sozialanthropologie infrage stellt.

Du hast schon mehrmals beobachtet, wie ein Journalist während seiner Interviewarbeit ein offensichtlich bekümmertes Gesicht aufgesetzt hat, um dem vom Schicksal heimgesuchten Befragten ein Gefühl der besonderen Anteilnahme zu schenken, damit sich der Befragte in dieser geheuchelten Solidarität dazu hingerissen fühlt, sich sämtliche herzzerreißenden Details entlocken zu lassen. Nachdem dann der Befragte die Schleusen des Selbstmitleids geöffnet und Emotionen entleert hatte, gegen Tränen und Verbitterung kämpfend, sich als vollkommen Gescholtener, am Boden Zerstörter geoutet hatte, dokumentierte der Journalist das Gesagte mit einem Ausdruck im Gesicht, als hätte sich sein mitgenommenes Gegenüber gerade als der größte Schlappschwanz entblößt.

„Etliche namhafte Künstler haben auf das Wesen der Akademie geschimpft und erkannt, dass Kunst nicht lehrbar sei. Der Österreicher Arnulf Rainer hat bereits nach einem Tag die Akademie verlassen. Was hat Sie veranlasst, erst jetzt auszutreten, war Ihr Austritt schon länger geplant?"

Er hat ein kleines Diktiergerät dabei.

Du könntest dich nun in Szene setzen und seine Fragen mit sich im Intellekt suhlenden Erkenntnissen niederschmettern.

Möglicherweise möchte er dich genau dazu provozieren. Er möchte vielleicht herausfinden, ob du wirklich das bist, wofür du stehst, nämlich einer, dem es wahrlich scheißegal ist, was die Kunst gerade produziert, oder ob du mit deiner Erleichterung in der Galerie nur auf den *Publicity-Effekt* aus warst. Natürlich antwortest du so, als ob du völlig gestört wärst. Dir ist gewiss, dass er begriffen hat, dass dies letztendlich der noch bessere Publicity-Effekt wäre, simpel zu mimen, als ob man der alltäglichen Lebensweise komplett fremd wäre. Hier die einzig richtige Gangart, denkst du.

Er lässt den Record-Knopf zurückschnalzen und beendet somit das Interview. Du verspürst ein Grundvertrauen und lässt *ihn* seine Arbeit machen.

„Kaffee?", fragst du.

„Ja, gerne", sagt er, steht auf und analysiert deine Wohnung. Er bewegt sich zur Staffelei und setzt dazu an, das übergeworfene Leintuch hochzuziehen.

„Darf ich?", fragt er.

„Aber sicher", gibst du zur Antwort.

Während du das Kaffeepulver in die Espressokanne drückst, siehst du vor *deinem geistigen* Auge, was sich sogleich vor *seinem physischen* Auge auftun wird.

Es brennt in dir, seine Reaktion zu sehen.

Das Bild ist so weit gearbeitet, dass man schnell erkennen kann, worum es sich dabei handelt.

Er zieht das Leintuch hoch und weicht erschrocken zurück.

Du findest Gefallen an seiner Reaktion. Deine Arbeit konnte beeindrucken. Er ist still, erspart sich jeglichen Kommentar. Da gibt es auch nichts zu kommentieren, denkst du. Das ist genau das, was du am *Fotorealismus* so schätzt. Es bleibt keine Frage offen. Es wird gezeigt, was gezeigt werden soll, denn du spielst nicht gerne mit der unkontrollierbaren *Assoziationsbereitschaft* des Rezipienten. Dir ist das ungegenständlich Verlorene, das unfassbar Abstrakte, das willkürlich *hirnangewichste* Stück Intellektexkrement, welches oftmals nur dazu dient, den Dilettantismus zu verwischen, zutiefst verhasst.

In diesem Fall, also diesem Bild, wird schlicht ein Akt, ein Sachverhalt dargestellt, der sich einst durch die *Gesellschaft* zog. Allerdings wurde diese Thematik deiner Meinung nach von der Gesellschaft nicht ausreichend ernst genommen, daher hast du zum Pinsel gegriffen, um diesen Sachverhalt mit Ölfarbe anschaulich zu machen.

Soll Kunst nicht die Zeit repräsentieren, in der sie geschaffen wurde, und der Nachwelt ein Dokument sein?

Gott sei Dank hatten die ersten Höhlenmaler noch keinen Begriff von abstrakter Malerei, denkst du.

„Und?", fragst du keck.

„Pffffft!" – mehr will fürs Erste nicht aus ihm raus.

„Terry, ich glaube, wir müssen ein zweites Interview führen."

„Lass mal", sagst du, „erst trinken wir Kaffee."

„Damit wirst du es nicht leicht haben, Geld zu verdienen", sagt er.

„Muss mir egal sein, den anderen Zirkus mach ich nicht mehr mit. Ich kann mir selbstverliebt einen runterholen, auch ohne ein Bild zu malen. Warum interessierst du dich überhaupt dafür, was und wie ich male?", fragst du ihn.

Er holt tief Luft.

Wir setzen uns, nachdem du deine Kleidungsstücke unsanft zur Seite geschleudert hast.

„Es interessiert mich einfach, welche Neigungen Menschen haben. Die Malerei ist da ein gutes Beobachtungsfeld. Ich gehe gerne der Frage nach, was Menschen impulsiv genug finden, stundenlang auf Leinwand zu pinseln. Je verrückter, desto interessanter, finde ich. Deshalb bin ich gestern zu dieser Vernissage gekommen. Ich habe mir dabei erhofft, dass einmal etwas Gutes, Neues und Mutiges dabei wäre. Ich wurde aber enttäuscht. Dann kam die Skateboardnummer. Ich konnte die Botschaft entschlüsseln und war froh, dass da offenbar jemand genauso empfand wie ich. Um ehrlich zu sein, ich fand nämlich alles beschissen, was dort hing."

„Dann hab ich also gleich für dich mitgeschissen?", streust du ein.

Chet bleibt ernst und fährt fort: „Es gibt nicht viele, denen dies momentan auffällt. Übrigens, ich beobachte auch den Musiksektor, da ist es ja ganz ähnlich. Der ursprüngliche Wille nach Ausdruck verreckt und fault immer öfter als manierierter Narzissmus auf den Bühnen vor sich hin. Ich gehe des Öfteren auf Konzerte. Immer das Gleiche. Hohle Selbstdarstellungen, eine nach der anderen. Komm mal mit auf ein Konzert, du wirst sehen, da ist es genauso wie auf einer dieser Vernissagen."

Du schweigst für eine Weile und lässt das Besprochene wie eine Brise frischen Wind durch deine Gedankenwelt ziehen.

4

Eine Woche später ...

Dein Telefon läutet.

Du hast in einer ganzen Woche so gut wie gar nichts gearbeitet, bloß den Tag zur Nacht gemacht. Dein monetärer Vorrat neigt sich allmählich dem Ende zu. Du willst nicht daran denken, einen x-beliebigen Job zu suchen. Bis endlich ein Bild der *neuen Serie* in einer Galerie hängt oder sogar verkauft ist, bist du am Ende. Du wirst dich vorerst wohl wieder als Modell zur Verfügung stellen müssen, auch wenn das Honorar dafür kaum für die Miete reichen wird.

Das verfluchte Telefon läutet noch immer, da nützt es auch nichts, den Polster über die Ohren zu ziehen.

Nun springt endlich der Anrufbeantworter an.

„Hey ... Chet hier! Schläfst du? Arbeitest du? Ich geh heute in einen Klub im East Village. Falls du mitkommen möchtest, ruf mich zurück!"

Chet will also auf ein Konzert gehen und dir zeigen, dass auch der Musiksektor seine besten Tage hinter sich gelassen hat. Na denn, denkst du.

Du könntest heute ja zur Abwechslung wieder etwas arbeiten und dann mit ihm die *andere Szene* abchecken. Ein längerer zeitlicher Abstand zur Staffelei hat auch etwas Gutes. Du kannst nun deine eigene Arbeit wie mit fremden Augen betrachten. Es soll Typen geben, die sich mit einem Schnürsenkel das Blut in der rechten Hand so lange absperren, bis sich die Hand taub anfühlt. Dann holen sie sich einen runter.

Barfuß tappst du zur Staffelei.

Mit einem Ruck wirst du sehen, auf welchem Nagel du deine künstlerische Existenz aufhängst.

Ein spannender Moment, morgens um zehn.

Was, wenn du plötzlich auch dieses Bild hassen wirst?

Was, wenn du dich durch diese Arbeit als *mitleiderregender* Pseudokünstler identifizieren wirst?

Es soll Menschen geben, die über Nacht an einer Allergie gegen sich selbst erkranken. Dir ist bewusst, dass ein erster Eindruck selten lügt. Ein *Wenn und Aber* wirst du nicht akzeptieren.

Nun ziehst du das Leintuch weg und siehst deiner Arbeit ins Auge.

Du bist zufrieden.

Mit diesem Bild hast du erstmals *deinem* Bedürfnis zu malen wahrhaft Tribut gezollt. Diese Arbeit ist nicht für Schwester Margaret, deine Freundin Cassandra oder die anderen, die dein Talent bereits frühzeitig erkannten und dich mit Aufträgen wie Comics, Pferdeköpfen oder nackten Weibern beauftragt haben.

Vor dir steht nun dein erstes wahrhaftiges Bild, aus dir heraus und nur für dich gemalt. Du hast dich selbst errungen und verspürst nun Lust, tiefer, analytischer Einblick zu nehmen, wobei du für den Laien kaum bemerkbare Details überprüfst.

In dir steigt ein selten empfundenes Selbstwertgefühl empor wie Quecksilber im Thermometer, welches im Arsch eines stark fiebernden Kranken steckt. Du hast hier erstmals Qualität *vom Feinsten* erzeugt und schwörst dir, mit gleicher Sorgfalt voranzuschreiten.

Das Motiv schockiert dich selbst. Du möchtest gar nicht wissen, was du da tust. Dir ist nur *in etwa* bewusst, dass es etwas Besonderes ist und dass es einen Skandal geben wird, wenn dieses Bild in der Öffentlichkeit auftaucht. Chet hat es vorige Woche die Stimme verschlagen.

Den purpurnen Stoff des Kardinals hast du prima hingekriegt. Seine Augen, an der Grenze von weiser Güte zu sündhaftem Verlangen, und der verzerrte Mund, aus dessen Winkel vor Lüsternheit Speichel entweicht. Eine gottgeweihte Fratze, die nach dem Hinterteil eines Knaben lechzt. Der Kardinal legt dafür segnend die Hand auf des Knaben Haupt.

Es ekelt dich an, also funktioniert es.

Bevor du nun ansetzt, mit der Arbeit fortzufahren, musst du gute Arbeitsbedingungen schaffen. Zuerst besorgst du etwas zu essen.

Du entschließt dich, wieder den Weg zur Bäckerei zu nehmen. Irgendetwas muss mit dir passiert sein. Seit du in diese Galerie defäkiert hast, fühlst du präziser und genauer denn je.

Nicht nur der Hunger treibt dich zur Bäckerei, das weißt du ganz genau. Es ist die Blonde hinter dem Tresen, die, von der du befürchtest, sie könnte eines Tages das servieren, was du nicht verbal bestellt hast, sondern was deine vertrottelten Geschmackspapillen nun einmal nicht entbehren können, wodurch sie dich immer und immer wieder das Gleiche bestellen lassen.

Der erste Anlauf, sich gedanklich auf die Vorstellung der farblichen Ausführung der Kleidung des Knaben zu konzentrieren, scheiterte gerade gnadenlos an der Vorstellung der Blonden in der Bäckerei.

Die Blonde hinter dem Tresen spendet dir einen verwegenen Blick. Und du? Du bekommst eine Erektion und ehe sich deine Fantasie totschlagen lässt, siehst du sie schon mit ebendiesem Blick dein bestes Stück aus der Hose ziehen. Du bist nicht gerade stolz auf solche Fantasien. Seit deiner Zeit mit Jules hat dein Penis nur die körpereigene Hand zur Abreibung bekommen. Es wäre wieder einmal Zeit für *etwas Echtes*.

Dein Leben ist aber im Moment nicht darauf ausgerichtet, eine Freundin zu haben. Nur einmal angenommen, du würdest sie, die Blonde, zu dir nach Hause mitnehmen. Vormittags, nachdem du sie Stunde um Stunde geliebt haben würdest, stünde sie auf, um pinkeln zu gehen. Dabei fiele ihr die verhüllte Staffelei auf und sie blickte heimlich auf dein aktuelles Gemälde. Bis du die Worte gefunden hättest, ihr zu erklären, warum du einen Kardinal gemalt hast, der dazu ansetzt, einen Knaben der Fleischeslust zu unterziehen, würde sie in Unterhosen schreiend durchs Stiegenhaus flüchten und wie ein Mantra immer wieder wiederholend die gleiche Frage brüllen, nämlich warum sie immer irgendwelchen Freaks ins Netz ginge. Du kannst dem Fräulein in der Bäckerei nur ein müdes Lächeln schenken.

Abends ...

Du hast konzentriert gearbeitet und dich nicht dazu verleiten lassen, schnell zu sein. Dein bisher größtes Manko.

Für heute ist es genug. Deine Instrumente werden gereinigt, die letzte Zigarette wird geraucht, während du im Bett deinen Nacken entspannst. Noch kannst du dir nicht vorstellen, heute einen Fuß ins Freie zu setzen, aber die drohende Leere in deiner Zigarettenschachtel will dir das Zuhausebleiben nicht gewähren. Chet geht heute in diesen Klub, hat er gesagt. Eigentlich ist es dir egal, wie es um den Musiksektor steht. Vielleicht wäre es aber doch interessant, ob es so einen wie dich gibt, einen, der auffallend aus dem konventionellen Rahmen ausbricht. Also gut, sagst du dir, und drückst seine Nummer in den Apparat.

Chet teilt dir soeben mit, dass er schon früher dort sein möchte, um zwei Barhocker zu reservieren. Dies erscheint dir angenehm, denn auf ein Stehkonzert hast du definitiv keine Lust.

Runter zur Houston Street kannst du in einer knappen halben Stunde zu Fuß laufen.

Joey's Blues Club ...

Der Eintritt von acht Dollar schmerzt. Dafür willst du etwas Grandioses hören.

„Heute werden drei Bands auftreten!", brüllt Chet, während der DJ versucht, gnadenlos die Menge anzuheizen.

Dein erstes Bier verdunstet und nach jedem weiteren Schluck verlangt deine Zunge sofort nach dem nächsten. Die Zunge fühlt sich heute regelrecht taub an.

Dir ist es keineswegs unangenehm, dich wieder einmal *im Geschehen* zu befinden, und Chet ist gut auszuhalten, er quasselt nicht viel. Du kannst es nicht leiden, während eines Gesprächs den anderen doof angrinsen zu müssen, weil du wegen des vorherrschenden Lärmpegels einen Scheißdreck verstanden hast.

Chet dürfte hier ein bekannter Mann sein. Ständig reißt es ihm die Augen auf und er lässt seinen Kopf grüßend zu irgendwelchen Menschengruppen aufzucken. Dabei zwinkert er meistens einer Lady zu.

Ist er ein Frauenheld? Seine hagere Erscheinung könnte durchaus eine gewisse erotisierende Wirkung haben. Dabei denkst du an Emanzen, die vom Land in die Stadt gezogen sind. Chet würde sicherlich eine gute Figur als Schubkarren schiebender Hippie machen, denkst du. Sein dezenter Unterbiss hat etwas Herausforderndes und genau diese Schnauze ist es, welche eine darunter liegende Landemanze zum garantiert *glücklichen Finish* treiben könnte.

Das Licht wird gedämmt. Der dunkelrot ausgemalte Raum spendet ein erwärmendes Gefühl. Möglicherweise fühlt es sich so im Uterus an. Zumindest fühlt es sich hier wie im *Puff* an.

Während die erste Band die Bühne betritt und eine dir unverständliche Begeisterungswelle von Tisch zu Tisch rast, fühlst du dich wie ein Sonderling.

The Blue Rat Gang nennt sich die erste Band.

Die Geigerin der Band tritt mit weitem hellgrünem Stoffrock, breitem Rauledergürtel, Boots, einer halb transparenten Bluse und Cowboyhut auf. Ihr traditionsbewusster Sinn für Kostümierung fordert dich heraus, nach Worten zu suchen, welche der von dir zutiefst empfundenen Scham Ausdruck verleihen möchten. Bereits jetzt erahnst du, welch üblen Nachgeschmack dein Gehör zu ertragen hat, wenn diese geplagt progressiv wirkende Landformation den letzten Ton versucht. Die Mitglieder der sich in ihrer Musik selbst gefundenen Formation setzen auf eine dümmlich bis verlegen wirkende Mimik, und jetzt, als jeder zu spielen beginnt, verwandeln sich diese dümmlichen Masken zu einer für den Betrachter unerträglichen Selbstgefälligkeit. Die Blue Rat Gang ist bereits rein optisch kaum auszuhalten.

Deine Augen verschwinden in ihren linken Winkeln, um Chet zu beobachten.

Du würdest zu gerne wissen, was in ihm vorgeht.

Du bestellst dein drittes Bier. Chet zeigt sich gnädig und lässt die Blue Rat Gang zumindest spielen, bevor er dazu ansetzt, die Augen zu verdrehen.

Du bewunderst seine Beharrlichkeit, das Gute im Menschen zu suchen. Chet scheint ein Philanthrop zu sein. Du bist dir allerdings sicher, dass er exakt das Gleiche fühlt wie du, und obwohl dir das Rätsel aufgibt, erfüllt dich diese Beharrlichkeit mit Wärme.

Auch du hast einst begonnen, Gitarre zu spielen, aber dein Wille zur Perfektion konnte dich nie über die Schwelle eines jämmerlichen Dilettantismus tragen. Du hattest leider immer eine *zu genaue* Vorstellung davon, wie dein Spielen nicht klingen sollte, und konntest dieser Falle des Beginnens nicht entweichen. Die Musik, die du gerne hören würdest, hast du noch nie gehört, deshalb ist dein Interesse an Musik verebbt. Womöglich wärst du als Musiker eines Tages in eine Betriebsblindheit verfallen und hättest dich wegen des Verlusts deiner Sinne wie diese Blue Rat Gang an der dummen Menschheit verheizt.

Die Besucher dieses Klubs werden dir allmählich sympathischer, denn sie haben die Themenverfehlung der gerade gehörten Entertainer mit mangelhaftem Applaus honoriert. Dein viertes Bier wird dir helfen, dein Gehör wieder einzurenken. Chet schweigt noch immer in das seine. Möglicherweise erfährt er im Zusammentreffen von der Blue Rat Gang und dir ein Gefühl der Peinlichkeit.

Auch du schweigst.

Der nächste Act wird auf die Bühne applaudiert. Es handelt sich hier um den Versuch eines Mannes, zum optischen Markenzeichen seiner selbst zu werden. Überdimensionierte Hornbrille, Schal. Er scheint eine Ein-Mann-Band darstellen zu wollen. Gitarre und Stimme. Du bist hier auf einem verfluchten Songwriter-Konzert, wie dir gerade einleuchtet. Was kann heute noch jemand singen, was nicht schon längst von Bob am besten besungen wurde? Dabei kommt dir der Gedanke, dass der Mensch möglicherweise deshalb nichts aus der Geschichte lernt, weil der Mensch nicht immer derselbe Mensch ist. Was nützen uns die Geschichtsbücher, wenn sich diverse Seeleninhaber dazu bemüßigt fühlen, beispielsweise einen Krieg anzuzetteln?

Wieso sollte nicht jeder einmal ein bisschen Krieg führen dürfen, wenn man noch nie dabei war? Man kennt nur die Bilder und Erzählungen über Kriege, man möchte aber Krieg einmal selbst erleben, auch wenn man weiß, dass es sinnlos ist.

Man möchte auch mal Bob Dylan sein! Genau aus diesem Grund sitzt hier ein *Neo-Bob-Dylan*. Er findet Gefallen an Bob Dylan, also möchte *er* Bob Dylan sein. Wer oder was Bob Dylan *wirklich* ist, zählt nicht. Der *echte* Dylan spielt seine Songs, krächzt dabei seine Gedanken heraus und begeistert Tausende Menschen. Gitarre spielen und krächzen. Das hat dieser Mensch, der sich gerade dazu zwingt, den höchst erfrischenden Moment des musikalischen Schöpfungsaktes vor Publikum noch einmal durchzuführen, zweifellos mit Bob Dylan gemeinsam. Ob auch er es schafft, Tausende Menschen zu begeistern? Nein, er schafft es nicht. Er hat noch nicht begriffen, dass sich heutzutage nur mehr Therapeuten für angemessenes Honorar diesen aus dem Arsch gezogenen, manierierten Psychoschrott anhören. An diesem Typen haftet zu viel Lebensernst, das will niemand. Heute verkauft man durch Ironie. Aber nur die wenigsten bewältigen diesen essenziellen künstlerischen Entwicklungsschritt, wenn sie nicht schon von Anbeginn an eine solche Selbstironie in sich tragen. Viele Dinge gehen mittels Ironie leichter von der Hand.

Der Kerl langweilt, bitte erspare uns den nächsten Song, denkst du. Du empfindest Aggression und das stimmt dich nachdenklich. Du wirst von einer Spontandepression heimgesucht, und von der Bühne klingt eine tiefe, seidige Stimme herab. Möglicherweise resultiert deine grauenhafte

Stimmung aus der Tatsache, einem Songwriter-Konzert bei-zuwohnen. Aber das ist es nicht. Etwas zwingt dich, dieses verharmlosende Argument nicht gelten zu lassen, und du suchst den nächsten, tieferen Gedanken. Du hast dir einzu-gestehen, selbst der sülzende Songwriter und Geige spie-lende *Pseudocowboy* zu sein, und du hast dir auch einzu-gestehen, ein ignoranter, aufgeblasener Arsch zu sein.

Du beginnst allmählich, mit dem gerade gespielten Selbstmitleidssong zu harmonieren. Was du zuvor noch als lächerlich abgetan hast, wird dir jetzt ein Respekt einflö-ßender Lehrer.

Nun schwingst du mit, mit ihm, dem *Neo-Dylan*.

Du hast dich zumindest nicht selbst belogen und bist vor das Tribunal der Selbstjustiz geschritten. Fehler vor sich selbst einzugestehen, ist eine der schwierigsten Angelegen-heiten und du beginnst allmählich, dich *dieser Angelegen-heit* zu stellen.

Zu lange hast du dich selbst belogen.

Du sprichst zu deinem vor dir stehenden Bier.

„Der Typ ist gut", kommt dir über die Lippen.

Chet empfindet ähnlich, davon bist du überzeugt. Der Sänger mit der zu großen Brille hat es geschafft, dich trotz größter Ablehnung zu berühren. Soeben wird klar, dass es hier weniger um Standpunkte als vielmehr um das Tun an sich geht.

Der Neo-Dylan ist gut.

Ehe der dritte Künstler auftritt, überlegst du, ob es nicht besser wäre, das Sinnierte bei einem Spaziergang nach Hause zur Ruhe kommen zu lassen.

Chet will definitiv noch bleiben.

Du bezahlst das fünfte Bier und im Moment des Abstiegs vom Barhocker machen sich die vier Bier davor deutlich bemerkbar. Mit einem Schulterklopfer verabschiedest du dich von Chet und teilst ihm mit, dass du für heute genug gehört hast. Bis du es durch das gut besuchte Lokal zum Ausgang geschafft hast, blickst du noch einmal auf die Bühne, wo gerade ein Typ auftritt, dessen Outfit das schrillste ist, das du jemals an einem Musiker gesehen hast.

Da steht ein beleibter, pausbäckiger Riese mit schnurgeraden schulterlangen Haaren, welcher einen blauen Elektrikeranzug mit rot gelackten Pumps trägt und überdies sehr auffällig geschminkt ist. Die Pumps machen den Mann zu einem Hünen. Er rückt seine ordinäre Brille hoch, als würde er in einem Lexikon nachschlagen, und legt los. Irgendwie gefällt dir dieser Bursche, er wirkt trotz seiner Aufmachung authentisch. Könnte einer der letzten *echten Freaks* sein, denkst du. Du bist verleitet, seine Show anzusehen, doch du brauchst dringend frische Luft.

Durch Greenwich wandelnd, überkommt dich das Gefühl der Einsamkeit. Stundenlang in ein und demselben Zimmer zu sein und ständig konzentriert an einem Bild zu malen, widerspricht den biologischen Vorstellungen eines jungen Körpers. Jetzt, wo du dich außerhalb des Zimmers befindest, wird dir bewusst, wie dringend du es schon nötig hattest, einmal unter Menschen zu kommen, und sei es nur auf der nackten Straße im orangen Nachtlicht mit fünf Bier im Blut. Dein Verlangen nach Austausch von Intimitäten wird deiner Arbeit strikt untergeordnet. Diesen Schwur versuchst du dir vorzuhalten, als du gerade bei einer jungen attraktiven Frau vorbeigehst. Dabei bist du dir nicht einmal sicher, ob es sich hier um eine *bewusste* Unterdrückung handelt oder ob du einfach nur zu scheu bist, eine Frau anzusprechen.

Möglicherweise beides.

Wäre die Situation nach dem ersten aufregenden Beischlaf nicht immer die gleiche mühsame Prozedur, sich gegenseitig klarzumachen, dass man keine weitere Verwendung füreinander hat. Du hast Angst davor, das Mädchen könnte sich in dich verknallen und du würdest es nicht mehr loswerden. Schon einmal bist du dir wie ein Arsch vorgekommen, als du keine Antwort auf die Frage wusstest, was du eigentlich von dem Mädchen gewollt habest.

„Du wolltest mich ja nur ficken!"

Damals hättest du am liebsten mit einem satten „Ja" geantwortet. Aber das erschien dir in dem Moment zu unmoralisch. Das Mädchen würde das jetzt nicht hören wollen, hast du dir gedacht, und aus Mitleid geschwiegen. Die Prozedur, es loszuwerden, hat sich dann noch über Monate gezogen. In der moralischen Einbahn gefangen konntest du dich gegen Fantasien nicht mehr erwehren, dass irgendetwas Unvorhergesehenes passiere, und wenn ein Stück Fassade auf das Mädchen fiele oder es von einem Taxi mitgenommen würde, allerdings nicht im Fond, versteht sich.

Für eine echte Beziehung, das ist ganz klar, fehlt dir jegliche Motivation. Was aber, wenn der Körper darauf besteht, das achte körperliche Existenzbedürfnis zu exekutieren?

Du überlegst, eine Nutte anzusprechen, und realisierst, dass das ohnehin schon knapp werdende Geld nicht einfach *verfickt* werden kann, sondern für Dinge vorangereihter Existenzbedürfnisse vorgesehen ist, also *verfressen* werden muss! Eine Sexbeziehung ohne jegliche weitere Konsequenzen und Kompromisse wäre schlichtweg ideal. Eine Frau zu finden, die nymphomanisch an deinen Schwanz ranwill. Sonst nichts.

Was aber, wenn *du* dich verliebst? Nein, das wird dir nicht passieren.

Für einen Moment spielt sich vor deinem geistigen Auge die Szene in der Bäckerei ab, als dir die Blonde mit ihren Augen einen Geheimcode überspielte, mit dem nur du das Tor öffnen kannst, hinter welchem sich all deine Fantasien verbergen, mit ihr zu machen, was dir gefällt.

Zwischen die Ausläufe deiner Selbstbetrachtungen, die im Klub wie eine Lawine über dich stürzten und von diesem Songwriter so melodramatisch untermalt wurden, schiebt sich nun ein aufdringlicher Gedanke, nämlich dass du dich *zu früh* auf dem Nachhauseweg befindest.

Die Frischluft tut gut. Spätabends nach Hause zu gehen, ist für dich immer etwas Besonderes gewesen. Du kannst dich eigentlich glücklich schätzen, tun und lassen zu können, was du willst. Selbst wenn du nun in der Laune wärst, bei der nächsten Kreuzung einfach nach links anstatt nach rechts abzubiegen, du könntest es einfach tun. Ob du dabei den für dich vorgesehenen *großen Plan* ändern würdest? Welche Konsequenzen hätte eine solche spontane Entscheidung *deinerseits* für das *Kontinuum?*

Finde es heraus, denkst du. Also, noch einmal. Prinzipiell befindest du dich gerade auf dem Heimweg. Der kürzeste Weg nach Hause wäre, an der übernächsten Kreuzung nach rechts in die Zweiundzwanzigste abzubiegen. Dies willst du aber nicht, denn dies wäre der herkömmliche, der *vorgesehene* Plan. Also nimmst du die Abzweigung nach links und lässt geschehen, was passiert.

An der Kreuzung angekommen, hältst du für einen Moment inne. Du stehst vor einem Augenblick, welcher nun deine und die Geschichte einer anderen Person verändern könnte. Ein Augenblick, welcher sogar die *gesamte künftige Geschichte*, die Existenz aller Individuen verändern könnte, vorausgesetzt, du triffst auf mindestens eine Person, die mit dir, weil du eben nach links anstatt nach rechts abgebogen bist, in Kontakt tritt. Würdest du nicht entscheiden, nach links, sondern nach rechts zu gehen, würde dein altes Leben weiterlaufen wie bisher, bis es sich *verläuft*. Würde es das? Vermutlich würde es das.

Dir entspringt der Gedanke, dass es eigentlich egal wäre, wenn du einfach nach links gingest und dann nach Hause, wenn du dabei nicht auf eine oder mehrere Personen träfest, deren Leben du *drastisch* beeinflussen würdest. Drastische Beeinflussung wäre ein Dominoeffekt, der das Kontinuum garantiert *deutlicher* verändern würde.

Je mehr du diesen *Jemand,* besser *diese Jemand,* auf dich aufmerksam machst und je mehr Zeit diese Jemand mit dir verbringen würde, die *ihr* Kontinuum also noch mehr verändern würde, umso mehr Effekt hätte deine Entscheidung, nach links gegangen zu sein, vorausgesetzt, es ist dir ein

Bedürfnis, hier und jetzt bewusst das Kontinuum zu verändern. Möchtest du?

Du registrierst einen physischen Widerstand, als du deine
Füße nach links ausrichtest. Ja, du möchtest das Kontinuum
verändern. Schließlich defäkiert man nicht in eine Vernissage, wollte man ein angepasstes, ebenmäßig verlaufendes
Leben führen.

Du überwindest dich, richtest dich nach links aus und
kannst nun mit deutlich weniger Genauigkeit prognos-
tizieren, was auf dich zukommen wird. Du hast dich dem
Plan, dorthin zu gehen, wo du zu Hause bist, dich ausziehst,
eine Dusche nimmst und Zähne putzt, entzogen.

Das Gehen ist nun ein viel bewussteres Gehen. Jetzt ist es
ja auch kein routinemäßiger Spaziergang mehr, sondern *ein
das Kontinuum verändernder* Spaziergang. Du gehst vorbei
an Fassaden, welche Tag um Tag, Jahr um Jahr dem immer
gleichen Stadtgetriebe ausgesetzt sind, einem sich niemals
gleichenden Stadtlärm. Es ist nur ein stereotyp gewordenes
Empfinden, welches vermuten lässt, es wäre immer der
gleiche Stadtlärm. Tatsächlich handelt es sich aber um eine
Klang- und Geräuschkomposition *unendlicher* Vielfalt, eine
heterogene Aneinanderreihung von Hupen, aufheulenden
Motoren, metallisch fiependen Bremsen sowie Klangfetzen
neuartiger Technomusik aus offenen Hot Rods Ellbogen
zeigender Latinos. Gelegentlich hört man aus offenen Fenstern eine aufgebrachte Stimme einer anonymen Stadt-
bewohnerin, die sich über ihren alkoholisierten Mann
mokiert, ihm lautstark eintrichtert, welch hoffnungsloser
Verlierer er sei.

Aus Räumen unbestimmbarer Entfernung pulsieren dumpfe Bässe, als würde ein stehendes Heer voll Soldaten gleichgerichtet niederstampfen, um mit kalter Miene etwas vom Zaun zu brechen, was sich gewissermaßen als böse Idee entpuppen könnte. Du versuchst, diesen dumpfen Pulsschlägen zu folgen, und überlässt dich dem Sog eines sich im Souterrain befindenden Raumes, der eine Gesellschaft beherbergt, die sich im Kollektiv dem Vergessen des Tagesgeschehens hingibt.

Du beginnst, dich für diese Gesellschaft zu interessieren, und öffnest die schmale, dunkelblau gestrichene Tür, deren verstaubte Streben und von Draht durchzogene Glasscheiben auf eine Werkstatt schließen lassen. Eine steile Treppe impft dich direkt in diesen Partyorganismus. Mit jedem Schritt nach unten sinkt auch das Niveau deiner Ansprüche, bis diese von den klaren Gewässern des puren Erlebnisdrangs weggespült werden.

Du lässt dich einfach treiben. Dieser Bunker ist gut gefüllt und mit allem ausgestattet, was zu einem illegalen Klub gehört. Niemand sieht hier so aus, als dürfe er das trinken, was er in der Hand hält. Vergeblich suchst du nach Menschen, die deinem Alter entsprechen könnten. Du wirst auch kaum eines Blickes gewürdigt und möchtest dir dies als Zeichen einer selbstverständlichen Zugehörigkeit schöndenken. Könntest du Teil dieser Gesellschaft sein? Nein, du korrigierst den letzten Gedankenschritt. Du gehörst hier nicht dazu und wirst keines Blickes gewürdigt, weil du ein nicht gesehen werden wollendes Monument bist, quasi ein Mahnmal, welches aufzeigt, dass Altern jeden betrifft und jeder einmal ein Lokal betreten wird, in dem jeder andere

Anwesende jünger ist. Solche Erfahrungen sind es wohl, die als „kleiner Tod" bezeichnet werden.

Die Anzahl der kleinen Tode hat sich in den letzten Wochen nunmehr auf zwei erhöht. Zu viel der kleinen Tode, wie du findest.

Eine Idee wirft sich an dein Bein und du schleifst diese durchs Lokal in Richtung Bar. Es ist die Idee, dass du dir heute einmal etwas beweisen könntest.

Du lässt deine Augen durch die Menge schweifen. Dass du dich dafür nicht mehr schämen musst, dass sich diese in ebenmäßigen Gesichtern, emporragenden Brüsten, aus zu knappen Jeans ragenden Unterhöschen verankern und plump darauf aus sind, von deren Besitzerinnen möglichst viele zweideutige Blicke zu kreuzen, weißt du, seit du kürzlich auf DBC eine Dokumentation über Sexualität gesehen hast.

Du fühlst dich veranlasst, ein Spiel zu spielen. Es soll heißen: *Kontrolliere deine Blicke*. Sei es die hier am besten aussehende Frau, du wirst ihr maximal aufs Schlüsselbein blicken.

Schon nach ein paar Minuten fühlst du, wie du über den Dingen schwebst und in dir eine gewisse Selbstsicherheit gedeiht. Du spürst nun Blicke, die auf *dich* gerichtet werden. Scheinbar wirkst du durch diese Form der dir selbst auferlegten *Blickkasteiung* wie einer, den so leicht nichts aus der Fassung bringen kann.

Der Wolf braucht Whiskey und er bewacht seine Tränke. Du vergisst aber nicht den Tenor deiner Anwesenheit, nämlich jemanden in nachhaltigen Kontakt zu verknüpfen, sonst wäre das Experiment, das Kontinuum zu verändern, zwecklos.

Kontakt zu knüpfen, ist nicht einfach. Hier haben sich Gruppen gebildet, die sich hermetisch voneinander abspalten. Der Wolf fühlt sich wie eine einbetonierte Erbse, welche das Gemäuer aufsprengen muss, um zu gedeihen.

Der Typ hinter der Bar reicht dir ein Fläschchen Tonic. Whiskey ist zu teuer. Der Wolf hat zu wenig Geld. Einen kapitalen Fehler wirst du aber nicht begehen, nämlich dich zu setzen. Damit würdest du dich selbst zum sich alleine im Suff suhlenden, dringend eine Frau suchenden Ritter schlagen. Ein für die Damenwelt äußerst unattraktives Männerbild, wie du dir denken kannst.

Wie groß die Chancen sind, heute nicht allein nach Hause zu gehen, hängt nicht davon ab, wie gut du darin bist, große Sprüche zu klopfen. Es ist vielmehr die Kunst, *die*jenige zu entlarven, die jetzt noch nicht weiß, dass sie die Auserwählte ist.

Dein Charakter kann sich schlagartig in Gegenwart eines anderen Charakters wandeln. Dabei denkst du gerne an sogenannte Edukte, die der Meister unter bestimmten Umständen miteinander reagieren lässt. Du bist heute dem Meister allerdings aus dem Handschuh geglitten. Du bist nach links abgezweigt und wolltest ja des Meisters Plan *durchkreuzen*. Der große Meister, der gerade deine Gedanken lesen kann, wird sich möglicherweise gerade krumm und schief lachen, weil du zu dumm bist, um zu verstehen, dass es dir *nur so vorkam*, als hättest du den Plan geändert. Alles, was du tust, und würdest du plötzlich wie ein Hase Haken schlagen, wäre letztendlich nur die Reaktion auf des Meisters zynischen Fingerzucker an der *großen Fernsteuerung.*

Du beobachtest, wie sich zwei brünette Gören ständig etwas ins Ohr flüstern. Harmlos, wären da nicht ihre Augen, die dich anvisieren, während sie ihre Köpfe zusammenstecken. Ungeachtet dessen setzt du zu einem Schluck Tonic an und blickst durch die Menge.

Du musst irgendetwas Belustigendes an dir haben, was die beiden ständig erheitert und zum Kichern anregt. Könnte es sein, dass es sich bei diesen Gören um *Kunststudentinnen* handelt, die von deinem *Fäkalaktionismus* Wind bekommen haben?

Sie drehen sich zur Seite und du meinst, dabei einen auf dich gerichteten Zeigefinger bemerkt zu haben. Ihre auffällig ausgefallene Kleidung lässt den Verdacht erhärten, dass sie tatsächlich Novizinnen der Kunstakademie sind.

Du hast nichts anderes zu tun, als sie gekonnt zu ignorieren und die Toilette aufzusuchen. Dabei streifst du natürlich an den beiden vorbei und gibst ihnen die Gelegenheit, dich anzusprechen. Ihrem naiven Verhalten zufolge dürften die zwei schon ein paar Margaritas intus haben. Du spürst, dass es einer der beiden unter den Nägeln brennt, dich anzusprechen, und tatsächlich, die zwischenmenschliche Spannung wird in dem Moment abgeleitet, als sie dich am Arm berührt und fragt:

„Bist du der Typ, der auf Dennis' Skateboard geschissen hat?"

Nachdem es sich hier um eine ungewöhnliche Form des Ansprechens handelt, kramt das deiner Psyche innewohnende *Amt für Verhaltensweisen* in der Schranklade für *körperliche Reaktionen bei ungewöhnlichen Zwischenfällen.*

Das Amt wurde fündig. Nun streichst du dir verlegen durchs Haar, pumpst Luft in deine Wangen und stößt diese langsam durch ein kleines Mundloch. Man hätte sich vielleicht mehr Coolness erwartet, aber das Amt konnte keine andere Kartei finden.

„Seid ihr dort gewesen?", fragst du bestimmt, um dich ins rechte Licht zu rücken.

„Nein, bedauerlicherweise nicht, aber wir ließen uns die Story von Dennis erzählen", gibt die süße Lange zur Antwort.

„Ihr kennt also Dennis", möchtest du mehr bestätigend als fragend wissen.

Du kommst in die Gänge. Auf deine Aussage hin blicken sich die beiden Brünetten an. Ihre gespielte Verlegenheit wandelt sich sogleich zu unmissverständlich vulgärem Gedankengetuschel. Als würdest du wie Kochsalzlösung zwischen Kathode und Anode stehen, leitet der sich zwischen den beiden brünetten Köpfen aufbauende Gedankenstrang durch dich hindurch und du siehst detaillierte Szenen einer Orgie, wie sie sich zu dritt abgespielt haben muss. Dennis hat offenbar nicht nur mit Schrumpfköpfen Spaß, denkst du. Jetzt möchtest du wissen, warum Dennis über dich referiert hat, denn man möchte ja auch in dieses Spiel *eingebunden* werden.

Die Lange, die sich dir als Larissa vorstellt, erzählt, Dennis habe in der Akademie ein Bild von dir aufgehängt und es mit einer schwarzen Schleife versehen. Er habe dreimal pro Tag davor salutiert, so Larissa. Ganz normale Alltäglichkeit für eine Kunstakademie, denkst du.

Gleichzeitig überkommt es dich. Dieser Schweinehund hat um dich eine Show abgezogen und sich dabei die beiden Gören aufgerissen. Wenn das mit den beiden heute nichts wird, weil dich Dennis verarscht hat, hast du wirklich was gut bei ihm, *obwohl* du sein Skateboard vernichtet hast. Dir wird klar, dass die zwei das sind, was du als vollkommen durchgeknallt bezeichnen würdest. Larissa und ihre kleinere Freundin, deren Name sich als Melena über die Zunge rundet, dürften so weit keine andere Beschäftigung haben, als sich permanent zu amüsieren.

Ein sehr moderner Zugang zur Kunst, denkst du.

Du hast noch keine Exponate gesehen, welche aus den hübschen Köpfen geboren wurden, aber du kannst dir *circa* vorstellen, *wie* die beiden die Farben auf ihre Leinwand bekommen. Auf eine Diskussion darüber möchtest du dich jetzt nicht einlassen. Auch dürfte dies den beiden Brünetten fernliegen. Alles, was nun passiert, ist nur mehr ein Vorspiel zu etwas, dessen Ausgang ungewiss ist – ein sogenanntes Experiment.

Nun, wo alles gesagt ist, herrscht nonverbale Kommunikation mit Blicken, während man sich alkoholisiert und zum Beat der Discomusik schüttelt. Wer mit Small Talk anfängt, ist raus aus der Runde. Wir kommen einander näher und bilden einen geschlossenen Kreis. Als wäre komplett klar, was passieren wird, beginnen wir, uns dem Ausgang zu nähern.

Irgendwie entsteht hier eine Dynamik, die dich daran erinnert, wie du mit Lisa, Pete und Ann im Waisenhaus das unheimliche *Glasrücken* gespielt hast. Unsere kindlichen Zeige- und Mittelfinger in einem Glas zusammengepfercht, welches von Geisterhand gesteuert über das selbst beschriftete Plakat mit Buchstaben von A bis Z und Zahlen von null bis neun steuerte. Das Glas war vom Schweiß der Aufregung immer angelaufen. Hinzu kam die Angst, von Schwester Margaret erwischt zu werden.

Nun steckst du mit zwei Kunststudentinnen zusammen und wo wir uns hinführen, ist ebenso unklar wie eindeutig. Jeder liefert sich dem anderen aus. Das ist das Spiel.

Nach dem Versuch einer gemeinsamen Fortbewegung, welche man kaum als Gehen bezeichnen kann, durch Straßen, die du noch nie benutzt hast, befindest du dich in einem überschaubaren Loft. Wie es die beiden geschafft haben, sich eine solche Immobilie anzuschaffen, kratzt dich momentan nur peripher. Du hast die Vermutung, dass es sich bei den beiden um Töchter eines mexikanischen Oligarchen handeln könnte. Denn wurde einmal eine Zunge verwendet, um mit dieser Spanisch zu sprechen, nützt nichts in der Welt, dieser Zungenspitze das chronische Peitschenschlagsyndrom auszutreiben.

Es war anzunehmen, dass hier nicht lange herumgestanden wird. In der Bar hast du noch kaum Notiz davon genommen, aber jetzt wird dir bewusst, *wie* mexikanisch diese Gören sind.

Larissa packt dich am Hemdkragen und lässt sich einfach zu Boden gleiten. Dieser Aufforderung, ihr deine Zunge in den Mund zu drängen, kommst du ungeniert nach. Melena manipuliert an deinem Gürtel. Das Luder hat es geschafft, diesen aufzumachen, und du kriechst nur mehr in Shorts herum. Dass Larissa keinen Büstenhalter trägt, ist dir schon im Bunker aufgefallen. Ihre steifen Brüste formen das Spaghettiträger-Shirt zu einer Kombination in sich verlaufender Hügel und Rundungen, die einer Anweisung gleicht, deinem Hirn zu befehlen, auch die letzten Kammern deines Schwellkörpers vollzupumpen. Dein Stachel pulsiert im Rhythmus deines Herzschlags und verwandelt sich in ein tollwütiges Tier, gefangen in der Einbahn, jederzeit bereit zum Angriff. Allmählich wird klar, dass wir es auf einer großen Leinwand treiben. Hier offenbart sich das Gestaltungskonzept eines infernalen Gespanns zweier vergnügungssüchtiger mexikanischer Kunststudentinnen.

Sie wollen dein Blut.

In dem Moment, in welchem du in Larissa eindringst, zuckt ein Flämmchen Verstand empor und möchte wissen, ob deine Entscheidung, nach links abzubiegen, nun deine war oder ob diese nicht doch im *großen Drehbuch* vorgesehen war. Da hat dir der Allmächtige aber was vergönnt, denkst du. Diese Groteske veranlasst dich, doof zu grinsen.

Du möchtest versuchen, den Höhepunkt hinauszuzögern, denn auch Melenas Geschlecht muss von dir gestochen werden. Der Typ im blauen Elektrikeranzug soll dir bildlich Abhilfe verschaffen, doch diese absichtlich herangezogene Vorstellung funktioniert nur kurz, denn seine Gestalt verwandelt sich in deiner Fantasie in die Gestalt eines wandelnden Riesenphallus. Du beginnst, nach einem anderen Bild zu suchen, welches du dringend als Regulativ benötigst, um nicht zu früh deine Säfte zu verprassen, bevor diese vorliegende Situation nicht bis zum letzten erträglichen Moment gründlich ausgekostet wurde. Du überlegst, wie es nun sein müsste, ein Inder zu sein, der es schafft, auch als Mann multiple Orgasmen zu erleben.

Chica Melena kommt auf dich zu. Ihre seidige Bauchdecke raubt dir jede weitere rationale Überlegung. Beide tragen noch natürliche Achselbehaarung, als würden sie allen Konventionen zum Trotz gegen den Strom schwimmen. Sie könnten beide aus den Siebzigern übrig geblieben sein. Vielleicht ist die Hippiebewegung erst jetzt nach Mexiko vorgedrungen? Eine Welle der Erregung rast derart durch deinen Körper, dass du Melenas bleich schimmernde Haut nur zitternd abtasten kannst. Sie ist ruhiger und sinnlicher als Larissa. Nun sinkt sie zu Boden und blickt dir tief in die Augen. Sie lässt ihre Fingerspitzen sanft über deine Bälle entlanggleiten bis zur Spitze deiner strammen Männlichkeit. Mit einer Drehung offenbart sie ihre Grotte, welche von Larissas Händen gespreizt dazu ansetzt, dein abstehendes Glied zu verschlingen. Eine harte Prüfung, deinen Saft zurückzuhalten.

Es ist gerade so hell, wie es das durch die Industriefenster gelangende Licht des vollen Mondes zulässt. Getrennte bläuliche Kuben lichten sich auf den hohen Wänden des Lofts ab. Larissa beobachtet und ist nur schemenhaft wahrzunehmen. Sie hält irgendetwas in beiden Händen. Du bist zu sehr in Rage, als dass du jetzt Gedanken daran verschwenden möchtest, was es ist, denn diese werden vom

Trieb und Rausch zurückgedrängt. Du bist ein Pendel, gefangen im abarischen Feld zwischen Loslassen und der Kontrolle darüber, den fleischlichen Rausch noch längstmöglich hinauszuzögern. Es wäre ihr zuzutrauen, sich an einem Becher Eis zu laben, während sie sich mit Blick auf ein vögelndes Paar aufgeilt.

Melena reibt ihr Hinterteil in schlangenartigen Bewegungen gegen deine Hüften und treibt dich an den Rand höchster Ekstase. Larissa senkt ihren Oberkörper, die spitzen Brüste zentrieren sich dabei und die Schwerkraft formt sie zu solch einer perfekten Gestalt, dass sich jedes Molekül in dir danach magisch auszurichten scheint. Jetzt vergräbt sie ihre Zungenspitze in deinem Ohr, als sie süß „Komm, komm, komm" haucht.

Deine Stöße werden noch heftiger und das Klatschen der aufeinanderbumsenden Körper hallt in den hohen Räumen wider. Ein weiteres Hinauszögern ist nicht mehr möglich und du gestattest dir zu ejakulieren. Du würdest am liebsten in sie spritzen, aber exakt im Moment des Austritts deiner Lustfontäne entzieht sie dir ihre Vagina.

Welche zähe kühle Suspension rinnt dir über dein erhitztes Genital?

Du hast jede Menge Sperma abgesondert, jedoch nicht diese Menge. Du greifst nach deinem Penis und deine Finger ertasten eine feinsandige, zähe Flüssigkeit. Sogleich blickst du hinunter und registrierst einen dunklen Fleck auf deinem Unterleib. Larissa hat dir im Moment der Ejakulation einen Pot voller Farbe übergestülpt. Welche Farbe, lässt sich ob der Dunkelheit schwer erraten.

Du erstarrst vor der Erkenntnis, im Moment zum Inhalt eines Bildes geworden zu sein. Du kannst nicht behaupten, dich jetzt ausgenutzt zu fühlen, dafür war das Triebspiel zu gut. Es ist eher ein ungewöhnliches Gefühl, selbst zum Inhalt eines Bildes geworden zu sein, zumindest zur *Absicht* des Inhalts eines Bildes. Bis jetzt hast du immer *vor* der Leinwand gearbeitet, jetzt bist du *Teil* der Leinwand.

Diese Tatsache fährt dir schräg durch den Kopf. Du kannst und möchtest dich hier jetzt nicht mehr länger aufhalten. Du bist todmüde und hast noch eine Reinigungsprozedur zu absolvieren. Seit du eine einschlägige DBC-Dokumentation gesehen hast, brauchst du dich neuerdings nicht mehr dafür zu rechtfertigen, wenn du nach dem Sex müde zusammenbrichst.

Du möchtest nicht daran denken, welchen Weg du noch vor dir hast, bis du in deinen eigenen vier Wänden, im eigenen Bett liegen kannst. Eines ist klar: Du bist nach links abgebogen und hast dein Leben einmal von der anderen Seite kennengelernt. Theoretisch könntest du immer, spontan, wenn es dir gerade gefällt, nach links abbiegen. Aber jetzt biegst du so schnell wie möglich von hier ab, denn du bist hier überflüssig geworden.

Du nimmst eine Dusche, ziehst dir halb nass die Klamotten über und machst dich mit den Worten „*Hasta la vista*" aus dem Staub.

Mit Malen ist heute nichts. Die nächtlichen Eskapaden entzogen dir jeglichen Enthusiasmus, etwas auf die Leinwand zu bekommen. Du stellst dich auf einen gemütlichen Nachmittag ein, ohne den Pinsel anzurühren. Die äußere Witterung unterstützt deinen Vorsatz mit aufbrausendem Wind und spontanen Regengüssen. Du drehst dich um und betrachtest deine Wohnstätte von der anderen Seite des Bettes. Dein Blickfeld verkriecht sich in die rechte hintere Plafondecke. Egal wo du warst oder bist, Plafondecken haben dir immer ein wohliges Gefühl von Geborgenheit vermittelt. Zumindest stellst du dir vor, dass dieses wohlige *Plafondeckengefühl* ein solches sein muss, welches man von *seinem* Zuhause kennt.

Du hast dich schon einmal dabei erwischt, wie du dir immer wiederholend zugeflüstert hast:

„So muss es sein, ein Zuhause zu haben, so muss es sein, ein Zuhause zu haben ..."

Man wollte dich vergessen und hat dich irgendwo abgegeben, dann bist du im Waisenhaus gelandet. Wer deine Eltern sind, hast du dich niemals getraut zu fragen. Die Nonnen haben alles gegeben und du hattest eine Vielzahl von Geschwistern um dich, mit welchen du das gleiche Schicksal teiltest.

Die rechte Plafondecke will wieder zu viel wissen. Du hast allerdings keine Lust mehr weiterzugrübeln.

Mit einem Satz stehst du vor deinem Bett und eilst zum Telefon. Die Nummer von Chet ist dir irgendwie hängen geblieben. Der Abschied gestern Abend im Klub zog ein eigenartiges Gefühl nach sich, welches du gerne aufgelöst haben möchtest.

Chet ist nicht erreichbar, aber du musst ihm eine Nachricht hinterlassen. Du setzt an, etwas zu sagen, wobei dir auffällt, dass du heute noch kein Wort laut gesprochen hast. Der räumliche Widerhall deiner Stimme wirkt auf dich wie abstrakte Lautmalerei, als hätte man ein x-beliebiges Wort Hunderte Male hintereinander ausgesprochen. Du musst dir selbst zuhören, wie du seinen Anrufbeantworter belügst und locker irgendein Zeug faselst, um möglichst zu vertuschen, dass du dich hier und jetzt einsam fühlst.

Man rutscht in eine Selbstrückkoppelung.

Der Moment der Wahrnehmung deiner selbst wird dir geradezu schockierend bewusst, nämlich so intensiv, als wärst du gerade knapp dem Tod entronnen. Da hat manchmal ein einziger Joint geholfen, gelegentlich auch Whiskey. Nun hältst du beides in Händen.

Wärst du ein Bild, dann würde dich der *Kunstanalytiker* als sogenanntes *Fensterbild* beschreiben, welches den Bildbetrachter dazu bringt, in sich selbst zu blicken. Deine psychische Depression muss gestern in dem Moment ihren Tiefpunkt erreicht haben, als du deinen physischen Höhepunkt erklommen hast, als du plötzlich das Gefühl hattest, du wärst ein Objekt deiner eigenen Beobachtung. Gift für den, der sich selbst nicht gut genug kennt, jemanden, der sich nicht selbst die Hände entgegenstrecken kann wie Freunde, die keine Ironie kennen.

Diese Gedanken gleichen einem Virus im Geist, einem Virus, welches alle Lebensströme lahmlegt. Du kannst heute nicht arbeiten und du hast dir geschworen, dich niemals mehr zum Malen zu missbrauchen. Du glaubst fest daran, dass jeder erzwungene Pinselstrich nachhaltig identifizierbar bleibt. Deshalb malst du so wenig wie möglich, immer nur dann, wenn es in dir zu brennen beginnt. Du kannst nicht verstehen, wie mancher Maler wie am Fließband produziert, möglicherweise sogar nach Stundenplan arbeitet. Monet soll acht Bilder gleichzeitig gemalt haben, mit weniger als einer Stunde Aufwand pro Bild. Dies wird dir immer unverständlich bleiben. Ein Sujet, tausendmal reproduziert, um möglichst vielen ein beschissenes Textil mit Farbe zu verkaufen, damit sich der *Kunstsammler* mit einer Signatur brüsten kann. Auf diese Art und Weise haben sich viele der jungen Maler den erst im Alter wahrgenommenen, ungeliebten Stil ins eigene Fleisch geritzt. Der Kunstsammler ist zum *Signaturensammler* geworden, die Künstler zu notorischen Fremdgehern.

Deine Bilder sind deine Kinder. Und um jedes, welches den Stall verlässt, wirst du trauern. Das *Kardinalsbild* soll jedoch als Botschafter um die Welt ziehen. Es soll zeigen, dass du dich nicht nur mit narzisstischer Gedankenmasturbation beschäftigst. Du bist ein Vertreter der Zeit, in der du lebst, und du lebst in einer Zeit, in der Scheußlichkeiten ans Tageslicht rücken. Absurditäten, welche sich über Jahrhunderte verdeckt abspielten. Du erachtest es als deinen Auftrag, diese Dinge in Form von Bildern darzustellen.

Deine Gedanken entfesseln dich allmählich und du verspürst wieder Lust am Weitermalen. Du deckst das Bild ab und greifst zu den Malutensilien.

Es fehlt nicht mehr viel. Du könntest es sogar bis zum Abend geschafft haben, danach hättest du Anlass, etwas zu feiern. Die Konzentration auf detaillierte Farbnuancen im Gesicht des Kardinals wird immer wieder von Sequenzen des gestrigen Abends durchbrochen. Du spielst noch einmal alles durch und kannst nicht widerstehen, dich im Erlebten treiben zu lassen. Dabei wird dir bewusst, dass es noch nie anders gewesen ist. Immer, sobald du den Pinsel oder den Bleistift in die Hand genommen hast, hat dein Hirn begonnen, gelebte Situationen aus dem Moment herauszuziehen, so als müssten diese aus dem Gedächtnis gespült werden. Ein Wiederkäuen von Empfindungen, die in dir, aus welchen Gründen auch immer, nicht zur Ruhe kommen konnten. Du bist richtiggehend verblüfft, wie sich Mechanismen durch dich über Jahre hinweg verselbstständigten und sich nun plötzlich als Erkenntnisse enttarnen, dich im Jetzt mit ihrer wahrhaftigen Gewalt simpel und nackt dastehen lassen. Wie viele Bilder musstest du malen, um dir darüber klar zu werden, dass für dich das Malen so wichtig ist wie Träumen?

Dein Werk ist abgeschlossen. Du bist verwundert darüber, dass du es immer noch gerne ansiehst. So scheußlich der Inhalt ist, so perfekt ist es gearbeitet. Es ist eine Aufnahme eines Moments, in welchem ein Menschenleben auf sonderbare Art völlig verändert wird. Das Leben eines vor einem Kardinal bückenden Knaben passiert gerade eine Weiche und gerät auf eine andere Bahn. Der Junge kann momentan noch nicht wissen, welche Auswirkungen diese ekelhafte Begegnung haben wird. Er wird Entscheidungen fällen, die ihm unter falschem Licht als richtig erscheinen, um danach schmerzlich festzustellen, dass er dumme Fehler begangen hat. Sein Gespür für sich selbst wird durch diese Begegnung so gestört sein, dass eine Suche nach Selbstvertrauen ein kaum zu bewältigendes Unterfangen bleiben wird. Nur durch Gottes Gnade kann er es schaffen, sich mit sich selbst durchzuschlagen, denn sein innerer Kompass wird immer von diesem Ereignis abgelenkt sein, bis er beginnt, seine Wunden wahrzunehmen, um zu sehen, dass diese vom immer gleichen Lauf gegen die immer gleiche Wand stammen. Du würdest lieber der Lügner sein, der das gestörte Wesen der christlichen Kirche als humoristische Karikatur darstellt. Es schmerzt dich, dass du an dir Wunden identifizieren musstest, um jetzt nur zu gut zu wissen, *wovon* du malst. Das Gemälde soll den Titel „Segnung" erhalten.

„Hi, Chet hier, ich treffe mich heute mit dem Typen, der gestern das Konzert beendet hat, der große mit dem blauen Elektrikeroverall. Falls du Lust hast zu kommen, läute bei Detlev Silverhead, hundertdreiundsiebzig, Neunzehnte West. Ciao!"

Du musst tief und fest geschlafen haben. Es ist fast halb neun. Chets Nachricht hat dich geweckt. Während du darüber nachdenkst, was dein Kühlschrank noch zu bieten hat, freundest du dich mit dem Gedanken an, den Jungs einen Besuch abzustatten.

5

Detlevs Apartment ...

Chet hat erzählt, dass Detlev eigentlich Elektroniker sei. Du würdest ihn jedoch eher als *Kunstelektroniker* bezeichnen. In seiner sehr abgewohnten, circa vierzig Quadratmeter großen Wohnung lebt er inmitten seiner eigenen Erfindungen oder, besser, *Elektrokunstinstallationen*. Man sieht zerlegte Gitarrenverstärker, Fernsehröhren, hölzerne Gehäuse alter Röhrenradios und weiß Gott was noch alles, was das unwissende Auge nur als Schrott klassifizieren kann. Eine lange massive Holzplatte auf drei Böcken verbindet zwei Räume und darauf befindet sich ein Gebilde, welches aussieht wie ein ausgedienter Spielautomat am Obduktionstisch. Hunderte verbaute elektronische Bauteile erinnern an die Vogelperspektive einer Stadt, einer künstlich erschaffenen Stadt wie Las Vegas, wie du spontan assoziierst. Die brachialen Leiterlinien gleichen den in die Wüste asphaltierten Highways und Boulevards zwischen Casinos und Hotels. Der Anblick dieser elektronischen Systeme zieht ein gewisses Empfinden von Ästhetik aus deinen Eiweißwindungen. Dass Detlev einen speziellen Stil hat, ist dir schon an seinem Auftrittsoutfit aufgefallen. In der Ecke hinter dieser Elektrokunstinstallation liegt sauber gefaltet der Elektrikeroverall, daneben stehen die roten Stöckelschuhe.

„Alles Schaltkreise der Sinnlosigkeit", unterbricht seine Stimme, die klingt, als könnte sie niemals dazu benutzt werden, um beispielsweise einem Hund klare Befehle zu erteilen. Eingangs ist dir aufgefallen, dass Detlev dieses säuerlich durchdringende Deodorant verwendet, welches du bis jetzt nur an einer ganz bestimmten Kategorie Mann gerochen hast. Des Öfteren ist dir dieser *unangenehme Geruchsreiz* in dein Riechorgan gedrungen und oftmals stellte sich heraus, dass der Benutzer dieses abscheulichen Bouquets eine bedauernswerte Existenz inmitten einer massiven Lebenskrise verkörperte. Diese Duftnote scheint sich in ihrer Intensität besonders zur *Übertünchung* eines verwesenden Selbstbewusstseins zu eignen, dabei wirkt diese aber so billig wie ein mittelmäßiger *Toilettenspray*. Du hast ihn *durchrochen*, und er merkt, dass du schon längst über seinen sehr persönlichen Tellerrand geschnüffelt hast. Seine schlampig geschnürten Springerstiefel liegen am Tisch und sein Arsch versinkt dabei mehr und mehr im Sofa. Er wirkt etwas trotzig. Die Bierdose in seiner von einem fetten Silberring gesäumten linken Hand scheint, wie eine ihm Halt gebende Stange zu fungieren. Er schielt dich an.

„Schalt ein!", befiehlt er.

Du zögerst, denn hier gibt es Dutzende Schalter.

„Welchen?"

„Na den, der aussieht wie ein ganz einfacher Lichtschalter."

Deine Intuition lässt dich nicht im Stich und du drückst den richtigen. Dabei schneidet dich eine scharfe Gefühlsklinge, die du keinem zuvor erlebten Zustand zuordnen kannst. Mit dem Klicken des Schalters empfindest du eine ungewollte Kontrolle, eine dir unangenehme Mikromacht.

Das Licht der gesamten Wohnung erlischt. Leises Surren setzt ein, ein mechanischer Arm bewegt sich. Was ist das für eine kranke Scheiße?, fragst du dich. Zwei Kugeln verlassen eine Schale und rollen auf einer Aluminiumbahn entlang. Die Bahn führt diese durch das gesamte elektronische System, und während ihres Weges schließen die Eisenkugeln irgendwelche Kontakte kurz. Ein Knacksen da, ein Ticken dort, plötzlich erleuchten drei schwülstige Lavalampen und mit der nächsten Schaltung fährt ein Projektionsgerät hoch, welches kaleidoskopähnliche Farbspiele auf die gegenüberliegende Zimmerwand projiziert.

„Ihr solltet euch das mal ordentlich zugedröhnt reinziehen", lässt uns Detlev wissen.

Begleitet von scheinbar unorganisierten, ineinander modulierenden Sinustönen, beginnt ein Lautsprecher, leise zu rauschen, zu surren und zu knacksen. Aus diesen verrückten Melodien brechen immer wieder menschliche Stimmen hervor, die klingen, als würden sie durch einen Telefonhörer sprechen. Es wird sich dabei um zufällig eingefangene Rundfunksendungen auf Mittelwelle handeln, zwischen welchen *der Apparat* willkürlich hin und her moduliert. Dein assoziationsgeschultes Dasein läuft heiß. Die permanent eindringenden Reize lähmen dein Nervenkostüm und ehe du einem aufkeimenden Sog in einen Zustand der Klaustrophobie nicht mehr standhalten kannst, schaltet Detlev diese Höllenmaschine einfach ab.

„Alles passiert hier analog und mechanisch, ich nenne den Apparat *Pandoras Jukebox*", sagt er.

Mit dieser Jukebox hat er dich an deinen persönlichen Tellerrand geführt. Er hat auf eins zu eins ausgeglichen. Wir sind wieder auf Augenhöhe, denkst du.

Du öffnest ein Fenster, holst tief Luft und lässt dich vom Klang des momentanen Stadtlebens aus dem Vakuum ziehen, welches Pandora über dich stülpte. Die Filter, deren Aufgabe es ist, die Einflüsse der äußeren Welt zu entschärfen, arbeiten wieder normal. Übrig bleibt nur mehr die Frage, welche Person man sein muss, um solch ein völlig nutzloses elektromechanisches Gerät zu bauen. Du kannst nicht anders und stellst exakt die Frage, welche dich als bildender Künstler am meisten nervt, nämlich *was* Pandoras Jukebox im Rezipienten auslösen soll.

Chet verstummt vor Peinlichkeit. Ausgerechnet du musst diese Frage formulieren. Der Adressat, Detlev, besitzt allerdings die Größe, diese blanke Provokation nicht persönlich zu nehmen. Schließlich kann es nicht sein, dass ein bildender Künstler wie du eine solch dumme, den menschlichen Geist diskriminierende Frage stellt. Er entgegnet, dass er sich als Kind stundenlang damit beschäftigte, Elektrogeräte ein- und wieder auszuschalten, bis diese nach längerer Zeit der absolut einseitigen Belastung resignierten und ein Elektriker kommen musste, um diverse verschlissene Teile auszutauschen. Diese Faszination hätte ihn bis heute nicht losgelassen.

„So hab ich mich einfach hingesetzt und planlos daraufloslötet. Ich wollte sehen, wo mich dieses Projekt hinbringt. Ich bin während der Bauzeit auf eine brauchbare Lösung meiner Fragen gestoßen. Pandoras Jukebox ist sozusagen nur eine Begleiterscheinung eines sich ständig wiederholenden Gedankenprozesses, nicht mehr und nicht weniger. Die Inbetriebnahme dieser Anlage ist vergleichbar mit einem Klingeln am Tresen an der Rezeption des Hotels Erleuchtung."

Chets Kopf verharrt, während seine Augen zwischen dir und Detlev hin- und herwandern.

Wir gönnen uns eine Nachdenkpause.

Nur durch zustimmendes Schweigen und Nicken können wir Detlev jetzt dazu bewegen weiterzuerzählen, zu erläutern, was er letztendlich genau meint. Du bist überrascht, dass du Interesse an seinen weiteren Ausführungen und Erkenntnissen hegst. Warum aber auch nicht? Schließlich kannst du entspannt und biertrinkend die Stelzen hochlagern, während man dir erzählt, wie es ist, dort angelangt zu sein, wovon du vor fünf Minuten noch gar nicht gewusst hast, dass dies auch genau deine Destination wäre, nämlich selbst herauszufinden, ob man sinnlos in die Welt gefickt wurde oder ob sich hinter dem Dasein auch noch so etwas wie eine *Idee* verbirgt. Hier, in seiner privaten Umgebung, braucht Detlev jedoch weder den blauen Elektrikeroverall noch seine roten Lackpumps, um seinem Publikum mitzuteilen, *was* und *wer* er ist.

Du lässt deine Augen schweifen, bis diese sich in einem dich entspannenden Blickfeld einpendeln. Auf Chets Frage, wo Detlev eigentlich her sei, atmet dieser tief ein.

„Ich bin mit siebzehn von zu Hause abgehauen. Meine Mutter ist abgekratzt und mit meinem Vater hatte ich nur Zoff."

Selten hast du jemanden beobachtet, der, wenn er spricht, keinerlei weitere den Inhalt untermalende Gesichtsgesten beisteuert. Sein dickes Gesicht bewegt sich nur im Bereich des Mundes, ähnlich dem hölzernen Soldaten, den wir im Waisenhaus hatten, in dessen Holzmund man die Nuss legte, um diese mit einem aus dem Arsch ragenden Hebel zu knacken.

Das polyrhythmische Blinken der roten Begrenzungslichter diverser Schlote und Antennen wirkt hypnotisch, um nicht zu sagen, ermüdend. Du kannst deine Augen kaum offen halten. In einem Sekundenschlaf ziehen dir Schleier mit Projektionen aus Detlevs momentanen Erzählungen durch den Schädel:

„Ich bin Einzelkind und hab mich immer gefragt, wie wohl mein Bruder oder meine Schwester aussehen könnten. Dabei habe ich den Drang verspürt, Dinge an mir zu finden, die ich gemeinsam mit meinen Eltern habe, denn diese Merkmale könnten auch meine virtuellen Geschwister haben. Meiner Mutter sah ich in gewisser Weise ähnlich, meinem Vater aber kaum. Mutter ist mir immer ausgewichen, wenn ich sie mit der Frage konfrontierte, in welcher Weise ich ihrer Meinung nach Vater am ähnlichsten sei. Ich konnte nichts an mir finden, was nur annähernd meinem Vater glich. Dies wurde mir immer klarer und augenscheinlicher, je älter ich wurde. Ich begann, meinem Vater so sehr zu trotzen, dass wir heftige Auseinandersetzungen hatten. Ich lehnte ihn total ab. Dann wurde meine Mutter krank. Am Sterbebett nahm sie meine Hand und sofern sie noch sprechen konnte, sage sie: ‚9. November, es war der 9. November 1960, es tut mir leid‘, dann verstarb sie. Ich dachte, 9. November 1960? Was sollte das bedeuten?"

Detlev verstummt. Damit reißt er dich aus deinem Schläfchen und du betrachtest wieder die dich hypnotisierenden, blinkenden Skylinelichter.

Was ist mit Detlev? Hat er gekokst? Er verfällt soeben in einen diabolischen Lachanfall. Noch nie zuvor hast du erlebt, wie jemand so scheußlich gelacht hat. Das lahme Fettgesicht hat sich momentan in einen in sich stecken gebliebenen Fleischwulst verwandelt, einen Fleischschwamm, der Zähne beherbergt, mit deren Teerbelag man das letzte Stück der Zubringerautobahn vor New York hätte asphaltieren können. Seine an sich sonore Stimme wechselt nun das Frequenzband und moduliert in ein akustisches Register, mit dem man weibliche Paviane zur Paarung locken könnte. Chet grinst nur doof und blickt ratlos zu dir.

Detlev krümmt sich bereits und es treibt ihm die Tränen beinahe waagrecht aus den Augen.

„Zu komisch, was? Hey, erzähl weiter, Mann!", fordert ihn Chet auf.

Aber er kann nicht, Detlev ist *out of order*. Einige Anläufe, die Story fortzusetzen, scheitern. Er bekommt keine Luft und du siehst den Mann eines seltsamen Todes gestorben. Dein Wunsch mitzulachen weicht dem Ärgernis, seine Geschichte nicht zu Ende gehört zu haben. Das bisher Erzählte war nur relativ dramatisch und hat dich nicht gerade vom Hocker gerissen.

„Hick, hick, hick! Sagt euch das Datum 9. November 1960 irgendwas?", presst Detlev mit dem letzten Rest der in seiner Lunge befindlichen Luft hervor. Dein Blick trifft auf Chets Gesicht.

„Mmm, nein. Sagt mir nichts, sollte es?", fragst du.

Detlev kriegt sich kurz ein und möchte sprechen. Sein Kopf ist rot und nass. Sobald er wieder Luft bekommt, spricht er weiter:

„Ich recherchierte und fand heraus, dass es an diesem Tag ein Mega-Blackout gab, und: Dieses Datum ist exakt neun Monate vor meiner Geburt. Haaaa, haaaa, haha! Mein Vater soll zu dieser Zeit oftmals auf Geschäftsreisen gewesen sein. Ich nehme an, dass ich an diesem Tag gezeugt wurde. Irgend so ein Ficker!", würgt er mit letzter Kraft aus sich.

„Es musste totales Chaos geherrscht haben und bis auf meine Mutter und diesen Typen X wusste offensichtlich keiner ein und aus!"

Wieder brüllt er los. Du stellst dir gerade ein während eines Stromausfalls vögelndes Paar vor und assoziierst dazu jenes Echo, welches das hohe Loft der Mexikanerinnen zurückwarf, als dein Körper auf Melenas klatschte.

„Du bist also das Ergebnis eines Stromausfalls, wie? Das willst du uns doch damit sagen, oder?", fragst du.

Detlev unterbricht schlagartig, blickt auf und bestätigt mit einem kurzen „Ja", bevor er abermals drauflosbrüllt.

Chet zieht die Augenbrauen hoch. Er sieht dabei so tierisch aus, dass auch dir die Komik die Fresse lang zieht. Drei Typen finden es nun wahnsinnig komisch, dass Detlev irgendwann im Jahr 1960 während eines Stromausfalls ins Leben gebumst wurde. Plötzlich stößt es aus dir heraus: „Mit anderen Worten: Man hat dir das Leben angeknipst, während jemand das Licht ausknipste ..."

Deine eben getätigte Ansage war so überraschend *unoriginell* wie die öffentliche Bekundung eines längst bekannten und absolut offensichtlichen Geheimnisses. Wie auch immer, du hast die Komik platzen lassen wie den Heliumballon der kleinen Schwester. Man kriegt sich wieder ein, sitzt sich die Tränen aus dem Gesicht wischend am Tisch und schweigt. Es vergehen Minuten, bis Detlev zu deinem alles ernüchternden Urteil Stellung nimmt:

„Ja, so könnte man es auch sagen, und wisst ihr noch was? Ich möchte den Typen finden, der diesen Stromausfall geplant und durchgeführt hat."

„Geplant? Wie meinst du, geplant?", fragst du. Hätte Detlev dabei nicht geklungen, als hätte er vor, sich an jemandem zu rächen, würdest du dich erneut zu einem Brüller hingezogen fühlen. Aber er meinte es unmissverständlich ernst. Nun fällt es dir wie Schuppen von den Augen: Detlev ist wahnsinnig, vielleicht sogar geistesgestört, in jedem Fall aber schwachsinnig! Der Abend ist schneller gelaufen, als du vor fünf Minuten noch gedacht hättest.

Chet möchte gehen. Mit den Worten „Wir haben ein Stück gemeinsamen Weges" erhebst du dich und wechselst die Perspektive auf den nun etwas seltsam anmutenden Detlev. Aber er scheint gut aufgehoben in seinem Elektrokosmos, denkst du, und schiebst dein Mitleid beiseite.

Der Nachhauseweg an Chets Seite verläuft schweigend. Es herrscht allgemeine Überforderung, das eben Erlebte in seiner Gesamtheit zu erfassen. Das eine Bild des Tränen lachenden, noch kindlichen Mondgesichts wechselt sich mit

dem anderen Bild eines depressiven, in einer abgeschmud-
delten Ledercouch versinkenden Zweieinhalb-Zentner-
Riesen.

„Das Bild ist fertig", sagst du zu Chet.

„Ich sehe es mir morgen an", antwortet er zögerlich.

Chet will sich ebenso wenig wie du dem Abend alleine
überlassen, aber für heute scheint es genug zu sein. Dabei
entspringt dir ein dumpfes, peinigendes Gefühl, dessen
Ursache sich langsam als Erkenntnis entpuppt, nämlich
dass es Chet wohl zu viel wäre, sich heute noch einmal in
die Wohnung eines Freaks zu begeben.

Bevor jeder in seine Richtung abzweigt, lässt er dich
wissen, dass du ihn morgen um vier Uhr besuchen solltest,
er würde dir gerne jemanden vorstellen. Du erwiderst mit
einem schlichten „Okay, dann bis morgen um vier", und
ziehst ab.

Irgendetwas gärt in ihm, denkst du. Möglicherweise
präsentiert er dir bald die nächste Persönlichkeit aus seiner
Freaksammlung. Vielleicht ist es diesmal ein Selbstver-
stümmler, der seine Authentizität unter Beweis stellt, indem
er vor unseren Augen eine Selbstbeschneidung durchführt.
Chet liebt Authentizität, denkst du. Detlev hat sich heute
zweifellos als echter Freak geoutet. Die Lachattacke gerade
eben, die roten Lackpumps und sein blauer Handwerker-
overall, in welchem er auf einer öffentlichen Bühne sanfte
Lieder trällert, das ist alles wahrlich sonderbar. Du findest,
dass sein Vorhaben, den Verursacher des Stromausfalls zu
finden, völlig absurd ist. Was verspricht er sich davon? Wie
kann man sich eine Begegnung der beiden vorstellen? Was
würde Detlev zu ihm sagen? „Hallo, ich bin ein Produkt

deines Kurzschlusses, dafür musst du jetzt bezahlen." Oder würde er ihn verehren, und der *Kurzschlussverursacher* wäre in seinem Sinn wie eine anthropomorphe Darstellung eines ... nein, er ist zwar ein Freak, aber vielleicht doch kein wahngesteuerter Esoteriker. Allerdings ist nicht zu leugnen, dass der soeben erlebte *Showdown* gewisse okkultische Charakterzüge hatte. Irgendetwas zwingt Detlev dazu, im Kurzschlussmann den eigentlichen Vater zu sehen.

Wo ist eigentlich dein realer Vater?

Wer ist er, was tut er? Lebt er noch?

Weiß er, dass es dich gibt?

Ist es ihm egal, dass es dich gibt?

Der Welt rund um dich sind deine Fragen jedenfalls so gut wie scheißegal. Du trittst allmählich in die Umlaufbahn von Detlevs Psyche ein, und einmal mehr wunderst du dich, warum – denn seine Fragen könnten auch dir scheißegal sein.

6

Nächster Tag, nachmittags, bei Chet ...

Du hattest eine unruhige Nacht und alle Mühe, die Gedankenmechanik zu kontrollieren. Es ist dir nicht gelungen. Wenn du geschlafen hast, dann hattest du den immer wiederkehrenden Albtraum, in welchem du aus dem Waisenhaus ausgebrochen bist und dich in einem verlassenen Haus inmitten eines Kornfelds versteckt hast.

Mittlerweile bist du bei Chets Wohnhaus angelangt. Es handelt sich dabei um ein altes Industriegebäude, in dem man mit dem Lift direkt ins eigene Loft fährt.

Als er die Blechtür öffnet, grinst er dir entgegen. Soll das Häkchen in seinem Mundwinkel irgendetwas Vielversprechendes bedeuten? Staunend betrittst du seinen Wohnraum und fragst dich erneut, wie sich diese Menschen so etwas leisten können.

„Komm, Terry, da hinten wartet jemand auf dich", sagt er und führt dich mit seinen Fingerspitzen in deinem Rücken um einen Betonpfeiler.

Da sitzt eine dunkelhaarige Dame in rotem Lederkostüm. Sie schenkt dir ein freundliches Lächeln, welches so wirkt, als würde ihr jemand von hinten einen Gummiring übers Gesicht ziehen. Ihr Pagenkopf verleiht dem makellosen rundlichen Gesicht eine gewisse Strenge. Sie streckt dir die Hand entgegen und du bemerkst an ihr kurze, schwarz lackierte Fingernägel, welche es dir nicht leicht machen, nicht gleich an eine Lesbe zu denken. Aber wäre sie eine solche, wäre dir dies im Moment sogar angenehm, denn so müsstest du nicht von dir verlangen, dich als Mann wichtigzumachen. Dafür bist du definitiv zu müde. Sie wirkt straff, sogar derb und will sachlich abgewickeltes Business.

„Terry, Chantal ist Galeristin", sagt Chet.

In deiner verdorbenen Vorstellung zwickt sie mit einem Eckzahn in einen Hodensack. Du würgst ein zartes „Hallo" hervor und somit ist klar, wem dieser Hodensack gehört. Ihre Präsenz entzieht dir Selbstsicherheit und du bemühst dich, nicht devot als ein Maler dazustehen, der mit dem Pinsel nur Abbilder der sensiblen, verletzten, seelischen Tiefe auf Leinwand kleckst. Wesen wie sie verspeisen dich zum Frühstück. Aber bevor sie dich frisst, möchte sie noch Geld mit dir verdienen und schon tanzt du wie ein dressierter Affe an der zu kurzen, mit Nieten besetzten Lederleine. Was soll man tun, diese Symbiose gibt es nun einmal, Dresseur und Affe.

„Ich habe Chantal von deiner aktuellen Arbeit erzählt", setzt Chet an.

„Und davon, wie du dich von deinem alten Umfeld verabschiedet hast", fährt Chantal fort und kommentiert dies noch mit affektiertem Augenspiel.

„Chantal ist interessiert und möchte etwas sehen", sagt Chet.

In deinem Traum heute Nacht hörtest du in diesem romantisierten Feldhaus plötzlich ein unbehagliches Geräusch. Du bist daraufhin aufs Dach geklettert, um herauszufinden, woher das Geräusch kommt. Eine Staubwolke kündete eine Heerschar von Mähdreschern an, die im Begriffe waren, das schützende Kornfeld rund um das Haus gnadenlos niederzumähen.

Chantal sitzt nur da, spricht kein Wort und lächelt wie eine Dame, die auf einer Parkbank sitzend Kindern dabei zusieht, wie diese Eichhörnchen füttern. Du hast das Gefühl, dass diese Dame kein guter Mensch ist. Sie würde sich amüsieren, wenn eines dieser Eichhörnchen einem Kind ins Gesicht spränge, um diesem ein Auge herauszureißen und es als Beute wie eine Nuss zu vergraben.

Du solltest nun nicht besonders euphorisiert wirken, das käme nicht gut, denkst du. Sie will dir die Euphorie mit einer Peitsche *herausarbeiten*. Diese Peitsche solltest aber du in die Hand nehmen, denn *du* bist nun der gefragte Künstler, welcher sich gravierend verändert hat. Ein solcher Künstler braucht dafür die richtigen Mitarbeiter, die er sich selbst aussucht.

„Alles klar", sagst du.

Du bist nun dabei, Chantal aus der Reserve zu locken. Jetzt darf ihr sinniger Mund auch einmal zum Sprechen verwendet werden, und das tut sie auch.

„Ich möchte das Abartigste ausstellen, was die Kunst heutzutage zu bieten hat."

Mit ihrer rasiermesserscharfen Stimme schneidet sie präzise in die Raumakustik. Nun blinzelt sie wieder engelhaft aus der Wäsche. Mit dem Wort „abartig" hat sie dich erreicht. Jetzt trägst du ein Häkchen im Gesicht. Sie schnaubt Luft aus der Nase. Dabei hat sie etwas von einem Raubtier, und das gefällt dir, was du ihr mit einem um eine halbe Sekunde zu langen Blick direkt durch das schwarze Loch ihrer Pupillen verraten hast.

„Na dann, wollen wir?", sagt Chet.

Chantal steht mit einem Ruck auf, greift nach ihrer Handtasche und zieht an ihrem kurzen Rock, womit sie das kleine Tattoo hinter ihrem Knie verdeckt.

Im Taxi sitzt Chantal in der Mitte. Die durch ein Gitter zum Fahrer abgetrennte Fahrgastkabine vermittelt ein Gefühl, als würden hier drei Menschen sitzen, die etwas Verbotenes getan haben und im Knast auf ihren Anwalt warten. Dir wird klar, dass von dieser Fahrt die Lebensqualität deiner Zukunft abhängen könnte. Ohne Stipendium reichen deine finanziellen Ressourcen gerade noch für den nächsten Monat. Essen musst du dir mit Modellstehen verdienen, aber dann ist Schluss und entweder du verkaufst ein Bild oder du bist gezwungen, die Stadt zu verlassen und dir am Land eine Holzbaracke zu erbetteln. Schweißperlen bilden sich auf deiner Stirn, denn du siehst geistig deinen Kopf fest zwischen Chantals Beine geklemmt, aber deine Zunge ist zu kurz, um sie zu verwöhnen.

Wir fahren im Fahrstuhl hoch und schweigen. So, als würde eine Kommission zur Begutachtung eines von dir verursachten Schadens zusammentreffen, betreten wir deine Wohnung, in welcher du verhört und verurteilt wirst. Komm, du hast es nicht nötig, dich so zu fühlen, betest du dir leise vor und beginnst, dich von dir abzuspalten.

Chantal sieht in deiner Wohnung gut aus. Die schmierigen Wände und der abgefuckte Boden bieten hervorragenden Kontrast zu ihren blank geputzten Lackstiefeln. Sie stolziert durch den Raum, als würde es rein um ihr Wirken gehen. Du gehst nicht mit zur Staffelei, sondern steckst dir in der Kochnische eine Zigarette an.

In deinem Traum heute Nacht bist du am Dach stehen geblieben und hast dem Gedröhne der Mähdrescher getrotzt. Du wolltest das Haus verteidigen, denn es wäre der erste Platz gewesen, wo du dich wohlgefühlt hättest. Das Ende des *Mähdreschertraums* blieb in deiner Psyche stecken.

In deinem Arbeitsraum herrscht Stille. Chet und Chantal stehen lautlos vor deinem Gemälde wie Eltern vor dem toten Sohn. Der tote Sohn bist du. Man hob das Leintuch von deinem Kopf, um dich zu identifizieren. Du liegst da, regungslos, nackt. Nun gibt es keine Lügen mehr, die du verbreiten kannst, denn du bist kalt.

Die Beschauer drehen sich um und treten aus dem Raum. Chantals Bleistiftabsätze bohren sich in den Boden und an dir vorbei, bis sie wortlos aus der Wohnung verschwunden ist. Du bist wenig überrascht von ihrem Verhalten. Was sollte sie auch Großartiges sagen?

Chet schleicht zu dir in die Kochnische.

„Sieht gut aus, sie mag es, ich ruf dich an", flüstert er.

Die Tür fällt ins Schloss.
Du stehst alleine da.
Du und das Bild.
Du und der Kardinal.

Es scheint dir unmöglich, jetzt in der Wohnung zu bleiben. Am besten, du wanderst in Richtung Downtown, lässt dir die Sonne ins Gesicht scheinen. Es ist an der Zeit, die Gedanken neu zu ordnen.

Du spazierst an dem Häuserblock vorbei, in dem Detlev wohnt. Dieser schräge Vogel, wie du dir denkst. Irgendwie bewunderst du seine Entschlossenheit, diesen *Stromausfallsmenschen* zu suchen. Du beginnst, darüber zu grübeln, warum er sich noch nicht eher auf die Suche nach seinem, wie er ihn nennt, ideellen Vater gemacht hat. Mit jedem Stück Erinnerung an den gestrigen Abend näherst du dich schrittweise dieser Wohnanlage. Du würdest jetzt gerne über sein *Projekt* plaudern.

Schon drückst du den Klingelknopf zu seinem Apartment. Was wird er gerade machen? Vielleicht lötet er an Pandoras Jukebox oder er komponiert neue Songs. Niemand antwortet.

Gerade als du dazu ansetzt umzukehren, näselt ein *cannabisiertes* „Wer stört?" aus der Gegensprechanlage.

„Hey, ich bin's, Terry, der Typ, der gestern mit Chet zu Besuch war."

Seine Antwort besteht darin, einfach den Türöffner zu betätigen. Du nimmst den Lift in den achten Stock.

Seine Tür steht weit offen. Pink Floyd ist auch da.

Da erscheint ein müdes Mondgesicht und winkt dir zum Eintritt. Es hat nicht gelötet, sondern gekifft und gepennt. Der gerippte Abdruck auf seiner Wange lässt keinen Zweifel daran, dass der Polsterüberzug eben noch das Positiv zu diesem Muster war.

„Sorry, hab ich dich geweckt?"

Detlev gähnt und lässt dich dabei tief in seinen Rachen blicken.

„Schon okay, komm rein, ich brauche dringend Kaffee."

Er zeigt dir den Gorillarücken und geht voraus.

„Welcher Anlass verschafft mir die Ehre deines spontanen Besuchs?"

Wieder zieht es ihm die Kinnlade runter, um zu gähnen.

„Ich brauchte etwas Frischluft und hab dabei diese Gegend durchstreift, ich dachte, ich sehe mal nach dir."

„Aha", erwidert er.

Wieder kehrt er dir den Rücken zu, verschwindet in die kleine Küche und fragt lächelnd, aber doch angepisst, ob er solch einen hilflosen Eindruck hinterlassen habe, dass man jetzt *nach ihm sehen* müsse.

„Wie meinst du das?", fragst du und stellst fest, ihm schmeicheln zu wollen, was du normalerweise nie tun würdest. Du bist seiner indirekten Aufforderung, diese Ansage zu hinterfragen, blind gefolgt. Eigentlich hast du genau verstanden, *wie* er es meinte. Dir fällt auf, dass seine Gegenwart aus dir ein abgewandeltes, verfälschtes Verhalten ans Tageslicht fördert, und warum, das möchtest du herausfinden.

„Du musst dich jetzt nicht dafür hassen, gefragt zu haben, wie ich das meine", schüttelt Detlev flugs heraus.

Der Typ ist komplett verrückt, denkst du. Er bildet sich ein, deine Empfindungen lesen zu können. Bist du deshalb hierhergekommen, um dir von diesem Wahnsinnigen etwas beibringen zu lassen?

„Sag mal, warum hast du noch nicht früher nach deinem Stromausfallsdaddy gesucht?"

Du versuchst, Augenhöhe herzustellen.

„Mir fehlt einfach die Kohle, wie stellst du dir das vor? Ich komm hier nur knapp über die Runden. Könnte ich es mir leisten, wäre ich schon längst weg."

Dieses Argument leuchtet ein.

„Vorausgesetzt, du hättest das Geld, kurz mal auszusteigen, wie würdest du ihn finden?"

Detlev stellt den Kaffee auf den Couchtisch, lässt sich in sein Sofa fallen und steckt sich eine Zigarette an.

„Man hat damals einen Typen geschnappt, der mutwillig einen Strommast in die Luft gejagt hatte. Der kannte sich mit Sprengstoff aus, er hat Tausende Löcher in die Erde gesprengt, damals, als man den *Hoover-Damm* baute."

„Den Hoover-Damm? Dann hat deinen Elektrodaddy längst das Zeitliche gesegnet, Mann!"

„Nein, er lebt, ich weiß es!"

„Woher willst du das wissen?"

„1960 hat er den Strommast gesprengt, dafür haben sie ihn zehn Jahre verknackt. Ich habe vor ein paar Jahren in der Zeitung gelesen, dass er frei ist. Ed Parker, sein Name ist Ed Parker."

„Wie alt ist der Typ jetzt?", willst du wissen.

„Schätze, er ist um die siebzig."

„Keine Ahnung, wie seine Konstitution ist, aber lange hab ich nicht mehr Zeit, so viel steht fest. Und es kotzt mich verflucht noch mal an, dass ich hier festsitze!"

Das Riesenbaby bekommt einen Wutanfall. Seine Faust landet so wuchtig am Couchtisch, dass sich alles darauf Befindliche zentimeterhoch in die Luft hebt. Dir wird erst in diesem Moment klar, wie ernst und wichtig es ihm ist, diesen Ed Parker zu treffen.

„Hey, du wirst ihn noch zu sehen bekommen."

Soeben hast du dich wieder zu einer dir völlig neuartigen Geste hinreißen lassen. Du verhältst dich offensichtlich wie eine Chemikalie, die mit verschiedenen Chemikalien verschieden reagiert. Detlev dürfte einem besonderen Ion entsprechen, welches dich reizt, eine Verbindung einzugehen.

Was soll's … Jetzt klebt er frustriert an seinem Sofa.

„Und, was geht bei dir ab? Wir kreuzen hier die ganze Zeit nur um meine Themen rum. Erzähl mal etwas von dir, Mann!"

„Ich hatte gerade seltsamen Besuch", sagst du.

Du erzählst die Story von Chet und Chantal. Während du sprichst, belauschst du dich durch Detlevs Ohren. Dir wird dabei bewusst, welch groteskes Dasein du fristest. Man lebt in den Tag, ohne Plan, ohne Ziel. Man schwingt sich mit der Zeit von einer Liane zur nächsten durch den Dschungel der *Maslowschen Bedürfnispyramide.* Dabei geht es nur darum, Momente zu sammeln. Es soll Menschen geben, die zielstrebig sind, die tags zuvor wissen, was tags darauf zu passieren hat. So einer kannst du nicht sein, und Detlev kann es erst recht nicht. Bis auf die kleine Tatsache, dass er ein Lebensziel namens Ed Parker verfolgt, ist er wie du.

Die meisten deiner Ex-Studienkollegen besuchten die Akademie, weil das Kunststudium zu einer determinierten Koordinate auf ihrer Lebensachse wurde. Kein Wunder, dass du es dort nicht mehr ausgehalten und darauf geschissen hast. Deine Erzählung landet gerade bei dieser Aktion und Detlev hat dir aufmerksam zugehört. Sein Kinn hängt

tief und das staunende Mondgesicht erinnert an ein Kleinkind, welches von Mickymaus hypnotisiert vor dem Fern-
seher kniet. Mit Detlevs Frage, ob es sich beim *Schiss* in die
Galerie um Expressionismus handelte, zündete er die
zweite Tränen treibende Brüllattacke innerhalb von vierundzwanzig Stunden. In Gegenwart des Nihilismus schüttelt die Selbstironie der Realität die Hand. Dies dürfte für
dich und Detlev die Brücke einer nicht zu bändigenden
Komik sein. Eine absolut bemerkenswerte körperliche
Reaktion quetscht dir den letzten Atem aus der Lunge.
Gerade noch gelingt es dir zu sagen:

„Weißt du was? Ich komme mit! Ich will diesem Mast-
sprenger die Hand zur Gratulation schütteln!"

Mit aus den Lungenspitzen gepresster Luft stammelt
Detlev etwas empor.

Es klang so ähnlich wie „Das wäre fantastisch, Mann!".

7

Tags darauf ...

Du wirst unsanft aus dem Schlaf gerissen. Die alte Tür-
klingel wird dir eines Tages noch eine Herzattacke verpassen. Du hast dich gestern mit mehreren Flaschen aus
Detlevs *Alkothek* angelegt. Whiskey hat gewonnen und ein
Andenken in Form erbarmungsloser Kopfschmerzen hinterlassen. Du kannst dich nur verschwommen daran erinnern,
wie du nach Hause gekommen bist.

Man hämmert bereits mit Fäusten gegen die Eingangstür.
Verflixt, wer kann das jetzt bloß sein? Hast du nicht noch
eine Nachricht vom AB abgehört, ehe du ins Bett gesackt
bist? Jetzt scheint ein Funke einer Erinnerung übergesprun-
gen zu sein, denn du glaubst, dich an eine Nachricht von
Chet zu erinnern. Dein Denkapparat ist aber zu lädiert, als
dass du dir wirklich sicher sein kannst.

Der Alkohol muss dir alles an Körperflüssigkeit entzogen
haben. Es fällt dir schwer zu entscheiden, was zuerst zu tun
ist. Noch einmal den AB abhören oder gleich an die Tür
gehen, an welche mittlerweile bereits getreten wird?
Könnte es sich auch um Feueralarm handeln? In deiner
Morgenlatte wäre genug Wasser, um jeglichen Brand zu
löschen. Apropos Brand, du musst dringend etwas trinken.
Deine Zunge reibt entlang des Gaumens wie der Reifen
eines Mustangs bei Vollbremsung auf trockenem Asphalt.

Das Problem vor der Tür ist immer noch nicht gelöst. Du
öffnest einen Spalt. Deine Augen, träge wie Bleikristall,
richten sich auf das wild hämmernde Objekt.

Du kannst Chet erkennen.

„Einen kurzen Moment noch", möchtest du ihm sagen, aber auch an deiner Zungenspitze scheint ein Sack voll Blei zu hängen.

Chet ist nicht allein, er hat noch einen anderen Typen im Schlepptau. Du stammelst etwas von „einer Sekunde", schlägst die Tür zu, ergreifst eine Flasche mit abgestandenem Wasser und kippst dieses in deine Öffnung oben, während deine Öffnung unten Wasser lässt. Das Gefühl der bilateralen Befriedigung lässt dich kurz alles vergessen und sogar den stechenden Kopfschmerz ausblenden.

Mit dem kurzen Wort „Sorry" lässt du das *Abholkommando* in die Wohnung. Nun wäre es artig, Kaffee anzubieten, aber du fühlst dich nicht in der Lage, einen solchen herzustellen. Du hoffst, dass dich niemand danach fragt.

„Soll ich dir Kaffee machen?"

Chet scheint auch des Gedankenlesens mächtig zu sein.

„Ich flehe dich an, bitte mach Kaffee!", sülzt du ihn an.

Die zuvor vergeblich ausgeworfenen Anker, deine Sinne zu fixieren, graben sich allmählich in realem Boden ein, wie dir scheint.

Der von Chet mitgebrachte Typ macht sich inzwischen daran, dein Bild professionell einzupacken. Dir wird klar, dass dies der eigentliche Sinn dieses Aufmarsches ist. Sie holen es, um es in Chantals Galerie zu verfrachten.

Dir liegt sehr viel an diesem Bild. Viele Jahre mussten vergehen, bis du endlich so weit warst, es malen zu können. Zig Misserfolge haben dich begleitet. Jedes Mal hast du dir irgendwelche Ausreden herausanalysiert, um erst langsam zu erfahren, dass es einzig und allein nur davon abhängt, wie sehr man mit dem Genre, welches gemalt werden möchte, in persönlicher Verbindung steht. Jetzt zieht es an dir vorbei, hinaus, um den Weg zu gehen, den es gehen muss.

Du bist nichts anderes als ein Medium dessen, was geschehen muss. Es wäre vielleicht ratsam herauszufinden, welche Rolle für dich vorgesehen ist, um diese dann, so gut es geht, zu Ende zu spielen. Nicht der Pinsel ist das Werkzeug, sondern du bist das Werkzeug. Jetzt bist du jedoch zu belämmert, um hier weiterzudenken, wobei klar ist, dass sich von nun an dein Leben drastisch verändern wird.

„Kommenden Samstag ist die Vernissage, Chantal möchte dich unbedingt dabeihaben", sagt Chet.

Während seiner Ankündigung überlegst du, welche Rolle er eigentlich einnimmt. Es muss wohl so sein, dass er auf dich gestoßen ist, so wie auch der Mann des Glaubens ausgerechnet auf dich gestoßen ist. Es wird wohl alles seine Ordnung finden beziehungsweise finden müssen. Man kann seinem Schicksal nicht entfliehen, dafür bist du eben Maler geworden. Und die Gesellschaft kann dir nicht entfliehen.

Detlev will es da schon genauer wissen. So, wie dir Detlev gerade in den Sinn kommt, erzählst du Chet von deinem gestrigen Besuch und davon, dass du mit Detlev gen Westen fahren möchtest. Chet lächelt nur milde, möchte dem Vorhaben gegenüber positiv wirken, aber du spürst, dass er momentan für solchen Irrsinn keinen Kopf hat. Vielleicht denkt er realistisch, aber möchte dir nicht sagen, dass dieses Vorhaben ohne Kohle quasi Utopie bleiben wird.

8

Samstag, Chantals Galerie ...

Geistig hast du dich auf Champagner schlürfende
Schrumpfköpfe eingestellt. Das Publikum ist hier aber
etwas anders. Doch wo es Champagner gibt, gibt es auch
Schrumpfköpfe. Die Quote von Hornbrillenträgern ist über-
raschenderweise deutlich höher als bei der Vernissage der
Akademie. Vereinzelt sind auch Glatzen- und Schalträger
anwesend. Heute fühlst du dich anders. War dir die Vernissage der Akademie scheißegal, so hast du heute feuchte
Handflächen.

Chantal bittet die Gäste zuerst in einen Empfangsraum,
bevor die Kunstinteressierten auf die Exponate losgelassen
werden. Ein schlauer Zug, womit sie den Künstlern Respekt
zollt und vermeiden will, dass jemandem bei der Betrachtung eines Bildes ein Lachshäppchen im Rachen stecken
bleibt. Sie hat dir verboten, den Ausstellungsraum zu
betreten, solange die Vernissage nicht offiziell eröffnet ist.

Du bist auf die Auswahl und Zusammenstellung der
gesamten Galerie gespannt und gehst davon aus, dass sie
keine Aquarelle irgendwelcher passionierten Landschafts-
maler ausstellt, obwohl es vielleicht gerade solche Bilder
wären, die in Kombination mit deinem einen interessanten
Kontrast ergäben. Auch Detlev und Chet werden kommen.
Du kannst es kaum erwarten, Freunde an deiner Seite zu
haben, denn deine Nervosität nimmt überhand.

Chantal ist mit Businesstalk beschäftigt und hat deine Anwesenheit mit einem kleinen anzüglichen Blick gewürdigt.

Endlich kommt der Bursche mit dem Champagner. Um aber deinem Hang zum *Aktionismus* durch Einfluss von Alkohol nicht wieder ohnmächtig ausgeliefert zu sein, beschließt du, dich selbst des Platzes zu verweisen. Du wirst dem Treiben von der Bar gegenüber als stiller Beobachter beiwohnen.

Gerade als du Chantals Galerie verlässt, begegnen dir Detlev und Chet. Du packst die beiden am Ärmel und führst sie zum Fußgängerübergang.

„Jungs, ich halte dieses Theater heute nicht aus, kommt mit, eine Runde geht auf mich, gleich da drüben."

Chet und Detlev folgen dir wortlos über die Straße, denn auch sie wissen, wozu du bei Vernissagen imstande bist.

In der Bar angekommen, setzen wir uns ans große Fenster.

„Willst du nicht deren Gesichter sehen?", fragt Chet.

„Nein, muss nicht sein, ist ja nur ein Bild", antwortest du, während du die Getränkekarte aufschlägst.

„Ich kann mir schon ausmalen, wie die Reaktion sein wird", fügst du hinzu.

„Und wie?", will Chet wissen.

„Sie werden erst mal geschockt sein, aber ihrem Gefühlszustand keinen Ausdruck verleihen, weil sie sich nicht als Banausen outen wollen. Sie werden aber auch kein Wort darüber verlieren, weil sie zu betroffen sind. Dann stellen sie allmählich ihre Gläser ab und werden das Gebäude schweigend verlassen. Vielleicht ist ja noch einer dabei, der

Manns genug ist und sich lauthals darüber echauffiert. Die anderen Exponate werden einfach untergehen. Keiner wird sich morgen mehr an eines der anderen Bilder erinnern. Dafür werden sie zeit ihres Lebens an mein Bild denken und im besten Fall darüber sinnieren, was sich der Künstler wohl dabei gedacht hat, als er es herstellte."

Detlev ist gerührt. Du hast diesen Mann tief ins Herz geschlossen und kannst es kaum erwarten, eines Tages mit ihm die lang ersehnte Reise anzutreten, um seinen *ideellen Schöpfer* zu finden.

„Ich habe Chet von unserem Plan erzählt", wirfst du in die Runde. Ein wahrhaftig gelungenes Manöver, um Detlevs schweren Kopf aus der Senke zu holen. Detlevs Augen glänzen und da lächelt er auch schon wieder.

„Wie wollt ihr das eigentlich anstellen?", fragt Chet und zeigt sich endlich interessiert.

„Ich war gestern in der Bibliothek und hab mir ein paar Mikrofilme durchgesehen", antwortet Detlev.

„Der Typ hat für die Sprengung keinen plausiblen Grund genannt. Man hätte ihm den Gefängnisaufenthalt möglicherweise verkürzt, hätte er sich als Irrer ausgegeben. Aber das wollte er offenbar nicht. Ich will herausfinden, was er mit dieser Mastsprengung vorhatte", sagt Detlev.

„Mir leuchtet nicht ein, warum du glaubst, er wäre die Ursache deiner Zeugung. Ich meine, dein potenzieller Vater hätte genauso einen Tag später deine Mutter flachlegen können!", antwortet Chet.

Seine Ansage lässt Detlevs starren Blick keinen Millimeter von dessen Bierglas abweichen. Sein Mund öffnet sich und heraus kommen langsam gesprochene Sätze, wie:

„Die Welt ist alles, was der Fall ist. Die Welt ist die Gesamtheit der Tatsachen, nicht der Dinge. Die Welt ist durch die Tatsachen bestimmt und dadurch, dass es alle Tatsachen sind."

Du kannst dir ein albernes Grunzen nicht verkneifen. Ohne deinen Kopf zu bewegen, blickst du fragend Chets Antlitz entgegen.

„Wittgenstein, er zitiert Wittgenstein", sagt Chet.

Auf Detlevs Zitat hin versuchst du, dir einen logischen Reim zu machen. Du kommst zum Schluss, dass er wohl meinen möchte, dass es passiert ist, wie es eben passiert ist, und dass es so passieren musste, wie es passiert ist.

„Was hindert dich daran, die Tatsache, so wie du eben zitiert hast, von einem x-beliebigen Typen gezeugt worden zu sein, als Tatsache zu akzeptieren, dass du von diesem x-beliebigen Typen gezeugt wurdest?", fragst du, ohne Detlev nahetreten zu wollen.

Eine Träne kullert über seine Fettbacke. Er zeigt auf sein Gesicht: „Darum, Mann, darum!", flennt er.

„Es ist auch eine Tatsache, dass ich wissen muss, was Ed Parkers Anstoß war, den Mast zu sprengen!", fügt er hinzu.

Du bewunderst Detlev dafür, dass er seinen Emotionen so unbekümmert freien Lauf lassen kann. Noch nie zuvor hast du einen Mann in der Öffentlichkeit flennen sehen. Dieser Riese kann so ein Häufchen Elend darstellen, denkst du.

Du blickst nach links durch das Fenster hinüber zu Chantals Galerie. Dort ist es ruhig. Die Kunstinteressierten haben inzwischen ihre Brötchen verdrückt und dürften sich nun in der Ausstellung befinden. Es ist der Moment gekommen, in dem deine Arbeit das Licht der Welt erblickt.

Ein magischer Moment. Über das Medium der Leinwand malst du nun in die Köpfe der Betrachter. Du dringst durch ihre Augen ein und schwängerst ihre Sinne. Das Auge ist ein befangenes Organ, denkst du. Einmal Gesehenes bleibt für immer gesehen.

Was, wenn ein Betrachter dein Bild nicht sehen möchte? Ehe er sich der inneren Ablehnung bewusst wird, ist es zu spät. Das Bild brennt unaufhaltsam seinen Inhalt in das Gedächtnis. So kommt ein scheußlicher Anblick wohl einer *Sinnesvergewaltigung* gleich.

Chet und Detlev schweigen. Du riskierst wieder einen Blick über die Straße. Nun scheint der Moment gekommen zu sein, in welchem sich deine Prophezeiungen bewahrheiten.

Die Besucher verlassen die Galerie, und sie tun dies fluchtartig. Schrumpfköpfe gestikulieren aufgeregt ihren Begleitpersonen entgegen. Manche schweigen, und es ist klar, worüber geschwiegen wird. Auch du hast das Bedürfnis, nicht zu sprechen. Chet und Detlev, deine neuen Freunde, verstehen dich auch ohne Worte. Du kannst dich glücklich schätzen, in ihrer Gegenwart zu sein.

Mit jedem einzelnen Kunstinteressierten, der die Galerie verlässt, schwindet dein Enthusiasmus, jemals wieder etwas auf Leinwand zu malen. Ist es gut so oder hast du nun dafür gesorgt, nie mehr etwas malen zu *müssen*? Hast du das *Maximum deines Ausdruckswillens* erreicht, das, wonach alle *Ausdruckswilligen* ihr ganzes Leben streben? Konntest du mit einem Mal sagen, was andere ihr Leben lang nur auf Raten in sich finden können, weil sie erst langsam mit jedem misslungenen Exponat dem Nukleus, der Ursache ihres künstlerischen Ausdruckswillens näher kommen?

Nun hast du den Horizont deines künstlerischen Anspruchs exekutiert. Dafür hat dieses Bild so viel Kraft wie ein komplettes Lebenswerk. Zu viel Kraft, und eine Überdosis an Ausdruck für den Rezipienten, wie dir scheint. Die Schrumpfköpfe konnten es mit deiner Notdurft zu malen jedenfalls nicht aufnehmen. Du hütest dich davor, die Flucht der Kunstinteressierten als einen *persönlichen Erfolg* zu verbuchen, aber du spürst, dass dir mit diesem Bild ein sogenannter *Wurf* gelungen ist. Ein Wurf, den du in deinem Arsch austragen musstest.

Detlev schielt dir tief in die Augen. Er scheint zu verstehen, in welchem Dilemma du dich gerade befindest. Vielleicht sieht er in dir gerade sich selbst in der Situation, in der er möglicherweise bald seinem *Elektrodaddy* gegenübersteht.

„Kommt, lasst uns hinübergehen, ich will nach Chantal sehen", sagt Chet.

Sein Wesen wandelt sich in das eines Hirtenhundes. Sein irdisches Dasein dürfte unter anderem dem Zweck dienen, die Gesellschaft rings um sich zusammenzuhalten.

Wir verlassen die Bar. Der Stadtlärm klingt heute eigenartig scharf, jedes Hupen wie ein bedrohliches Stechwerkzeug, es ist kaum auszuhalten. Chet geht voraus und blickt immer wieder zurück nach Detlev und dir.

Wir öffnen die Flügeltür der Galerie und stellen fest, dass sich hier kein Mensch mehr befindet. Auch Chet wirkt nun nervös. Er macht sich auf die Suche nach Chantal.

Du kannst dir um Frauen keine Sorgen machen, wenn diese mit deinen Eiern einmal so gespielt haben, als wären sie chinesische Handübungsbälle.

Anstatt sich der Suche nach Chantal anzuschließen, wanderst du in den Ausstellungsraum und lässt deine Blicke schweifen. Deine Augen fallen direkt auf eine frontal gelegene Wand, an der zentriert und hervorragend beleuchtet ein Gegenstand hängt, mit dem du unzählige Stunden verbracht hast.

Du spürst eine Wiedersehensfreude. Als einziges Exemplar an dieser Fläche ist die Wirkung dermaßen, dass du es nur als ein von dir völlig abgespaltenes Kunstwerk bewundern kannst. Du wagst es nicht, dir vorzustellen, mit welcher Kraft es durch die Augen der Betrachter zog und welche Explosion es in deren Verstand auslösen musste. Die anderen Gemälde bemerkst du kaum. Fahle Farbkompositionen abstrakter Natur. Kein einziges ist nur annähernd *konkret*.

Chantal hat die anderen Exponate als Platzhalter deponiert. Sie ist genial, denkst du. Du nimmst an, dass sie die anderen Bilder irgendwann in Auftrag gegeben hat und diese einzig nur dem Zweck dienen, einmal für ein besonderes Bild Spalier zu stehen.

Wo ist sie?

Die Räumlichkeiten sind hier komplex angelegt. Du hast gesehen, dass vom Vorraum ein unbeleuchteter Gang zu, wie du vermutest, etlichen Hinterzimmern führt.

Detlev sitzt hypnotisiert vor deinem Bild und starrt es mit glänzenden Augen an. Wenn er nicht achtgibt, wird sich ein Speichelfaden in Richtung Hemdkragen abseilen. So muss

Klein Detlev ausgesehen haben, als er zum ersten Mal einen Weihnachtsbaum sah.

Aus einem der Hinterzimmer dringt Gelächter. Ein Gackern, welches dir schon einmal durchs Gehör hallte. Detlev ist nicht ansprechbar, du lässt ihn kurz alleine und folgst dem Gelächter zum vorletzten Zimmer des dunklen Ganges. Durch eine halb geschlossene Tür fällt ein Lichtkegel. Du gibst der Tür einen sanften Stoß und kannst deinen Augen nicht trauen, wer sich hinter dieser Tür befindet. Du erlebst nun einen Moment, der sich so stark in dein Erinnerungsvermögen einbrennt, dass du es förmlich zischen hören kannst.

Du siehst die beiden Mexikanerinnen, Melena und Larissa, des Weiteren Chantal und Chet. Sie starren dich an und warten, bis dein Erstaunen mit einem gesprochenen Wort unterbrochen wird.

Ehe du nur ein „Was zum Teufel ...“ hervorstotterst, versucht dein Gehirn, geradezu explosiv zu assoziieren.

„Was zum Geier macht ihr hier?“

Die Mexiko-Girls sehen einander an und brüllen los. Chantal kuhlt die Augen nach oben, steht auf, kommt auf dich zu, legt ihre Arme auf deine Schultern und flüstert dir ins Ohr:

„Na, Süßer, überrascht?“

Mit ihrem plötzlich affektierten Zungenschlag wirft sie dir ein Hölzchen.

„Darf ich vorstellen, meine Nichten, Desiree und Lima!“

Die dir als Melena bekannte, soeben als Desiree vorgestellte Göre aus dem Klub läuft auf dich zu, nimmt dich bei der Hand und zieht dich hinaus auf den Korridor. Sie läuft mit dir in den großen Ausstellungsraum, bleibt in der Mitte des Raumes stehen und deutet auf ein seitlich montiertes Bild.

„Das da, mein Lieber, ist dein Arsch! Erkennst du ihn wieder?"

Detlev, der bis dato noch immer dein Bild betrachtet, konnte das eben Gesagte gut mithören. Dir bleibt nur mehr eine leise Forderung nach Alkohol.

„Tequila!", plärrt Desiree nach hinten.

Chet klopft dir auf die Schultern. Gemeinsam betrachten wir dein Bild. Wer dieser Junge vor dem Kardinal ist, möchte keiner so genau wissen.

„Wie haben es die geladenen Gäste aufgenommen?", fragst du Chantal. Sie grunzt und verdreht wieder die Augen.

„Die hatten alle plötzlich noch etwas anderes vor."

„Aha", mehr kannst du jetzt nicht sagen.

Du blickst zu Chet. Er deutet mit richtungsweisendem Nicken in die hintere Ecke des Ausstellungsraumes, zum Eingang. Dort hat sich ein schmächtiger, schwarz gekleideter Mann positioniert. Sein Kragen gibt rasch den Hinweis nach seiner Berufung oder besser: *Konfession*.

Adrenalin stößt durch deine Gefäße. Er schweigt und blickt nur in Richtung des Bildes. Die Spiegelung der Leuchtkörper in den Gläsern seiner Nickelbrille lassen nicht erkennen, welche Augen sich dahinter verbergen. In dem Moment, als er unser aller Aufmerksamkeit auf sich gezogen hat, verschwindet er wieder, ohne ein Wort gesagt zu haben.

Stumm blicken wir einander an. Die gut ausgeleuchtete Botschaft dürfte diesen zarten Mann erreicht haben. Er macht keinerlei Anstalten, im Gegenteil, er wirkt sehr gefasst, ja stoisch.

Eigentlich musste er damit gerechnet haben, dass es nur mehr eine Frage der Zeit war, bis diese *elende Eiterblase* des kirchlichen Kollektivgeheimnisses unter der eigenen Last brechen würde und es nur mehr *eines Stiches* bedurfte, bis der Eiter durch die dicken Kirchenwände nach außen drängen würde. Auch wenn er keiner von denen sein mochte, die ihre Position schamlos ausnutzten und ihrer perversen Neigung freien Lauf ließen, der Anblick deines Bildes musste ihn schmerzen.

Vielleicht war auch er ein Betroffener?

Dein Bild ist für ihn ein in Öl gebannter Tiefschlag, eine öffentliche Zurschaustellung, ein Zeugnis über einen erbärmlichen Zustand seines Standes, und diesem kann er jetzt direkt ins Auge blicken.

9

Zu Hause ...

Du lässt den Kopf über die Bettkante hängen und lauschst dem Frühverkehr. Dein Lebensrad hat sich um einen Zahn weitergedreht. Im Zeitraffer spulst du die zurückliegenden Ereignisse immer und immer wieder durch. Auch wenn sich deine monetären Vorräte allmählich auflösen, empfindest du Wohlsein, denn du hast einen Erfolg zu verbuchen.

Das Bild hängt nun in der Öffentlichkeit.

Was du nicht sagen konntest, kann nun gesehen werden. Egal ob du aus dieser Wohnung geworfen wirst, du bist einer Bestimmung gefolgt, indem du geistigen Drang in physikalische Realität transformiert hast.

Es wäre Zeit für eine Pause, Abstand vom Tun zu nehmen, bevor in dir abermals eine Sinnkrise heranwächst, die dich schließlich am Kragen packt und in die Tiefen einer unheilbaren Frustration zieht. Es wäre an der Zeit, diesen Ort zu verlassen, um als Kunstschaffender fortzubestehen zu können.

Reisen, Leben, Erleben und Wiedergeben. Diese Stadt bietet dir in Wahrheit nichts mehr an Material, welches sich lohnen würde, auf Leinwand zu pinseln. Impressionen aus New York, darum sollen sich die viel beachteten Videokünstler scheren.

Du verspürst keinerlei Lust zu arbeiten. Was soll auch ein geleerter Geist verdauen? Es gibt momentan nichts, was durch deine Kreativität hinausgeschissen werden könnte.

Vielleicht bist du ein Maler geworden, der nur dann zum Pinsel greifen kann, wenn er erst von einem sprengstoffgeladenen Sujet gefickt wurde, welches in ihm dann die unermüdliche Euphorie samt Willen gedeihen lässt, um der Welt ein in Öl gefasstes Werk zu gebären.

Dein Magen knurrt. Du könntest dir im Café vis-à-vis der Galerie einen Burger gönnen und zusehen, ob irgendwelche Passanten haltmachen, um die Galerie zu besuchen. Ein prächtiger Plan, um den Nachmittag herumzukriegen, denkst du.

Du nimmst eine Dusche und machst dich auf den Weg.

Der Morgen ist noch kühl. Abgase, Meerluft, Zigarettenrauch und der Geruch von Kaffee mischen sich zu einem klaren, sachlichen Dufterlebnis.

Bei der Galerie angekommen, stellst du zu deiner Überraschung fest, dass diese abgeschlossen ist. Ein Karte an der Tür informiert über eine kurzfristige Schließung. Begleitet von einem äußerst unangenehmen Verdacht, wirfst du sofort einen Blick durch die große Fensterscheibe.

Das Bild ist weg.

Demontiert. Zensur? Wurde deine Arbeit vor der Gesellschaft weggeschlossen, noch bevor sie gebührend wahrgenommen wurde?

Dein Herz beginnt zu pochen, dein Gesicht wird heiß. Wenn das Bild Aufruhr und Skandal nach sich gezogen hätte, wäre ein Verschwinden verkraftbar, aber heute, zu diesem Zeitpunkt, wäre ein Verschwinden sinnlos und fatal.

Wenn sich deine Vermutung bewahrheitet, dann würde die Welt etwas erleben. Du würdest ab sofort dein gesamtes Lebenswerk diesem Thema widmen und ausschließlich Bilder von kinderschändenden geistlichen Organen malen. War die Kirche in der Renaissance die Lebensader der bildenden Kunst, so soll heute die Kunst die Kirche zur Strecke bringen.

Eine innere Stimme hält dich dazu an, zur Ruhe zu kommen, dich zu setzen und herauszufinden, was tatsächlich passiert ist. Und wo verdammt könnte Chantal stecken? Nur sie kann wissen, wo sich das Bild befindet.

Du eilst in das Café, um Chet anzurufen, bestimmt weiß er, was hier vor sich gegangen ist.

Du gehst vorbei an der massiven hölzernen Bar und betrittst den dunklen Gang, der nach hinten zur Telefonkabine führt.

Chet hebt ab.

„Hey, gut, dass du anrufst, Mann, es gibt Neuigkeiten!"

Warum klingt er so gut gelaunt?

„Chantal möchte dich treffen und ich konnte dich nicht mehr erreichen!", sagt Chet euphorisch.

„Pack aus, was ist los? Mein Bild ist demontiert!", plärrst du in den Hörer.

„Beruhige dich, Mann. Chantal wird dir alles erzählen. Wir treffen uns in einer Stunde im *Frank's*. Und noch was, überlege dir schon mal, was dein Bild wert ist, wenn sich jemand gezwungen fühlt, es zu kaufen, hehehe!"

Chet legt auf.

Es soll Situationen geben, die für jemanden eine gewisse Überforderung darstellen. In solch einer Situation befindest du dich jetzt. Du folgst deinem Credo, cool zu bleiben und erst einmal was zu trinken zu bestellen. Selten bis nie hat deine Leber bereits vormittags die Bestellung eines doppelten Bourbons in Auftrag bekommen.

Was ist die Darstellung wert?

Du zählst eins und eins zusammen. Offensichtlich will jemand, dass dein Bild nicht gezeigt wird, denn wer würde seiner pädophilen Neigung Tribut zollen, indem er sich ein solch widerwärtiges, in Öl gefasstes Sujet an die Wand nagelt? Es müsste sich um einen absoluten Freak handeln. Was soll es kosten, dass du der Welt nicht aufzeigen kannst, was dir als Grünschnabel widerfahren ist? Du könntest kassieren und noch eines malen, wer kann dich daran hindern?

Was soll dieses Bild bloß kosten, murmelst du dir zu. Zehn-, fünfzehn-, zwanzig-, fünfzigtausend? Du kannst nur zuwarten und erst entscheiden, wenn klar ist, was heute wirklich passiert ist.

Deine Aufregung setzt sich allmählich und wandelt sich in ein dumpfes Gefühl eines Triumphs.

Jetzt wirst du sie ficken!

Das Frank's liegt in der Vierzehnten. Du nimmst die Linie drei. Auf dem Weg vor bis zur Achten liegt die Akademie. Auch wenn dein Abgang erst zwei Wochen zurückliegt, der Anblick dieses Gebäudes erinnert dich an das Wesen einer Person, die dir vor langer Zeit einmal innewohnte.

Seit dem Verlassen der Akademie ist so viel passiert wie nie zuvor. Du möchtest diese Gegend meiden, denn diese besagte Person, welche dir einst innewohnte, ekelt dich an. Wochen zuvor hattest du dich hinunter zur Metro geschleppt, weil du nicht wusstest, wohin der Zug mit dir fährt. Heute nimmst du zwei Treppen auf einmal und kannst es kaum erwarten, aus dem Metrosystem wieder herauszukommen. Gedanken rasen so schnell durch dich, dass du die äußere Welt kaum wahrnimmst.

Das Frank's ist gut gefüllt. Broker, Studenten, vielleicht auch ein paar Touristen. Im Frank's gibt es ein Separee, wo Gespräche geführt werden, die so wichtig sind, dass man diese eben in Frank's Separee den heftigen Stadtimpulsen entzieht. Ferngesteuert visierst du diesen Platz an. Wer dorthin geht, signalisiert den anderen Besuchern, dass es hier um mehr geht als um das auf den billigen Rängen, den ganz ordinären Tischen, an denen man isst. Täglich sieht man Gestalten, die ihre gemischten Gefühle mitten im Gesicht ins Separee quer durch das Lokal tragen. Manchmal sind es blasse, karge Masken mit weit geöffneten Augen, die ergeben dem Licht ihrer Zuversicht folgen.

Du siehst eine Körperhälfte Chantals. Ein halber Pagenkopf, ein halber Mund, ein halber Hals, ein halbes rotes, sitzendes Kostüm mit Zigarette. Ein edler Anblick, als wäre dieser bereits gemalt. Mit jedem Schritt spreizt sich der Sichtwinkel auf und entblößt weitere dort sitzende Gestalten. Chantal, Chet und ein in Schwarz gekleideter Herr mit Nickelbrille, dessen Kragen ein zentriertes weißes Element enthält. Es ist der Pfaffe aus der Galerie.

„Setz dich!"

Chantal war schon umgänglicher. Dass man hier auf Austausch von Freundlichkeiten verzichtet, ist dir nicht einmal unrecht. Du setzt dich an den Rand der Sitzbank, Gesäß an Gesäß zu Chantal.

Der Gottesanbeter senkt den Kopf, damit die Augen nicht durch die Nickelbrille blicken müssen.

„Wie viel?"

Des Gottesanbeters Stimme scheint die eines starken Rauchers zu sein. Chantal positioniert den Absatz ihres Stöckelschuhs auf deinem linken Fußrücken.

„Eine Stimmung ist das hier wie beim Schuldirektor!"

Mehr fällt dir jetzt nicht ein.

Chantals Absatz beginnt zu bohren und Chet verdreht die Augen. Du hast keinen blassen Schimmer, was dieser Typ imstande wäre zu bezahlen. Chet lehnt sich zurück, spreizt seine Hand und verwendet zwei Finger, um in etwas schwülstiger Manier darauf sein Kinn zu stützen. Dabei bekommt er große Augen und seine Lippen formen ein Wort, welches so aussieht, als würde er aus irgendeinem Grund „zwanzig" sagen wollen.

Zwanzigtausend sind also geboten. Der Gottesmann lässt es darauf ankommen und alles, was unter „zwanzig" wäre, wäre ein Geschäft zu seinen Gunsten. Also sagst du:

„Dreißig. Dreißigtausend, und das Bild hängt in Ihrem Schlafzimmer oder wo auch immer Sie gerne das Bild betrachten wollen!"

Die Nickelbrille gafft etwas blöde aus dem steifen Kragen. Chantal löst den Bleistiftabsatz aus dem Leder deiner Schuhe und ihre Hand fährt zärtlich entlang deines angespannten Oberschenkels.

„Fünfundzwanzig!", sagt der Mann des Glaubens.

„Fünfundzwanzig bar auf die Kralle, einverstanden", sagst du.

Der Gottesanbeter zückt ein Kuvert.

„Hier sind zehntausend, der Rest kommt nach Unterzeichnung einer *Einigung* zwischen Ihnen und der christlichen Kirche und nach Übergabe des Bildes."

„Welche Einigung?", fragst du.

„Ein Papier, welches Sie davon abhalten soll, nie wieder Derartiges auf Leinwand oder Ähnliches zu pinseln, verstanden?"

„Wer soll mir verbieten, was ich auf Leinwand male?"

„Wissen Sie, es gibt ein paar gut trainierte junge Männer aus der Schweiz, die nicht zur päpstlichen Garde kommen konnten, weil ihnen die Brutalität zu sehr ins Gesicht geschrieben war. Aber diese Kerle würden dennoch gerne im Dienste des Herrn arbeiten", sagt der Pfaffe.

„Wollen Sie mir drohen?"

Der Mann Gottes lehnt sich über den Tisch und flüstert dir ins Ohr. Er rät dir, keine dummen Fragen mehr zu stellen und das Geld zu nehmen.

Chets an und für sich relativ freundliches Gesicht verzerrt sich zu einer beschwörenden Visage, welche dich an diesen, wie hieß er noch einmal ... ach ja, *Hanussen*, den Nazi-Hellseher, erinnert. Auch Chantals Bleistiftabsatz wird wieder spürbar.

Du stehst zweifelsfrei unter dem Einfluss fremder Machenschaften, und wer enttäuscht schon gerne seine neu gewonnenen Freunde?

„Okay, abgemacht, wann und wo?"

„Morgen, neun Uhr in der Sakristei der St. Francis Church. Sie und das Bild."

Der Nickelbrillenträger steht auf, knallt ein Kuvert auf den Tisch und verlässt das Lokal. Nach einer Minute des Schweigens brennen drei Zigaretten zwischen unseren Fingern. Wir starren auf die Mitte des Tisches.

„Fünfundzwanzigtausend!"

Chet spricht die Zahl aus, als hätte er im Casino gewonnen.

„Und ein paar Schlägertypen, die es auf mich abgesehen haben, wenn ich mich noch einmal dazu hinreißen lasse, Derartiges auf Leinwand zu bringen", fügst du hinzu.

„Aber gutes Startkapital, oder?", beschwichtigt Chantal.

„Ja, zumindest das, aber noch fehlen fünfzehntausend. Eigentlich bin ich nicht gerade davon begeistert, mich dorthin zu begeben, um mir das Geld abzuholen. Wer weiß, was da auf mich lauert?"

„Du solltest dort auf keinen Fall alleine hingehen", sagt Chet.

„Am besten wäre es, mit Detlev aufzukreuzen", sagst du.

Du fragst Chantal, ob sie eine Provision nimmt.

„Normalerweise würde ich sechzig Prozent bekommen, aber der Skandal rund um dein Bild hat für mich unbezahlbaren Werbeeffekt. Nimm es, es steht dir zur Gänze zu!"

„Alles klar, danke und bis morgen. Chantal, ich hol das Bild um acht, okay?"

Du steckst das Kuvert ein und verschwindest.

10

Die Übergabe ...

Du bist nicht im Besitz eines Führerscheins. Chantal hat sich bereit erklärt, dich, das Bild und Detlev zum Übergabeort, der St. Francis Church, zu fahren. Detlev hat sich bis in den Arsch mit selbst gebastelten elektronischen Utensilien verkabelt. Übertrieben, wie du denkst, aber so kann er zeigen, wie geehrt er sich fühlt, dass du ihn gebeten hast, dieser Aktion beizuwohnen.

Die St. Francis Church hast du, seit du hierhergezogen bist, kaum wahrgenommen. Sie ist eines dieser Tausenden steingewordenen Zeugnisse einer schamlosen Hierarchie. Diese Kirche wurde von Menschen voll Gottesehrfurcht gebaut, bezahlt von Menschen, die dafür gesorgt haben, dass es Gottesehrfurcht gibt. Wer über diese heiligen Hallen hinausdachte und etwa durch ein selbst gebautes Fernrohr sah, zum Schluss erkannte, dass sich die Himmelskörper anders verhielten, als es Gott für seine Schäfchen vorgesehen hatte, verlangte nach der Inquisition. Auch du hast eine potenzielle Einladung an ein Inquisitionskommando geschickt.

Dir ist bewusst, dass du dich für Schweigegeld in die Höhle des Löwen gewagt hast. Bist du eigentlich noch zu retten? Andererseits, was kannst du dir schon großartig um die Erfahrungen mit diesem perversen Priester kaufen? Eine finanzielle Entschädigung wäre durchaus angebracht. Dabei leuchtet dir ein, dass der rasche Kauf des Bildes seitens der

Kirche inklusive einer kleinen Erpressung einem astreinen Geständnis gleicht.

Du fragst Detlev, was er da alles in seinen Mantel gepackt hat.

„Einen Elektroschocker, einen Kugelschreiber mit eingebautem Mikro ... Sendet alles an diesen Kassettenrecorder", sagt er.

„Okay, ich möchte, dass wir da drinnen alles aufzeichnen und so gut wie möglich dokumentieren. Gib mir das Zeug, ihr wartet hier und verfolgt, was da drinnen vor sich geht!", sagst du. Detlev und Chantal nicken.

„Detlev, wenn das hier vorbei ist, hauen wir für eine Weile ab aus dieser Stadt, einverstanden?", sagst du, während du auf die Uhr blickst.

Detlev steckt dir die Kugelschreiberwanze an und schaltet den Empfänger sowie das Tonbandgerät ein. Ein durch eine Rückkopplung verursachtes Fiepsen verrät, dass das kleine Ding ziemlich empfindlich arbeitet. Du verlässt den Wagen mit dem verhüllten Bild.

Viele Dinge sind im Laufe des Erwachsenwerdens kleiner und leichter geworden, aber diese massiven Holztüren der Kirchenportale haben nichts an ihrer Schwere und Trägheit eingebüßt.

Die Kirche ist leer. Du wirst erwartet.

Und wieder, du kannst es dir nicht erklären, denn mit dem Betreten dieser Halle tauchen die alten Schuldgefühle auf. Früher, als du noch ein Kind warst, gehörten diese Schuldgefühle einfach dazu. So sehr, dass du aufgehört hast, sie wahrzunehmen. Möglicherweise bekommt man das Gefühl, weil man sich hier ständig beobachtet fühlt. Beobachtet von dem Mann am Kreuz, der sich, ohne dich gefragt zu haben, für dich drannageln ließ. Da könnte man als Kind schon Schuldgefühle bekommen.

Du blickst erneut auf die Uhr, als du die Schwelle aus Stein zur Sakristei überschreitest. Da steht ein mit dem Rücken zu dir gekehrter, zarter Mann in grauem Anzug. Ohne sich umzudrehen, erklingt eine fiese, schneidende Stimme:

„Ein Jegliches hat seine Zeit, und alles Vornehmen unter dem Himmel hat seine Stunde! So heißt es im Alten Testament, Kapitel drei, Vers eins. Sie sind ein pünktlicher Mensch, mein Lieber!"

Er dreht sich um und zeigt ein kleines, fein gezeichnetes, spitzes Gesicht. Ein streng gezogener Scheitel, wie ihn nur eine stolze Mutter über Jahre hinweg gezogen haben kann, ziert sein Haupt.

„Hier, öffnen Sie und unterschreiben Sie das!", sagt er und wirft eine Mappe gefolgt von einem Kugelschreiber auf den Tisch. Du öffnest diese Mappe und dir offenbart sich ein mit Maschine geschriebener Zettel.

PAKT:

Ich, Terry Swallow, unterwerfe mich der Aufforderung der christlichen Kirche, keinerlei Medien herzustellen, in welchen Würdenträger sowie funktionelle Mitglieder der christlichen Gemeinschaft demoralisierend und hetzerisch dargestellt werden.

Unterschrift: *New York,*

„Was ist, unterschrrreiben Sie endlich, hier warten weitere fünfzehntausend!", brüllt er plötzlich.

Er greift in sein maßgeschneidertes Sakko und zeigt die Ecke eines Kuverts.

„Sie können das Bild kaufen, aber ich unterschreibe diesen Mist nicht, verstanden?", sagst du mit pochendem Herzen.

Der gelackte Bibel zitierende Zwerg beginnt, hämisch zu grinsen.

„Gib das verfluchte Gemälde her, unterschrrreibe und verrrrschwinde!"

„Und was sagt die Justiz zu solchen Machenschaften?", brüllst du zurück.

„Ha, die Justiz, mein Lieber, Ewald, komm rrraus!"

Es öffnet sich die Tür eines hinter dir befindlichen Beichtstuhls und heraus tritt ein robust gebauter Mann, vermutlich deutscher Herkunft, ebenso in grauem Anzug.

Sein von Aknenarben zerfressenes Gesicht ist noch nicht auffällig genug und so unterstreicht ein *Schmiss* seinen kantigen linken Backenknochen. Der Bursche hat einiges am Kerbholz, wie man sehen kann. Seine konservative Brillenfassung lässt dem Betrachter genau zwei Möglichkeiten offen, nämlich diesen Mann als anständigen, integren Zeitgenossen oder als ein in Studentenverbindungen hängen gebliebenes *Nazi-Arschloches* zu definieren.

Das Muttersöhnchen mit dem Schlitzgesicht gibt bekannt, dass Ewald Anwalt sei.

„Unterrrschrrreibe!", so die Grußworte Ewalds.

Okay, was haben wir hier: einen Umschlag mit Geld, welches de facto dir gehört, und weiters zwei personifizierte Versuche der Evolution, einem Mitspieler klarzumachen, dass das Leben aus Problembewältigung besteht.

Du findest, dass es nun an der Zeit wäre, Detlev auftauchen zu lassen, denn Ewald wirkt etwas gereizt. Er nimmt den Kugelschreiber vom Tisch und hält diesen vor dein Gesicht. Anlass für dich, Detlevs Kugelschreiber zu zücken und in provokanter Geste „Detlev, ich brauch dich" zu sprechen. Dir ist bewusst, dass hier gefährliche Funken sprühen. Irgendwie ist es dir ein Bedürfnis herauszufinden, welches Feuer sich entfachen würde, gieße man Benzin in die Glut.

„Errr ließ uns abhörrren!", schreit das Narbengesicht und errötet vor Zorn.

Detlev muss schon eher entschieden haben aufzutauchen, denn er ist mit diesem Gerät zur Stelle, welches einst als Rasierer seine Dienste verrichtete, nun aber als Elektroschocker arbeitet.

Ewald fasst dich am Ärmel, um dir unsanft die Kugelschreiberwanze aus der Hand zu reißen. Detlev kann es nicht ausstehen, wenn jemand versucht, seine mit viel Liebe und Hingabe gebauten Elektroutensilien zu zerstören. Er macht kurzen Prozess und versetzt Ewald in elektrischen Tiefschlaf. Das Schlitzgesicht bekommt einen Schreck und plötzlich wandelt sich diese Visage in ein furchterregtes Antlitz eines kleinen hilflosen Jungen, der allmählich auf Hyperventilation schaltet. Detlev nähert sich nun diesem Zwerg, welcher sich beim Versuch, sich zurückzubeugen, beinahe die Wirbelsäule bricht.

Ewald ruht friedlich am Boden.

„Hier, hier, nehmen Sie das Geld, aber bitte, bitte, in Gottes Namen, tun Sie mir nichts, lassen Sie nur das Bild da, bitte!", flennt das Muttersöhnchen.

Jeder Idiot würde bemerken, dass Detlev niemals gewalttätig sein könnte, aber über diese auf Intuition beruhende Gabe verfügt dieser Gottesanbeter nicht.

„Komm, lass uns gehen!", sagst du.

Du legst das Bild auf den Tisch und schnappst das Kuvert sowie den Pakt, quasi als Andenken. Der Pseudopakt soll dich stets daran erinnern, mit welchen Methoden sich diese Organisation über Wasser hält.

Als du mit Detlev die Kirche verlässt, hallt erzürntes Geschrei aus der Sakristei:

„Die Rrrache ist mein, ich will vergelten! Zu seiner Zeit soll Euer Fuß gleiten, denn die Zeit Eurrres Unglücks ist nahe und was über Euch kommen soll, eilt herrrzu!"

Wir blicken einander an. In der Erwartung, jetzt von Detlev mit einer selbsterklärenden Geste bestätigt zu werden, kommunizieren diese versteckten braunen Augen jedoch nur größte Enttäuschung über die Menschheit. Du schätzt dich glücklich, ihn als neuen Freund an deiner Seite zu haben. Stumm beschließt du, ihm dabei zu helfen, Ed Parker, seinen ideellen Vater, ausfindig zu machen.

Chantal sitzt in ihrem Wagen. Mit ironischem Lächeln schlägt sie ihre Handflächen ins Gesicht und streicht sich durchs Haar. Sie konnte mittels Detlevs Wanze dem Geschehen in aller Deutlichkeit beiwohnen.

„Bring uns weg von hier, so schnell wie möglich!", bittest du sie.

„Und wie soll es jetzt weitergehen?", möchte Chantal wissen.

„Detlev und ich werden für einige Zeit aus der Stadt verschwinden", antwortest du.

Beide wirken nicht gerade überrascht. Chantal erfragt weiter, wo man gedenkt, sich außerhalb der Metropole aufzuhalten. Dies erscheint dir als geeigneter Moment, um zu verkünden, dass du Detlev helfen wirst, Ed Parker zu finden.

„Und wer ist Ed Parker?", fragt Chantal.

Die Ampel schaltet auf Grün.

„Detlevs Elektrodaddy", sagst du.

Später ...

„Chet, bist du nicht Besitzer eines Führerscheins?", fragst du.

„Ja, wieso? Hab aber keine Karre."

„Ich will mit Detlev auf Reisen gehen und brauche dich als Fahrer."

„Auf Reisen?"

„Ja, wir wollen Parker finden."

„Du meinst, du willst mit Detlev quer durch die Staaten ziehen? Der Typ treibt sich doch irgendwo in Nevada herum, soweit ich mich erinnere."

„Ja, und wir fahren einfach rüber. Abgesehen davon, dass wir jemanden brauchen, der uns durch die Staaten chauffiert, hätten wir dich gerne dabei, wenn du versteht, was ich meine."

Chet denkt und murmelt etwas vor sich hin. Letztendlich zupft er an seinem Unterlippenbärtchen und willigt ein.

11

Aufbruch ...

Detlev darf sich auf der gesamten Rückbank ausbreiten und dort, wo er sitzt, hängt der kleine gelbe Dodge etwas in Schräglage. Der Van dürfte zu nichts anderem verwendet worden sein, als italienische Spezialitäten durch die Straßenschluchten New Yorks zu befördern. Noch immer ist außen die Beschriftung *„New York Express, we deliver. World Famous Sausage, Italian Food"* samt Telefonnummer zu lesen. Dafür kam der Van billiger.

Ein größerer Van kam nicht infrage, denn wir werden noch jede Menge Geld für die nächsten Wochen benötigen. Den Rest vom Erlös des Bildes hast du gedrittelt. Ohne Hilfe der beiden würdest du noch immer in deiner kleinen Wohnung sitzen und plötzlich nicht mehr wissen, was du mit deinem Leben anstellen sollst. Du würdest dich bemüßigt fühlen zu malen und sinnlose Versuche unternehmen, dem Ganzen irgendetwas abzugewinnen. Wieder erscheint es dir, als hättest du mit der Kunst abgeschlossen. Eigentlich hätte nichts Besseres passieren können, als mit den Jungs eine Tour zu starten. Sie vermitteln den Eindruck, als wäre es auch für sie höchste Zeit, die Mauern und Türme der Stadt zurückzulassen, um wieder freie Sicht auf das Leben zu bekommen.

Wie ein riesiger Uterus spuckt uns der Holland-Tunnel in New Jersey aus, wie Drillinge in einer Kapsel verlassen wir den Big Apple, ohne einen genauen Plan zu haben, wie die Reise durchgeführt wird.

„Wie legen wir's denn an, Jungs?", möchte Chet wissen.

„Ich könnte mal ne Pause brauchen, um meine Arschbacken wiederzubeleben!"

Detlev hat schon jetzt Schwierigkeiten. Es scheint, als könne sich dieser Riese nur in einem Zehn-Quadratmeter-Caravan komfortabel befördern lassen.

„Viele Kilometer haben wir noch nicht gemacht", stellt Chet fest.

„Dieser gottverdammte Stau, ich frage mich, wie diese Menschen das täglich aushalten können!", fügt er hinzu.

„Hey, hey, gottverdammt, du sollst den Namen des Herrn nicht achtlos aussprechen!", keift Detlev zynisch nach vorne, als hätte er zu verletzende religiöse Gefühle.

„Jetzt zitiert auch er noch die Bibel", sagst du und schüttelst den Kopf.

„Die Zehn Gebote, falls du es genau wissen willst", brüllt Detlev.

Chet hängt am Lenkrad, Detlev liegt quer über die gesamte Rückbank und betrachtet liegend die bewölkte Außenwelt. Wir befinden uns in einem sogenannten Stop-and-go-Stau.

„Wie viele Bundesstaaten sind es eigentlich bis Nevada? Ich möchte meinen Arsch schon einmal geistig darauf einstimmen", faselt Detlev.

Du beginnst, nach der Karte zu kramen.

„Suchst du etwa die Karte? Hey, das können wir auch so wie im Geografie-Unterricht der ersten Klasse!", sagt Chet, worauf er die rechte Hand vom Lenkrad hebt und mit dem Daumen eine Eins signalisiert.

„New Jersey", hinzu kommt der Zeigefinger, „Pennsylvania, Ohio, wie geht's weiter, Detlev?"

Detlev antwortet mit schnödem Gerülpse.

Aus deiner Sicht müsste jetzt Indiana kommen, und du fährst fort:

„Illinois, Missouri, Kansas, Colorado, Utah, Nevada, stimmt's?"

Chet nickt und markiert hier den alles wissenden Navigator.

„Wie viele waren das, Detlev?", fragt Chet.

Detlev rülpst. Damit zeigt er uns wohl, wie gerne er die Schule besucht hat.

„Zehn!", stöhnt Detlev schließlich hervor.

„Zehn gottverdammte Bundesstaaten!", murmelst du in dich hinein.

Detlev wieder:

„Du sollst den Namen des Herrn nicht achtlos aussprechen, verflucht, hehehe, rülps!"

„Ich weiß, wie du der Kirche gegenüber eingestellt bist, könntest du deshalb mal die Zehn Gebote kurz für immer aus deinem Gedächtnis streichen? Wie wir wissen, ist hier nämlich einer von einem kirchlichen Amtsträger in den Arsch gefickt worden, und daher macht es mir unendlich Spaß, den Namen des verfickten Herrn achtlos, verfickt noch mal, auszusprechen! Denn nicht ich habe angefangen, die verfickten Zehn Gebote zu ficken, sondern die verfickten Zehn Gebote haben mich gefickt! Und jetzt werde ich die Zehn Gebote ficken!"

Es hat leicht zu regnen begonnen.

Außer einem leisen Belüftungsgeräusch und dem Gequietsche der Scheibenwischer ist jetzt nichts zu hören. Der Gedankenschwall über die Zehn Gebote hat dich in Rekordzeit in Rausch und Rage versetzt.

Chet und Detlev wirken betroffen. Dir ist heiß und du musst dich deiner Lederjacke entledigen.

Detlev bricht das Schweigen. Er rülpst, denn er liebt es zu rülpsen. Durch ständiges Üben konnte er ein *facettenreiches Repertoire* an Rülpsern, dynamisch abgestimmt, zu jeder Situation passend, erarbeiten.

„Ich finde, du hast recht", sagt Detlev.

„Man sollte die Zehn Gebote ficken! Wir haben zehn Bundesstaaten zu queren, bis wir in Nevada sind. Wie wäre es, wenn wir pro Bundesstaat ein Gebot ficken?"

Ohne zu sprechen, dreht Chet den Kopf zu dir. Du schließt daraus, dass er zuerst deine Meinung zu dieser völlig grotesken Idee hören möchte. Er ladet dich sozusagen ein, das von Detlev Gesagte auf die Waagschale der Realität zu legen, denn uns dämmert, dass Detlevs Vorschlag dieser Reise möglicherweise das *gewisse Extra* verleihen könnte.

„Welcher verfickte Bundesstaat ist das hier?", fragst du.

Detlev und Chet antworten zugleich:

„New Jersey!"

„Welches verfickte Gebot liegt an?", fragst du.

Das Schweigen auf deine Frage hin verrät, dass die Jungs keine weiteren Kenntnisse über die Zehn Gebote haben.

„War da nicht was mit Töten?", fragt Chet.

„Mhmmm, ja, aber kommt das nicht viel später?", fragt Detlev.

Der Stop-and-go-Stau löst sich allmählich auf. Chet nimmt Kurs auf den *Achtundsiebziger-Interstate-Express*, welcher quer durch New Jersey Richtung Pennsylvania führt. Das New York hinter uns wird immer kleiner und nun nehmen wir endlich richtig Fahrt auf.

„Ich schlage vor, wir machen noch gut dreißig Meilen, dann halten wir an einem Restaurant und planen den weiteren Verlauf unserer Reise. Vielleicht stoßen wir auf eine Kirche und sehen nach, wie der genaue Ablauf dieser Zehn Gebote ist", sagt Chet.

Die Dichte der Besiedelung lässt nach. Freie Felder werden sichtbar. Du überlegst, wann du das letzte Mal am Land gewesen bist. Es ist eine Ewigkeit her. Das Zischen der Reifen am nassen Asphalt ist dir ein völlig fremdes Geräusch. Detlev pennt und, wie könnte es anders sein, sein Fettgesicht fällt dabei in sich zusammen und lässt ihn kräftig schnarchen.

Du schnappst die Straßenkarte, um festzustellen, wie lange wir noch im Bundesstaat New Jersey sein würden, denn wollten wir das mit den Zehn Geboten wirklich durchziehen, müssten wir noch hier das erste brechen. Kartenlesen ist nicht deine Stärke, genau genommen hast du zum ersten Mal so ein Ding in der Hand.

„Wo sind wir hier jetzt circa?", fragst du Chet.

Der lässt seine Augen auf die Straße gerichtet und steuert aus dem Augenwinkel seine Finger über die Straßenkarte.

„Hier, irgendwo, am Achtundsiebziger, kurz vor der Grenze zu Pennsylvania."

Als du seinen Finger verfolgst, erblickst du eine Buchstabenkombination, welche dir einen Schrei entlockt. Chet möchte berechtigterweise wissen, was in dich gefahren ist.

„Hier, lies den Namen dieser Stadt!"

Chet bricht das Überholmanöver ab und riskiert einen kurzen Blick in die Karte. Fast hätte er dabei das Lenkrad verrissen.

„Bethlehem? Das kann doch nicht sein, oder?"

„Ja, Mann, hier gibt es ein B e t h l e h e m!"

„Da ist doch Jesus auf die Welt gekommen, oder?"

„Ja, strange, ich dachte, der ist Jude gewesen, und die kannten ja Amerika noch nicht, damals, also wie kann das sein?"

„Da hatten sicher irgendwelche Kolonialwichser einen religiösen Orgasmus."

„Vielleicht hat sich hier Jesus einmal als Erscheinung materialisiert?"

„Kann sein, jedenfalls können wir nicht einfach dran vorbeifahren. Und wenn nicht dort eine Kirche steht, in der wir die Zehn Gebote finden, wo sonst?"

„Klar, Mann, also welchen Exit müssen wir nehmen?"

„Du fragst mich nach dem nächsten gottverdammten Exit? Keine Ahnung, Mann. Ich hatte noch nie zuvor eine Karte in der Hand!"

„Moment, Klappe! Wir sind gerade noch in Jersey und sollten hier noch ein Gebot brechen, welches war noch mal das erste?"

„Ich glaube, man soll nur an einen Gott glauben oder so!"

„Okay, kannst weiterfahren, ich glaube, es trifft für uns alle zu, dass wir entweder an gar keinen Gott glauben oder daran, dass Gott entweder eine Frau oder ein Farbiger ist. Was ist das eigentlich für ein beschissenes Gebot?"

„Ich glaube, wir müssen in Richtung Bloomsbury."
„Bullshit, für Bethlehem gibt's eine eigene Ausfahrt!"

In Bethlehem angekommen, kurbelt Chet das Fenster runter, um nach der hiesigen Kirche zu fragen.

Der Alte gibt zur Antwort:

„Na ja, wir haben hier so viele Kirchen, wissen Sie? Welche meinen Sie, die moravische Zentralkirche, die Adventkirche, die East-Hills-Kirche, die College-Hills-Kirche oder die Edgeboro-Kirche?"

Chet signalisiert Überforderung, blickt zu dir und stößt einen Luftschwall aus:

„Na dann, sagen wir, die Zentralkirche", sagst du.

Der nette Herr beschreibt andachtsvoll den Weg und verabschiedet sich mit „Gott segne Sie!".

Wir halten vor einem gelben Gebäude, welches gar nicht nach Kirche aussieht. Egal, wir steigen aus und betreten das Gebäude.

Detlev pennt.

Auch der Innenraum sieht anders aus, als man sich eine katholische Kirche vorstellt. Der Alte hat auch einen schrägen Namen verwendet, *moravisch* oder so, jedenfalls muss es sich um eine Zweigstelle des Allmächtigen handeln. Im Gegensatz zur Kirche in New York ist hier alles mit Holz vertäfelt und erinnert mehr an einen Betsaal irgendeiner

Sekte. So einen Betsaal hast du schon einmal von innen gesehen. Da war der Junge, der manchmal im Waisenhaus herumgehangen hat und bei den *Elternlosen und Verlassenen* nach Freunden gesucht hat. Seine Eltern waren bei so einer Glaubensgemeinschaft, an deren Namen du dich nicht mehr erinnerst. Irgendwelche Zeugen oder so. Einmal nahm er dich mit und zeigte dir den Betsaal, zu welchem er regelmäßig hingeschliffen wurde.

Chet geht nach vorne und hält an einer Wand.

„Hast du was zu schreiben dabei?", flüstert er bestimmt.

Du folgst ihm und, siehe da, hier dürfte eine Gruppe von Schülern die Zehn Gebote auf Plakat gekritzelt haben.

Da steht:
Die Zehn Gebote nach Martin Luthers Kleinem Katechismus:
Das erste Gebot:
Ich bin der Herr, dein Gott.
Du sollst keine anderen Götter haben neben mir.
Das zweite Gebot:
Du sollst den Namen des Herrn, deines Gottes, nicht missbrauchen.
Das dritte Gebot:
Du sollst den Feiertag heiligen.
Das vierte Gebot:
Du sollst deinen Vater und deine Mutter ehren.
Das fünfte Gebot:
Du sollst nicht töten.
Das sechste Gebot:
Du sollst nicht ehebrechen.

Das siebte Gebot:
Du sollst nicht stehlen.
Das achte Gebot:
Du sollst nicht falsch Zeugnis reden wider deinen Nächsten.
Das neunte Gebot:
Du sollst nicht begehren deines Nächsten Haus.
Das zehnte Gebot:
Du sollst nicht begehren deines Nächsten Weib, Knecht, Magd, Vieh noch alles, was dein Nächster hat.

Chet ist zu faul, um zu schreiben, und demontiert das Plakat, indem er es am unteren Rand anfasst und ruckartig in Richtung Erdmittelpunkt zieht. Dir fällt auf, dass der normalerweise recht gefasste, rational kontrollierte Chet *auf freiem Feld* etwas Wildes, Räudiges bekommt. Vielleicht würde ihn das Stadtleben auf Dauer ruinieren und er würde von irgendwelchen passiven Aggressionen zerfressen werden? Hier demonstriert er Rock 'n' Roll.

Wir haben es plötzlich eilig, diese Gebetszentrale zu verlassen. Sobald die massive Holztür hinter uns ins Schloss fällt, laufen wir um die Wette zurück zum Bus, reißen die Türen auf, werfen uns mit kitzelndem Magen hinein und schnalzen die Türen so lautstark zu, dass es Detlev von der Rückbank hebt.

„Was ist?", fragt dieser mit einer Latenz, welche an ein Faultier erinnert.

Chet lässt den Motor an, schleudert das zusammengerollte Plakat in Richtung Detlev, welcher nun gegen die physikalischen Kräfte eines beschleunigenden Pizzabusses kämpfend das Plakat entrollt und dabei einfach nur belämmert aussieht.

Detlevs schwache Lesekunst zeugt von einer infantilen Seele im Körper eines *mehr* als ausgewachsenen Homo sapiens.

„Welches ist das nächste?", fragt Chet gierig.

Woher kommt sein Appetit auf Sadismus? Ist ihm Ähnliches widerfahren wie dir? Die kommenden Tage werden Licht in die Sache bringen.

Detlev beginnt von vorne, wird aber von Chet sofort unterbrochen:

„Das dritte, wie lautet das dritte?"

Detlev stammelt: „Du sollst den Feiertag heiligen."

„Welchen Tag haben wir heute, Freunde, welchen Tag?", will Chet wissen.

„Freitag", antwortest du.

„Okay, laut unserem Plan, in jedem Bundesstaat ein Gebot zu brechen, müssten wir am Sonntag in Ohio alles unternehmen, um diesen Tag nicht zu heiligen!"

„Wie machen wir das?"

„Hat schon jemals irgendwer von uns diesen Tag zelebriert?", fragt Detlev.

Du wirfst ein, dass dieses Unternehmen mehr *symbolischen* Charakter hätte und somit nur in Form mehrerer Rituale durchgeführt werden könne.

„Was schlägst du vor?", fragt Chet.

„Keine Ahnung, irgendwas wird uns schon noch einfallen. Soviel ich weiß, soll man am Sonntag einfach nicht arbeiten und eine sogenannte heilige Messe feiern."

„Das hieße also für uns, die Ärmel hochzukrempeln und praktisch keine Gehirnzelle in Form eines Gedankens, Wortes oder Werkes dem Schöpfer zu widmen, also so, wie ich praktisch täglich mein Dasein friste, außer dass ich auch das Ärmelhochkrempeln unterlasse!"

„Das ist wirklich eindeutig zu wenig, Männer!"

„Wie wäre es, wenn wir andere davon abhielten, den Tag des Herrn zu heiligen?", schießt es dir durch Hirn und Mund.

Deine Ansage sorgt für eine kollektive Denkpause. Man kann förmlich das Ticken unserer mechanischen Gedankenräder hören. Du wirfst ein, dass man beispielsweise eine *Konkurrenzveranstaltung* abziehen könnte, um die Frömmigkeit der ansässigen Christen auszutesten, quasi die bereits christlich religiösen Menschen in ihrer Bigotterie zu irritieren oder möglicherweise ihnen diese Bigotterie deutlich vor Augen zu führen.

„Wie könnten wir das anstellen?", will Chet wissen.

Unsere Hirne bedienen sich einer weiteren Nachdenkpause. Jeder von uns lässt die Landschaft draußen vorbeiziehen und zieht sich in seine eigene geistige Welt zurück.

Soeben passieren wir das Schild „Hamburg 1 Mile".

Detlevs Magen knurrt. Das an dem Magen dranhängende Hirn kann dies nicht einfach hinnehmen und startet eine Raunzoffensive.

Detlev:

„Habe Hunger!"

Die zuvor versprochenen dreißig Meilen liegen mittlerweile auch schon lockere sechzig weitere Meilen zurück. Er fordert ja nur unser Versprechen ein und wäre darüber hinaus noch sehr tolerant gewesen, diese Verzögerung in Kauf zu nehmen. Chet lässt dich entscheiden, wann und wo die nächste Rast eingelegt wird.

„Hier gibt's einen Fluss", womit du dies als Versuch ankündigst, Detlev auf frischen Flussfisch einzustimmen. Detlevs Begeisterung hält sich in Grenzen, denn er wäre jetzt auf einen *Hamburger* programmiert.

Chet lenkt den Wagen auf den Exit dreißig, Hamburg, Pennsylvania. Die Karte verrät, dass es hierorts auch einen See gibt. Vielleicht gibt es dort auch ein paar gemütliche Kneipen? Chet blickt nur kurz in die Karte, er dürfte mehr seinem Orientierungssinn vertrauen, um den Wagen zum See zu steuern.

Das am See gelegene Dorf wirkt nicht gerade auf Chets Fuß ein, die Bremse zu benutzen.

„Da sitzen Menschen!"

Detlevs fleischiger Zeigefinger drückt gegen die Scheibe und deutet auf eine mit Fischernetzen umwickelte Imbissbude. Schon parken wir neben Pick-ups und etlichen Motorrädern. Die vor der Bude an rustikalen Holztischen sitzenden Gäste scheinen ausschließlich Arbeiter, Pensionisten und Harley-Davidson-Freaks zu sein.

Wir setzen uns dazu.

Die hiesige Bevölkerung dürfte an Durchzugstourismus gewöhnt sein, von diesem sogar zu leben.

Zugegeben, der Duft von gebratenem Fisch lässt auch deinen Magen knurren.

Du blickst hinüber zum Tisch daneben, dort hat es ein großes Fischsterben gegeben. Der Biker und sein Genosse haben die Kneipe vielleicht mit einem Steakhouse verwechselt. Fischgräten und zerfetzte Fischhäute zieren die Tischplatte. Nichts könnte der Definition des Stilllebens mehr entsprechen als diese von hungrigen Handlungsreisenden drapierten, toten und regungslosen Essensreste. Die von den Fettranzen der Biker bedrohlich gespannten Hosengürtel erinnern an Brueghels Darstellungen mittelalterlicher, ländlicher Saufgelage, welche zugegebenermaßen an Unappetitlichkeit nichts eingebüßt haben.

„War Dschysas nicht auch Fischer?"

Du versuchst, den Namen des jungen Herrn so belämmert wie möglich auszusprechen.

Detlev starrt ins Leere und übernimmt deine Idee, den Namen Jesu ebenfalls belämmert wiederzugeben. Allerdings legt er noch eins drauf und nähert sich der Grenze zur Debilität.

„Tschhaaiüsass", sagt er.

Jetzt fehlt nur noch Chet, aber der will nicht, er studiert konzentriert die Speisekarte.

Nach dem Essen genehmigen wir uns einen Kaffee und schlendern hinunter zum See. Es ist warm und die Luft angenehm. Ein bisher selten empfundenes Freiheitsgefühl zieht durch deinen Körper. Du nimmst jeden einzelnen Grashalm wahr und lässt dich tief in den Moment sinken.

„Also, wie werden wir vorgehen?"

Chet ist eindeutig zum Taktgeber geworden und sorgt dafür, dass wir nicht vergessen, ab heute einer weiteren Mission verpflichtet zu sein.

„Keine Ahnung, wir können hierbleiben, weiterfahren, what ever", schlägst du vor.

Detlev hat, wenn es nicht ums Essen geht, keine Meinung.

„Ich habe bei der Fahrt zum See so eine Holzkirche gesehen. Eine Kirche mit kleinem Glockenturm. Wie wäre es, wenn sich einer von uns abends in so eine Kirche schleicht, mitten in der Nacht von innen sämtliche Eingänge verriegelt und sich über den kleinen Glockenturm von oben abseilt? So könnten wir das dritte Gebot auf unsere Weise brechen."

Dir wird nun klar, warum Chet vor der Kneipe so schweigsam war. Er hat die ganze Zeit einen Plan ausgetüftelt. Es lässt dir keine Ruhe und du fragst Chet, warum er so höllisch motiviert ist, dem Katholizismus eins auszuwischen. Er weicht jedoch aus und blickt in die Wiese. Er gibt dir zu verstehen, jetzt besser nicht weiterzufragen. Du respektierst seine Geste.

„Also gut, machen wir's so. Ich bin dabei, bin aber nicht schwindelfrei, wenn du's genau wissen willst. Detlev kommt aus Gewichtsgründen nicht infrage, so bleibst nur mehr du übrig."

Chet grinst zufrieden und willigt mit einem „Okay" ein.

„Ich hab keine Lust mehr, heute noch weit zu fahren. Am besten suchen wir uns hier ein Quartier", sagt er.

Auf der Suche nach einem Motel passieren wir wieder das Kirchlein. Dir wird bewusst, dass Chets Idee tatsächlich Wirklichkeit werden könnte. Bis jetzt war für dich dieses *Zehn-Gebote-Missachtungsunternehmen* höchstens halb seriöses Geschwätz.

Chet steuert den Wagen durch den Ort und tritt zu Detlevs und deiner Überraschung abrupt auf die Bremse. Ruckartig kurbelt er das Fahrzeug in eine Parklücke. Er springt aus dem Fahrersitz hoch und verlässt fluchtartig den Van. Detlev starrt dich genauso fragend an wie du ihn und wir sehen gerade noch, wie Chets Arsch in einem Outdoor-Laden verschwindet. Wir verspüren kein zwingendes Bedürfnis, seinem geheimnisvollen Verschwinden nachzugehen.

Detlev holt tief Luft und legt sich wieder quer über die Rückbank. Du hast einen Verdacht, bist aber zu müde, um einen klaren Gedanken zu fassen.

Nach ein paar Minuten taucht Chet wieder auf und hält ein Seil in seiner Linken, eines, wie es professionelle Kletterer verwenden. Zuerst dachtest du, dass er sich vielleicht in einen dieser Colorado-Canyons abseilen will, ehe dir der Gedanke durchs Hirn rast, dass dieses Seil für die *Aktion Kirchturm* bestimmt ist.

Die Suche nach einem Quartier stellt sich hierorts als totaler Reinfall heraus. Keiner dieser hiesigen Buden wirkt auf uns einladend genug, um einen Fuß in sie zu setzen und darin zu nächtigen.

Der Highway Nummer achtundsiebzig hat uns wieder.

12

Green Valley Motel ...

An der Rezeption des *Green Valley Motels*, irgendwo an der Grenze zu Ohio, werden wir mit der Frage konfrontiert, ob wir uns ein Zimmer teilen wollen oder ob jeder sein eigenes bekommen soll. Wir entscheiden uns für ein Doppelzimmer und ein Einzelzimmer.

Detlev fischt ein Sixpack aus dem Bus. Bei billigen Fressalien und Bier beschließen wir, morgen die Gegend zu erkunden, damit wir am Sonntag in großen Zügen den Tag des Herrn missachten, ja sabotieren können.

Neben deinem Einzelzimmer sind zwei Tussis einquartiert. Gelächter und kindisches Gekicher, all inclusive. Deine Aufmerksamkeit gehört dem Nachbarzimmer. Unweigerlich musst du ihrem Gespräch lauschen.

Es wird von einer Hochzeit gefaselt, auch davon, wie wenig Vorstellung und Verständnis man für diese Hochzeit habe. Die beiden Tussis dürften langjährige Freundinnen der Braut sein, welche trotz Zuredens und wohlwollenden Einwirkens nicht zu überzeugen war, die Finger vom künftigen Bräutigam zu lassen. Man könnte nur mehr zusehen, ja einzig und alleine dem Schicksal freien Lauf lassen und hoffen, dass die Braut selbst zur Vernunft komme.

Aber die beiden wollen der Hochzeit trotzdem beiwohnen, und sei es auch nur, um da zu sein, wollte die Braut plötzlich durchbrennen.

Der Bräutigam habe *Olivia* einfach nicht verdient.

Dir dämmert, dass man eventuell zwei Fliegen mit einer Klappe schlagen könnte, indem man die Gebote drei und sechs koppelt, also den Tag des Herrn zu sabotieren und eine Eheschließung erst gar nicht zustande kommen zu lassen.

Du trägst diese Idee in deinem Gehirn zu Detlev und Chet hinüber ins Doppelzimmer, wo diese mit großer Konzentration aufgenommen wird. Chet steht auf und in paramilitärischem Tonfall diktiert er:

„VOLLER LAUSCHANGRIFF AUF DIE TUSSIS, PRIVATE TERRY! IM NOTFALL MACHEN SIE VON VOLLKÖRPERKONTAKT GEBRAUCH!"

Stilgerecht antwortest du mit:

„Aye, aye, Käpten!"

Du schlägst die Hacken zusammen, salutierst und verlässt das Doppelzimmer. Detlev ist über diese Pseudomilitärvorstellung *slightly amused.*

An einem lauen Herbstabend ist es nicht besonders schwierig, auf einer Hotelterrasse eine Unterhaltung zweier *euphorisierter* Tussis zu belauschen.

Wäre da nicht der Drang, dich total wichtigzumachen, würdest du jetzt nicht mit einer Kippe an der Brüstung zum Parkplatz stehen, also direkt im Sichtfeld der beiden Gören. Sie haben sich an das Tischchen ihres Terrassenabteils gesetzt, rauchen und trinken Bier.

Du erinnerst dich an dein Verhalten damals im Klub, als du schließlich mit den Mexikanerinnen das Lokal verlassen hast. Damals ging die Taktik voll auf. Also: keinerlei Anstalten, die Tussis in irgendeiner Weise zu bemerken oder wahrzunehmen.

Du fokussierst das Licht der abtauchenden Sonne hinter dem zackigen schwarzen Rand irgendeines mittelgroßen Hügels irgendwo im Osten der USA.

Du präsentierst dich als ein vom Leben Gescholtener und heute als völlig passiv vegetierender Handlungsreisender. Man könnte auch sagen, dass du auf die schweigende Mitleidstour setzt. Du gibst den Gören eine Kippenlänge Zeit, um dich anzulabern.

Deine Terrasse ist von deren Terrasse nur mit einer aus Holz gefertigten Lamellenwand abgetrennt. Sie können dich also definitiv sehen, was die beiden jedoch nicht daran hindert, sich weiterhin ziemlich sarkastisch über die bevorstehende Hochzeit zu äußern.

Der Bräutigam muss wirklich ein Vollpfosten sein.

Ein plötzliches Schweigen der Tussis verrät, dass du wahrgenommen wurdest. Du hast jetzt nur noch einen Job, nämlich die Klappe zu halten und weiterhin cool in diesen schwarzen Hügel zu starren.

„Ob er ein Bier will?", sagt die eine.

„Hey du, willst 'n Bier? Leiste uns Gesellschaft!"

Mit der Geste einer vorgetäuschten Überraschtheit beugst du dich seitlich über die Lamellenwand. Cool, wie du bist, bläst du erst jetzt den Rauch aus dem Mund.

„Aber klar, die Damen!"

Eine der beiden findet deine Ansage entzückend.

„Na dann schwing deinen Hintern rüber, Fremder!"

Ruppigen Frauen bist du immer mit äußerster Vorsicht begegnet, aber du handelst in Auftrag, deshalb stellst du sämtliche Bedenken ab.

So einfach könnte es sein, doch nichts davon ist wahr.

Du wirst in keiner Weise registriert, die beiden betrinken sich weiter und du bist dazu verdammt, dich wieder unbemerkbar zu machen und auszuspionieren, wo diese verfluchte Hochzeit stattfinden soll.

Wie sich herausstellt, heißt eine der Tussis *Dana*, die andere *Charlize*. Das Geschnatter, der sogenannte *Girltalk*, ist schier unerträglich. Soziale Abhandlungen mit intimsten Details werden danach bemessen, welche die intimste und somit *sensationellste* Abhandlung ist.

Deine Aufgabe entpuppt sich als unerwartet höllisch. Die Fantasie, dass du einfach nach drüben eingeladen würdest, wird zu einer fixen Wunschvorstellung. Nur diese scheint sich nicht zu *erfüllen* und daher beginnst du, dich sukzessive *abzufüllen*.

Die Tussis haben unbändiges Durchhaltevermögen im Vorantreiben der Sensationen.

Detlev und Chet sind zu beneiden. Die Jungs können den Abend mit Männergesprächen verbringen, was allerdings genauso lähmend sein kann, denkst du. Gedanklich beginnst du, mit deinem am linken Ringfinger steckenden Silberring im Morsecode Notrufsignale auf die Bierflasche zu klopfen und mit Zigarettenqualm Rauchzeichen auszupusten. Lang, lang, lang, kurz, kurz, kurz, lang, lang, lang, das war doch SOS, oder? Dir ist bewusst, dass du dich bereits höchst seltsam benimmst und dich zu noch seltsamerem Benehmen hingerissen fühlst. Der Bierkonsum, zuerst noch schluckweise, hat sich inzwischen zu einem fließenden Bächlein entwickelt.

Das Gespräch hinter der Lamellenwand nähert sich allmählich der Gürtellinie. Als du dazu ansetzt, die Bierflasche in einem Zug auszutrinken, wird nebenan über ein am Markt neu erhältliches Produkt gesprochen. Das von dir soeben eingesogene Bier musste im Moment der Rezeption des Wortes *Latexdildo*, ein, wie eben erklärt wurde, wirkungsvolles, aus Latex gefertigtes Faksimile eines erigierten Penis, nebelförmig die Mundhöhle wieder verlassen.

Ein Stuhl wird gerückt. Eine der Tussis erhebt sich. Finger mit relativ langen roten Nägeln umklammern die Lamellenwand. Nun erscheint ein Kopf, der nicht so ganz deiner Wunschvorstellung eines Frauenkopfes entspricht.

„Alles okay?", spricht dieser Kopf.

„Jaja, alles okay", sagst du mit leisem Verdacht, ziemlich dumm aus der Wäsche zu gucken. Der zweite Stuhl wird gegen die Lamellenwand gefahren und wieder klammern sich Finger um diese. Der zweite Kopf entspricht allerdings der Optik einer potenziellen Partnerin, denkst du.

Du wirst angestarrt, denn man erwartet sich von dir eine Stellungnahme. Bier sei zum Trinken da, nicht um es auszuspucken. Du bedankst dich für den Ratschlag.

„Es war nur so, dass ich, ich konnte nicht überhören, wie ...", stotterst du.

„Wir über den Dildo gesprochen haben?", sagt Kopf Nummer eins.

„Ja", sagst du.

„Bist du von der Sitte oder Pfarrer oder so was?"

„Nein, weder noch, ich bitte euch!"

Eine Tussi verschwindet hinter der Wand und als sie „Sei nicht so zimperlich" sagt, beobachtest du, wie ein sich um die eigene Achse windendes, gummiähnliches Gurkengebilde über die Lamellenwand segelt.

Das unheimliche Ding schlägt vor deinen Füßen auf. Es ist verblüffend, auf welch natürlich anmutende Art der Aufprall von der Elastizität dieser Plastik kompensiert wird. Genauso würde sich ein abgetrenntes männliches Glied verhalten, könnte es in diesem Zustand losgelöst vom restlichen Körper fliegen, denkst du.

Als sich dieser hautfarbene Latexphallus in Ruheposition wiegt, wird dir bewusst, wie sehr die Welt von diesem Fetisch dominiert wird. Der eine hat dich gezeugt, ein anderer hat dich missbraucht, die einen sehnen sich danach, die anderen hassen es.

Du hebst diese zum einschlägigen Gebrauch gefertigte Skulptur auf, gehst damit zur Lamellenwand und unter Beobachtung der Tussis stammelst du vor dich hin, dass die Welt doch sehr gespalten sei.

Es kommt wohl drauf an, welche *Steuerung* an dem Teil noch hinten dranhängt, denkst du.

Mit den Worten „Spendiert ihr mir ein Bier?" gibst du das unheimliche Ding ab.

Der weitere Abend verläuft homogen. Nachdem diverse persönliche Eckdaten ausgetauscht wurden – Charlize, eine Bürokraft aus Boston, und Dana, Textildesignerin aus New York –, wirst nun du befragt, was du hier so treiben würdest. Natürlich hast du nur einen Bruchteil des eigenen Vorhabens aufgetischt, denn man möchte die beiden ja nicht gleich massiv irritieren. Du hast nur erzählt, dass du mit den Jungs von nebenan auf der Suche nach dem Vater des einen bist und dass dieser einst die Stromversorgung rund um Vegas lahmlegte.

Große Augen starren dich an. Dass du weitere Details verbirgst, lässt dich möglicherweise geheimnis- und reizvoll erscheinen. Du lenkst das Gespräch wieder auf ihr Vorhaben.

Endlich rücken sie damit raus, dass sie nach *Lancaster* müssen, um ihrer Freundin Olivia bei einer Hochzeit beizustehen.

„Lancaster, wie weit ist das von hier?", fragst du sehr kontrolliert und neutral.

„Drei- bis vierhundert Meilen, drüben, in Ohio. Sonntags bekommt sie dann lebenslänglich", sagt Dana.

„Katholisch oder evangelisch?", fragst du.

„Katholisch", antwortet Charlize.

„Was soll man machen, das Mädel ist achtundzwanzig und will einen vierundvierzigjährigen Psychopathen heiraten!", sagt Dana erregt.

„Da kann man wohl nur zusehen, wie die Dinge ihren Lauf nehmen", erwiderst du gediegen.

„Wann wollt ihr aufbrechen?", fragst du weiter.

„Morgen nach dem Frühstück. Abends sollen wir zum Einstand eintreffen und deshalb werden wir dich jetzt auch rausschmeißen", sagt Charlize.

Du verabschiedest dich und bedankst dich für den netten Abend. Nun hast du Feuer unter deinem Arsch und brennst darauf, den Jungs Bericht zu erstatten.

Du konntest Detlev und Chet davon überzeugen, ein drittes Sixpack nicht mehr gänzlich abzufertigen, weil sonst

Chets Fahrtüchtigkeit gefährdet wäre und wir dadurch eine unwiederbringliche Chance aufs Spiel setzen würden.

13

Ohio ...

Wir müssen noch heute in Lancaster ankommen, um herauszufinden, wie viele Eingänge es dort zur Kirche gibt, denn auch das Material zum Blockieren der Türklinken muss besorgt werden.

Der schöne, sehr warme Herbsttag lässt es zu, mit weit geöffneten Fenstern übers Land zu brausen. Um im Van zu kommunizieren, muss geschrien werden. Unter uns Jungs herrscht Ausgeglichenheit und das möglicherweise deshalb, weil wir gemeinsam einem Auftrag nachgehen.

Du stellst dir die Frage, ob die Sabotage einer Hochzeit ein harmlos einzustufender Streich wäre oder ob es bei tatsächlicher Durchführung Anlass gäbe, sich moralisch etwas vorzuwerfen. Niemand würde körperlich verletzt werden, aber du hast das Gefühl, dass wir es als Einzelpersonen nie wagen würden, ein solches Unterfangen durchzuführen. Hier wird also in Gruppendynamik operiert, und ein Wesenszug von Gruppendynamik dürfte sein, dass sich ein mögliches Schuldbewusstsein auf die Individuen der Gruppe aufteilt. Geteiltes Leid ist halbes Leid, geteilte Schuld ist halbe Schuld.

Zu verhindern, dass die Braut Olivia möglicherweise unter die Fuchtel eines *Psychopathen* gerät, wäre an sich ja eine gute Tat. Doch was nützte das am Ende der Braut, wenn sie aufgrund dieser vermeintlich guten Tat nie erfahren würde, wie sich dieses vermeintlich tragisch endende Eheschicksal tatsächlich vollzöge?

Taten verändern Menschen und Geschichte.

Unweigerlich musst du nun daran denken, wie jemand eine weiße Billardkugel auf die anderen, farbigen knallen lässt und die farbigen, analog zur Anstoßstärke der weißen, unkontrollierbar ins Chaos gestoßen werden. Dein Bild war der erste Anstoß, jetzt laufen wir zu dritt und stoßen weitere Kugeln an. Das ist der Lauf der Dinge.

Und von wem wurdest du angestoßen?

Vom Rumpf eines perversen Pfarrers. Die Ursache seines Stoßes wurde zu deiner Ursache und diese kommt nun diesem religiösen Milieu als dein Stoß wieder zurück.

Die Tussis faselten etwas von einer katholischen Hochzeit. Wir haben uns sagen lassen, dass es hier in Lancaster nur eine katholische Kirche, nämlich die *St. Mary's Church*, gibt.

Nun befinden wir uns vor dieser, und Chet streckt den Kopf aus dem Fenster, um festzustellen, ob er sich in der Lage sähe, die großen Turmfenster einfach aufzubrechen, was die einzige Möglichkeit wäre, sich aus dem Gotteshaus wegzustehlen, nachdem sämtliche Eingänge von innen verriegelt wurden.

„Du wirst einen Dietrich brauchen. Die haben sicher auch die Tür zum Turm hinauf verschlossen", sagst du.

„Ich sehe mir das mal an, aber alleine. Ihr beiden Spaßvögel wirkt nur zu verdächtig. Ich geh rein, notiere, was wir brauchen, und dann ab zur Materialbeschaffung!", sagt Chet.

Chet verlässt den Bus und lässt uns abermals zurück. Es ist erstaunlich, mit welcher Intensität er ans Tageswerk schreitet.

„Dieses Arschloch hat meine selbst gebaute Wanze zerstört", murmelt Detlev plötzlich vom Rücksitz hervor.

„Du meinst diesen Typen, wie hieß er noch? Ewald? Wie's dem wohl gerade geht?", fragst du Detlev.

„Kommt darauf an, wie gesund seine Pumpe war. Sollte er unter Herzrhythmusstörungen gelitten haben, hat er einen *Reset* erhalten. In wenigen Fällen gehen auch Leute drauf. Fünfhunderttausend Volt sind ja auch kein Mückenstich."

Ein Mückenstich? Nein, das war es gewiss nicht.

Ewald lag am Boden. Sein Körper zuckte so rasant, dass seine Zungenspitze den aus den Mundwinkeln austretenden Speichel in weißen Schaum schlug. Ein seltsames Organ des Glaubens, denkst du.

Chet kommt zurück.

„Wir brauchen fünf Holzlatten und, wie du richtig sagtest, einen Dietrich, um die Tür zum Turm zu knacken. Für die Holzflügel am Glockenturm da oben brauche ich eine feste Spachtel, damit kann ich sie aufbrechen."

Chet lässt den Wagen an und fährt instinktiv in Richtung Vorstadt.

Um circa vier Uhr morgens betrachten wir die Rückseite des Glockenturms, welcher im Schlagschatten des Lichtes der Bodenscheinwerfer liegt.

Chet hantiert bereits seit vierzig Minuten in der Kirche.

Er sollte sich schön langsam zum Abseilen fertig machen, denkst du, als Detlev eine Beobachtung mit den Worten „Da, sieh mal, da geht ein Holzflügel auf!" bekundet.

Detlev konnte im Baumarkt einem orange-grünen Plastikkinderfernglas nicht widerstehen. Nun hält er es sich vors Gesicht. Der Mann sieht so bescheuert aus mit dem Ding.

Jetzt siehst auch du, wie Chet den Holzflügel nach außen klappt. Er befestigt das Seil so, dass beide Seilenden durch einen kleinen Schlitz aus dem Turmfenster geführt werden. An einem Ende kann er sich abseilen, mit dem anderen kann er es per Zug lösen. Den Holzflügel muss er, wenn er schon außerhalb des Turmes an der Wand hängt, mit Karton verkeilen, damit sich dieser nicht noch weiter öffnen kann.

Die Verkehrslage rings um die Kirche hat sich glücklicherweise beruhigt, denn Samstagnacht ist nicht unbedingt ein geeigneter Zeitpunkt, um an solch exponierter Stelle eine verdeckte Operation durchzuführen.

Nun seilt sich Chet zuerst auf den First des hinteren Kirchenschiffs ab und von dort hinunter bis zum Dachvorsprung. Dann wird er das Seil am Turm lösen, damit er es erneut an der Rinne befestigen kann, um sich anschließend gänzlich abzuseilen.

Der straßenseitige Blickwinkel auf die Kirche ist großteils von Bäumen und Sträuchern verdeckt.

Du bewunderst seine Tollkühnheit. Wo hat er das bloß gelernt? Er sieht wie ein professioneller Fassadenkletterer aus.

Detlev hat mittlerweile ein Sandwich ausgepackt und kaut darauf herum, während ihm seine linke Hand noch immer das orange-grüne Plastikteil vor die Augen hält.

„Er ist am Boden! Er ist am Boden!", quietscht das Riesenbaby vor Begeisterung. Chet schnappt das Seil, hält kurz inne, läuft geduckt über den Rasen zum Zaun, besteigt diesen und hebt sich mit einem Satz auf den Bürgersteig. Da marschiert er nun mit dem Stoffsack, als wäre Daddy am Weg nach Hause.

„Mission erfüllt! Lasst uns endlich abhauen und irgendwo pennen!", sagt er, wirft sich in den Fahrersitz und lässt den Motor an.

Er fährt uns aus der Stadt heraus und sein nach vorne gestreckter Kopf lässt erahnen, dass er sich gegen Müdigkeit kämpfend sehr konzentrieren muss. Details, wie es ihm dabei ergangen sei, die Holzlatten unter den Türklinken zu montieren, erspart er uns.

In der relativ dünn besiedelten Vorstadt finden wir auf einem Hügel einen Parkplatz, an dem wir ungestört nächtigen können. Wir sind hundemüde und selbst Detlevs Geschnarche wird uns nicht daran hindern, binnen kürzester Zeit in Tiefschlaf zu fallen.

Wieder hast du vom Waisenhaus geträumt.

Wenn du sonntagmorgens im Stahlrohrbett gelegen und neben dem friedlichen Vogelgezwitscher die Glocken zur Frühmesse gehört hast, war wieder der Tag gekommen, an dem du nach dem obligaten Kakaotrinken, dem Gottesdienst und dem Mittagessen *Pater Trevors Enthusiasmus*, mit ihm und Toby zur Holzhütte zu gehen, standhalten musstest.

Dies taten wir an mindestens zwei Sonntagen im Monat. Während die größeren Jungs dem Auftrag nachgingen, für uns kleinen entlang eines Weges geheime Zeichen zu legen, die wir dann entschlüsseln mussten, um einen Schatz zu bergen, der meistens aus Schokoladetalern bestand, mussten wir in der Holzhütte mit Pater Trevor irgendwelche Tätigkeiten verrichten. Die Mädchen blieben inzwischen bei Schwester Margaret und erlernten irgendwelche Handarbeiten.

Der Klang des entfernten Sonntagsläutens windet sich aus deinem Traum und der durch deine Augenlider schimmernde dunkelrote Schein hat sich mit zunehmendem Erwachen in grelles Orange gewandelt. Gleich wirst du die Augen öffnen und dein Gehirn wird dir die Agenda ins Bewusstsein spülen. Es beginnt dabei nicht bei Punkt eins, sondern setzt beim Tagesziel an und rechnet dann stufenweise zurück. Es muss herausfinden, was zuvor zu tun ist, um zum Punkt danach zu gelangen, also welche Ursache nötig ist, um zur erwünschten Wirkung zu gelangen. Das tut es bis zu dem zeitlichen Moment, in welchem du dich gerade befindest. Somit erscheint der Tagesablauf chronologisch geordnet und du kannst dich systematisch an das Tagesziel ranmachen.

Unser Ziel ist, zu beobachten, ob es dieser Glaubensgemeinschaft gelingt, die Vergabe des Sakraments Hochzeit am Tag des Herrn in ihrer Huldigungsstätte durchzuführen. Dafür müssten wir uns allerdings zum Ort des Geschehens begeben. Du hoffst darauf, nicht verschlafen zu haben, hebst deine linke Hand und versuchst, deine Augen auf die Position der Uhrzeiger zu fokussieren.

„Jungs, verflucht, es ist kurz nach neun, wir versäumen den Showdown!"

Detlev liegt mit weit geöffnetem Mund am Rücken. Seine im Rachen steckende Zunge hindert die Lunge, volle Atemzüge abzubekommen. Das mitleiderregende Röcheln veranlasst dich, ihm einen Tritt zu geben. Chet ist inzwischen aufgewacht. Detlev dreht sich, dann rappelt er sich auf die Knie. Sein Kreislauf ist im Arsch, er schafft es kaum, auf die Beine zu kommen, darum rollt er sich in den Bus.

Chet startet den Motor, du schiebst die Seitentür zu und setzt dich auf den Beifahrersitz. Für heißen Kaffee würdest du morden.

Chet macht einen hervorragenden Job als Navigator. Du hättest keinen blassen Schimmer, welcher Weg wieder zurück zur Kirche führen würde. Er fährt einfach den Hügel hinunter, vorbei an schicken Vorstadthäuschen, deutet mit dem Finger in irgendeine Richtung und meint, dass da drüben schon die Kirche sei. Nun kurbelt er das Lenkrad noch einmal nach links und schon kann man das Backsteingebäude mit dem weiß verputzten Kirchturm sehen.

Als wir direkt an der Kirche vorbeicruisen, drehen sich unsere Köpfe synchron nach links. Chet macht das Radio an. Er dreht so lange, bis sich das Rauschen in Musik verwandelt. Hinter der Kreuzung wendet er und steuert nun auf eine Parklücke zu, die uns direkten Blick auf das Geschehen ermöglicht.

Vor der Kirche befinden sich gut zwei Dutzend Menschen. Keiner von ihnen spricht, denn das Schauspiel einer vor verschlossenen Toren stehenden Gesellschaft spricht für sich. Wild gestikulierende Arme und Hände zeugen von

Anspannung und Nervosität, welche der Aufregung eines Ameisenvolkes gleicht, dem man auf dessen Haufen pisst.

Der örtliche Pfarrer hat Erklärungsnotstand. Seine Person erinnert irgendwie an den Direktor der Akademie. Hilflos einem Rätsel ausgeliefert steht er da und fragt sich, welches Problem ihm sein Gott nun beschert hat. Tausend Dollar für seine Gedanken, zehntausend Dollar für seine Worte, hunderttausend für sein Werk, welches ihn aus dem Schlamassel zieht.

Deinen Augen wird der Auftrag erteilt, Charlize und Dana zu erspähen. Du vermutest, dass die beiden das Geschehen irgendwo abgeschieden mitverfolgen.

Deine Vermutung sollte sich bewahrheiten. Du bildest dir ein, dass hinter dem Buschwerk Danas Beine zu sehen sind. Du senkst den Kopf, um durch bessere Sicht Gewissheit zu erlangen.

Detlev drückt dir sein Kinderfernglas in die Hand.

„Die beiden Mädels aus dem Motel?", fragt er.

„Ja, dort steht zumindest eines der beiden", antwortest du.

„Gib her, lass mich mal sehen."

Du gibst ihm sein Spielzeug zurück.

„Wir könnten sie herholen, dann müssten sie nicht so lange rumstehen", sagt Chet.

„Keine Ahnung, die wollen sicher der Braut Trost spenden oder so", sagst du.

Dir wird klar, dass du Mist daherredest. Du bist nur verunsichert, weil du befürchtest, dass die Tussis unter uns Männern eine *Dynamik* auslösen, welche unweigerlich zum völligen Kontrollverlust führen könnte.

Du unterziehst dich einer Selbstanalyse.

Willst du hier etwas kontrollieren?

Was willst du kontrollieren?

„Aber ja, wir können sie ja dezent auf unsere Anwesenheit hinweisen", sagst du, womit du dich nun selbst überrumpelt hast.

„Ich kann ja mal unauffällig hinübergehen", du öffnest die Tür.

„Ja, mach schon, hol die beiden zu uns!", hörst du noch Detlev mit einer dir Furcht einflößenden Begeisterung sagen.

Detlevs Verzückung bestätigt deine Bedenken. Nur nichts zurückhalten, denkst du, und außerdem willst du selbst mit den beiden Kontakt aufnehmen.

Du stiehlst dich also aus dem Bus, wechselst die Straßenseite und versuchst, so teilnahmslos wie möglich zu wirken.

Einzelne Stimmen werden hörbar. Man kommuniziert Entsetzen und Empörung. Es wird allgemein angenommen, dass es sich um einen Hochzeitsscherz handeln könnte, welcher allerdings äußerst unüberlegt, ja einfach nur dumm wäre. Nur wenige möchten an eine Verschwörung gegen diese Lebensgemeinschaft glauben.

Wenn die nur wüssten, denkst du.

Charlize und Dana halten sich vielleicht deshalb dezent im Hintergrund, weil sie möglicherweise schon einmal Bedenken geäußert haben.

Mit *Psssssst*-Lauten machst du auf dich aufmerksam. Du hast dich hinter Zaun und Buschwerk positioniert.

Dana dreht sich um, jetzt sieht sie dich.

Sie muss dich genauer ansehen, denn in ihrem Geist bist du jemand aus der Vergangenheit und hier, in der Gegenwart, so gut wie kaum existent. Nun hat sie dich jedoch erkannt und in ihrem Gesicht lassen sich chronologisch Reaktionen wie Überraschung, Verblüffung, Hinterfragung, Erkenntnis und Entsetzen ablesen.

Sie blickt durch die Menge, um sich zu vergewissern, nicht von irgendwem beobachtet zu werden, denn ihr ist klar, dass sie sich mit auffälligem Verhalten sofort verdächtig machen würde.

Mit weit aufgerissenen Augen deutet sie an, sich hinter der Kirche treffen zu wollen. Du folgst ihrem in einem weißen Handschuh verhüllten Zeigefinger.

„Sag bloß, du steckst hinter der Sache!", faucht sie dich an.

„Sicher", antwortest du keck.

Sie blickt zu Boden. Die Krempe ihres Strohhutes verdeckt ihr Gesicht. Als sie ihren Kopf wieder hebt, zeigt sie ein hämisches Grinsen.

„Wo ist Charlize? Und übrigens, hübsches Kleidchen!", sagst du.

Sie wirkt verlegen und bekommt zarte rote Flecken im Gesicht. Sie ist bemüht, dennoch sachlich zu wirken.

„Charlize ist bei der Braut, sie versucht, ihr zu helfen, den tobenden Ehemann in Schach zu halten. Der Typ wäre bereit zu morden!", sagt sie.

Du blickst hinüber, die Braut sitzt flennend auf der Treppe, rings um sie herum eine Traube besorgter, jedoch ratloser Hochzeitsgäste. Der Bräutigam ist stinksauer. Ein paar Freunde versuchen, ihn zu besänftigen.

„Wie und wieso habt ihr das abgezogen?", will Dana wissen.

„Das ist eine längere Geschichte", antwortest du.

„Da drüben im gelben Bus sitzen die Jungs."

Plötzliches Männergeschrei zieht den Blick von unserem gelben Pizzabus in Richtung Hochzeitsgesellschaft. Der Bräutigam rastet aus und wird handgreiflich. Die Braut springt auf und versucht, den Bräutigam zurückzuhalten, dabei kassiert sie einen Schlag ins Gesicht.

Dana schlägt einen Haken durch die Menge, packt die Braut und Charlize bei der Hand und flüchtet mit den beiden über den Vorplatz der Kirche zu unserer Karre. Sie ist dabei so schnell, dass du Mühe hast, ebenfalls die Karre zu erreichen.

„Mann, Chet, lass den Motor an!", brüllst du.

Detlev ist so geistesgegenwärtig und öffnet die Schiebetür. Mit einem Satz springen die drei Ladys in den Bus, du wirfst dich auf den Beifahrersitz.

Chet blickt seitlich in den Rückspiegel und lässt den Van quietschend vom Straßenrand driften.

Die Braut ist fassungslos.

„Was ist passiert, was ist passiert?", gibt sie mit weinerlich zitternder Stimme von sich.

„Das habt ihr ja toll hingekriegt", sagt Charlize abfällig.

Detlev streckt der Braut die Hand hin, um bei ihr vorstellig zu werden. Aber diese will jetzt aus irgendeinem Grund nicht und ignoriert Detlevs Tatze.

Sie bevorzugt es, Charlize ins Dekolleté zu rotzen.

Niemand von uns weiß, wo es jetzt hingehen soll.

Chet lenkt den Wagen stadtauswärts, irgendwohin, nirgendwohin. Aus dem Radio erklingt Delta-Blues und Detlev informiert uns, dass der momentan gespielte Song von *Muddy Waters* sei. Dana erbarmt sich seiner und fragt, ob er wüsste, wie der soeben gespielte Song hieße. „Hoochie Coochie Man!", antwortet Detlev lehrerhaft. Es ist vielleicht nicht in Ordnung, sich auf Kosten eines anderen zu amüsieren, aber wenn dadurch die Chance bestünde, die allgemeine Laune zu heben und sich das Opfer gleichsam selbst dazu anträgt, auf die Schippe genommen zu werden, kann man durchaus ein Auge zudrücken, denkst du. Der Song besteht nämlich fast gänzlich aus nur einer einzigen Textzeile, welche da „Hoochie Coochie Man" lautet. Innerlich bedankst du dich bei Detlevs Naivität, er hat sogar der verheulten Braut ein Lächeln entlockt.

Chet fährt den Wagen hart und bestimmt. Er schenkt uns somit ein Gefühl des *Geführtwerdens*.

Alsbald schwenkt er den Wagen auf den Vorplatz eines *United-Supermarktes*.

„Kommt, Jungs, lassen wir die drei kurz unter sich", sagt er und hopst aus dem Wagen.

Wir folgen ihm.

„Wir werden den Damen eine kleine Willkommensparty spendieren!", sagt Chet.

14

Party ...

Die Braut hat nun eine halbe Flasche Whiskey intus. Sie dürfte bis jetzt nur selten *spirituose* Erfahrungen gemacht haben. Sie hat das Brautkleid demontiert, sauber zusammengelegt und tanzt jetzt in Unterwäsche und Brautschleier mit Jack Daniel's.

Wie es scheint, gibt der Radiosender heute ein Muddy Waters Tribute. „Bottom of the Sea" kommt aus den gar nicht so schlecht klingenden Lautsprechern. Der Pizzalieferant, der einst diese Karre fuhr, dürfte sich das öde *Zustelldasein* mit ordentlichem Sound gewürzt haben.

Die Flasche hat nicht nur bei Olivia Station gemacht. Auch dir zieht Mr. Daniel's die Rollbalken runter. Wir liegen einfach am Boden, im Gras, im Sand, letztendlich im Dreck. Die Erde hat dich wieder. Der Alkohol beruft die Grenzbeamten ab und lässt die Gedanken ohne Kontrolle in jegliche Himmelsrichtung passieren.

Momentan würde dich interessieren, wer sich dein Bild vor die Nase gehängt hat.

Charlize entnimmt ihrer Handtasche ein kleines silbernes Döschen. Sie öffnet es und hält es dir unter die Nase.

Shit, es ist *Pot,* bemerkst du. Chet dreht langsam den Kopf rüber. Er kann das Zeug kilometerweise gegen den Wind riechen. Charlize bekommt etwas kontrolliert Räuberisches. Sie späht nur mehr durch ihre Augenwinkel. Ihre Bewegungen werden *kätzisch,* rund und verführerisch aus ihrem Sinn gezeichnet.

Du hast zu viel gesoffen. Du musst deinen Blick abwenden, denn ihre obskur anmutende Zier zwischen Mensch und Wesen verbannt dich aus deinem Kontrollraum.

Detlev zieht sich Olivias Tanz rein, als wäre er ein Ethnologe, ein Pionier, welcher das Leben, die Traditionen und Tänze einer Wilden studierte.

Charlize zündet nun das gerollte Ding an und zieht durch, als gäbe es kein Morgen. Noch mal. Und noch mal.

Chet streckt die Hand danach aus. Er zieht durch, als gäbe es kein Morgen. Noch mal. Und noch mal.

Detlev streckt die Hand danach aus. Er saugt, als gäbe es keinen Atemreflex. Unter seiner Verwendung wandelt sich der *Doobie* zu einer Zündschnur.

Jetzt, wo das Ding zu dir wandert, bleibt dir nur das, was in der Mathematik als Differenz verstanden wird. Charlize war bei der Konstruktion jedoch nicht sparsam, so bleiben dir wenigstens noch zwei bis drei Züge. Du hast vergessen, wie gut das Zeug schmeckt. Es wirkt rasch. Schon lange hattest du nicht mehr das Gefühl, als würde man dir den hintersten Gehirnlappen nach vorne quer über das Gesicht ziehen. Eine aufklaffende Langsamkeit schenkt dir verloren geglaubte Zeit zurück.

Charlize beugt sich zu dir und flüstert:

„Ihr habt Olivia einen großen Gefallen erwiesen."

Das Erwachen nach einer im Biorhythmus flüchtig ausgerissenen Amplitude ist nur selten zu genießen. Chet ist der Erste, der sich darin übt, ein Homo sapiens erectus zu sein. Alle Gifte sind noch spürbar, sie müssen erst durch die Knochen, und das dauert.

Die anderen liegen herum, sie teilen sich zu viert zwei Decken. Aber sie sind so weich gesoffen und verkifft, dass ihnen die harte Erde nichts anhaben kann.

Olivia hat es zweifellos am schlimmsten erwischt. Da tauchen Bilder auf, wie du ihr mit dem Brautschleier die Kotze aus dem Gesicht wischen musstest. In diesem Moment hat sie dich angesehen, als hätte sie zum ersten Mal erfahren, dass ein Typ auch zur Fürsorge taugt. Irgendwann wurde sie von irgendjemandem gebrochen. Sie hat sich selbst aufgegeben und versuchte wohl, sich so rasch wie möglich unauffällig im Sozialdogma Ehe zu verstecken. Man sieht, welch lange Reise ihr noch bevorsteht.

Raunen und Stöhnen ist zu hören. Der Bus dient nicht mehr länger als Hitzeschild gegen die gnadenlose Sonne, welche die abgefertigten Körper nun zwingt, sich vor ihren Strahlen zu schützen.

Kollektives Erwachen. Chet wirkt bereits relativ fit. Sein betrübtes Gesicht verrät jedoch, dass er vom Anblick des elenden Menschenhaufens genervt ist. Er klatscht in die Hände und versucht, uns mit Worten wie *kalte Dusche, Frühstück, klimatisiertes Apartment* zu ködern, damit auch wir auf die Beine kommen. Er ist und bleibt ein Alpha, der für sein Rudel sorgt.

Olivia kotzt zum wiederholten Male. Chet reicht ihr Wasser.

Eine Stunde später erfreust du dich darüber, dass Chet es geschafft hat, sein Rudel tatsächlich in ein klimatisiertes

Zimmer, nämlich in das Hotelzimmer der Ladys, gebracht zu haben. Du bist todmüde. Alle sind todmüde. Niemand will sich bemühen zu sprechen. Charlize sitzt mit Chet am Tisch, Dana liegt am Teppichboden und du beobachtest das geläuterte Quintett aus dem Fauteuil in der Ecke. Detlev und Olivia blockieren das gesamte Doppelbett. Olivia ist alles gleichgültig, sie bettet ihren Kopf auf Detlevs gut gepolstertem Oberarm. Detlev wirkt dabei starr, denn noch niemals zuvor dürfte ihm ein solches Gefühl von Akzeptanz geschenkt worden sein.

„Was macht ihr hier? Warum seid ihr uns gefolgt?", fragt Olivia mit geschlossenen Augen und monotoner Stimme. Sie stellt die Fragen, die auch Charlize und Dana den Kopf heben lassen.

„Wir suchen jemanden und ihr habt unsere Spur gekreuzt", sagt Detlev.

Chet rührt stumm das Holzstäbchen im Kaffeebecher. Sein Kopf hängt zwischen seinen Schultern wie der eines Gekreuzigten.

„Wen sucht ihr?", fragt Olivia.

Detlev grübelt, wie er Ed Parker beschreiben könnte.

„Den, der es veranlasste, mich zu zeugen", sagt Detlev schlussendlich.

Olivia zeigt vorerst keinerlei Reaktion.

Nach zehn Sekunden fragt sie abermals:

„Wen?"

Chet schaltet sich dazwischen:

„Stell dir vor, Detlev wäre ein Kegel auf einer Bowling-bahn, welcher, nachdem er von der Kugel getroffen wurde, nicht nach der Kugel, sondern nach dem Werfer sucht."

Nach circa einer Minute hakt Olivia nach:

„Und was hat der Kegel davon, zu wissen, wer der Werfer ist?"

„Er weiß es selbst nicht so genau, aber es scheint ihm eben wichtig zu sein", murmelt Chet.

Detlev schweigt.

„Ist dem Werfer der Kegel nicht scheißegal?", fragt Dana.

„Nein, er zählt doch auf den Kegel", sagt Detlev.

„Der Kegel zeigt ihm, ob er gut gezielt hat!", fährt er fort.

„Ich wusste gar nicht, dass Bowlen die Antwort auf alle Fragen ist!", sagt Dana.

„Wer ist dieser Werfer, kennst du ihn? Was hat er gemacht, damit du geworfen wurdest?", fragt sie weiter.

„Er ließ einfach das Licht ausgehen", wirfst du ein.

„Wie jetzt?", fragt Olivia.

Detlev übernimmt und setzt an, seine Story zur Gänze zu erzählen:

„Der Typ jagte einen Strommast in die Luft, was einen Totalausfall der Stromversorgung nach sich zog. Meine Mutter hatte wahrscheinlich genau zu diesem Zeitpunkt Besuch von einem Freund, während ihr eigentlicher Ehemann auf Dienstreise war. Das Black-out dürfte die beiden veranlasst haben, sich näherzukommen."

Detlev wird unterbrochen.

„Warum genügt es dir nicht, herauszufinden, wer dein leiblicher Vater ist? Die beiden hätten vielleicht auch zu einem anderen Zeitpunkt gevögelt und dich gezeugt!", wirft Olivia ein.

„Ja, kann sein, weiß nicht, der Typ ist mir egal, aber mir ist nicht egal, dass jemand einfach einen Strommast sprengt und ich deshalb gezeugt wurde", sagt Detlev.

„Ist so. Leib-Seele-Problem", fügt er hinzu.

„Und was weißt du über diesen Strommastsprenger noch alles?", fragt Olivia.

„Er heißt Ed Parker, so wird er jedenfalls in den Zeitungen genannt, vermutlich lebt er irgendwo in Nevada. Er musste eine Zeit absitzen, kam dann aber wieder raus."

Olivia schweigt.

„Und wieso seid ihr beiden da?", fragt Dana.

„Wir helfen ihm dabei", erklärt Chet.

„Und wir sind auf der Flucht", fügst du hinzu.

„Auf der Flucht? Vor wem?", fragt Charlize.

„Vor ein paar Klerikern", sagst du ganz locker.

„Wie jetzt?", fragt Olivia.

Du erzählst von der Begebenheit in der San Bastien Gallery und davon, welches Motiv dein letztes Bild zur Schau stellte. Die Damen haben für Kuriositäten etwas übrig und dürften unsere Geschichten ziemlich amüsant finden.

In diesem Moment erinnerst du dich an eine Beobachtung, die du vor ein paar Wochen im Central Park gemacht hast. Da waren Mütter, die ihre herumtollenden Kinder beobachteten. Du hast zugesehen, wie diese jungen Mütter lächelnd und *stoned vor Kindesglück* am Wiesenrand standen, um gegeneinander im Ranking um die *tollste Rotznasengeschichte* anzutreten.

Unsere Mission dürfte auf die drei Damen wie eine dieser Rotznasengeschichten wirken, womit wir subtil an ihren mütterlichen Instinkten geschraubt haben. Ihre Augen haben nämlich etwas Leuchtendes, feucht Glänzendes bekommen. Mitfühlend verliebt, dazu rosig im Gesicht sitzen die drei nun da, formvollendet, wie mit flammendem Östrogen gepinselt. Wir Rotznasen haben sie angezündet, und nun brennt es in ihnen, und es ist eine mütterliche Wärme, die sie dabei abstrahlen.

Bei dem Part mit den Zehn Geboten hat es dir selbst kurz die Sicherung gezogen. Du hast überlegt, ob du nicht ganz bei Trost bist.

Olivia hat gerade geschnallt, dass ihre Hochzeit einem dogmatischen Frustbekämpfungsprogramm dreier gestörter Suchender zum Opfer fiel. Die noch immer geschockte Braut läuft ständig emotional mit einer Staffel im Kreis, welche sie zuerst der Ironie, in Folge der Zuversicht und danach der Enttäuschung übergeben muss, ehe sie wieder am Start steht. Ihre körperlichen Reaktionen erinnern dabei an heftige Wetterumschwünge. Aus ihrer lachenden und flugs darauf weinerlich zugeschnürten Kehle würgt sie „Und welches Gebot müsst ihr als nächstes brechen?" hervor.

Nach einigen Sekunden der Stille sagt Chet:

„Vater und Mutter, du sollst Vater und Mutter ehren."

Er beißt in sein Sandwich und drückt den Bissen in die rechte Backe. Der Bursche taut wieder auf. Er war in letzter Zeit auffallend ruhig und ernst, denkst du.

Jeder ist jetzt gedanklich sofort bei seiner Geschichte, bei den eigenen Eltern, sofern es diese gibt oder gab.

„Wie soll man sich das vorstellen?", fragt Dana, die Stille unterbrechend.

„Sucht ihr eure Alten auf und kotzt ihnen vor die Tür oder wie?", legt Charlize nach.

Wir Jungs haben nun Erklärungsnotstand, doch Chet sagt plötzlich:

„Da wüsste ich was. Es betrifft meine Eltern, also meinen Alten, meine Mutter kenn ich nicht."

Chet starrt auf das Sandwich und kaut noch immer auf dem alten Bissen herum. Er hat sich gerade sehr wichtiggemacht. Zehn Augen starren ihn an. Der Teufelskerl hat schon wieder einen Plan ausgeheckt. So energisch, wie er jetzt aus seinem Sandwich einzelne Stücke herausreißt, muss es in ihm ein geradezu brennendes Verlangen danach geben, seinem genetischen Vorgänger in den Arsch zu treten.

„Dazu müssten wir aber nach Kansas", murmelt er und stopft den Rest des Sandwiches in den Mund.

„Kansas?", fragt Charlize, „dafür müssen wir durch Indiana, Illinois und Missouri."

„Right, Charlize!", sagt der Mann mit vollem Maul und kaut weiter.

„Wann geht's los?", raunzt Olivia im Halbschlaf, „kann's kaum erwarten, nicht das einzige Opfer eures Wahnsinns zu sein!"

Detlev findet das witzig.

„Hihö!", so sein Kommentar.

„Also ich bin noch für zwei Wochen beurlaubt", sagt Dana, während sie ihre Nägel inspiziert.

Chet packt das Sandwichpapier samt abgefallenen Nahrungsresten ein und mit einem kühlen „Na wunderbar!" wirft er das Knäuel achtlos in den Kübel.

„Wir starten morgen Vormittag", sagt er, steht auf und geht auf die Toilette.

Der nächste Morgen ...

Wohin wir nun genau fahren, hat uns Chet noch nicht verraten. Der Mistkerl macht es spannend.

Vor uns liegen gut achthundert Meilen und er hat auch noch kein Wort darüber verloren, wer oder was sein Alter ist, warum oder wofür er an ihm das vierte Gebot exekutieren will. Nach zwei bis drei Tagen Fahrt werden wir es wissen und dann werden wir Ed Parker auch ein gutes Stück näher gekommen sein. Vielleicht gelingt es uns, noch ein paar der gottverdammten Gebote zu brechen, dann lägen wir wieder im Plan. Welche wären noch ausständig? Man soll nichts klauen, keine anderen Weiber.

Als würde die uns innewohnende Biologie nicht genau nach diesen Prinzipien funktionieren. Theoretisch müssten die gläubigen Menschen ständig in der Angst davor leben, für die ihnen fest eingepflanzten Wesenszüge zur ideologischen Rechenschaft gezogen zu werden. Gott sei Dank hat man die Beichte erfunden, sonst droht einem die als Schicksal getarnte Strafe Gottes permanent an die Eingeweide zu gehen.

Draußen zieht gerade Amerika vorbei.

Solltest du Gott im Gewirr der Menschenwürmer durch die Lappen gegangen und zu deiner irdischen Lebenszeit vom Fluch deiner Lasten verschont worden sein, wirst du für Unzucht, Diebstahl, Fluchen und Morden spätestens vor dem Jüngsten Gericht büßen, sagt diese Religion. Dummerweise hat noch kein irdischer Mensch den Gerichtssaal des Jüngsten Gerichts lebend verlassen, um davon berichten zu können. *Irdische Gerechtigkeit*, welch ein Traumkonstrukt, denkst du. Nicht einmal Hitler wurde vom Blitz der Gerechtigkeit getroffen. Er hat mehr als ein Dutzend Attentate überlebt, um letztendlich das Datum der *privaten Endlösung* selbst zu bestimmen. Sei cool, halte deine Fresse noch mal hin, wenn sie dir gerade poliert wurde. Aber nein, mit dieser Coolness löst du kein Problem, denn dein Glaube will, je cooler du bist, noch *intensiver* geprüft werden, und wenn du von einem Glaubensvertreter in den Arsch gefickt wirst. Gott will ja auf Nummer sicher gehen und prüfen, wie weit man es mit deiner Hörigkeit treiben kann, ehe du am Ende deines Lebens kapieren musst, schlicht ein Operator gewesen zu sein.

Du stellst dir nun die Frage, ob man *ohne Ursache* Böses tun kann. Diese geistige Rückkopplung ziehst du spontan aus deinen Gedankenspielen und wandelst sie in physikalische Tatsache, indem du die Ohren der beiden Mitfahrenden mit menschlicher Sprache beschallst.

„Jungs, was denkt ihr, kann man ohne Ursache einfach böse sein?"

Detlev starrt ins Leere.

Chet entspannt seinen rechten Arm über der Sitzlehne und lenkt den Bus mit der Linken. Sieht cool aus, denkst du.

Kein Kommentar. Deine Frage muss erst in deren aus Gehirnzellen bestehenden Datenbanken abgeglichen werden.

Du blickst durch die Heckscheibe. Hinter uns die Damen in ihrem roten Japaner. Dana sitzt am Steuer und gestikuliert wild, wodurch das Lenkrad zeitweilig unberührt bleibt.

„Also zum einen gibt es die Nahrungskette. Solange die Natur im Gleichgewicht ist, frisst man den anderen nur aus Hunger. Aber gibt es Überpopulation, dann wird gemordet. Einfach so, aus Platzmangel oder aus Gefahr vor Seuchen. So oder so ähnlich soll man das schon einmal in der Fauna beobachtet haben", sagt Chet.

Auch Chet guckt DBC, denkst du. Da drängt sich der Gedanke auf, dass Leben nach Moral und Gebot möglicherweise eine *popularisierende* Wirkung nach sich ziehen könnte, amoralisches Verhalten hingegen *depopularisierend* wirkt.

Könnte es so sein? Vielleicht halten sich moralisches und amoralisches Verhalten in Bezug auf Population und Ausrottung die Waage, da es nicht uneingeschränkt Platz und Ressourcen gibt? Wir können vielleicht nicht anders, als moralisch und amoralisch zu sein, um die Population im Gleichgewicht zu halten? Vielleicht ist der Gedanke Stumpfsinn, denn du bist dir sicher, dass sich schon der Neandertaler mit Mordfantasien systematischer Natur sehen hat lassen. Scheiß drauf, ob gut oder böse, letztendlich bleibt das immer eine Frage der Interpretation. Was einer für gut befindet, befindet der andere für nicht gut. Aber vielleicht gibt es für jeden Guten einen Schlechten, für jede moralische Tat eine unmoralische, leuchtet dir soeben ein. Gibt es eine Gut-böse-Symmetrie? Das wäre dann schlecht für die Glaubensgemeinschaften, denn mit dem Wissen um eine solche Symmetrie bräuchte man keine Gebote mehr, weil man dann immer argumentieren könnte, etwas zugunsten der soziologischen Gut-böse-Symmetrie ausgefressen zu haben. Erzähl das mal dem FBI, denkst du. Der christliche Glaube verlangt jedenfalls Fortpflanzung, bis das Boot zum Bersten voll ist. Und was macht die Natur? Sie dezimiert Überbestände und bevölkert Unterbestände.

Was, wenn die Natur *in dir* den Schalter legt, um zu dezimieren? Irgendwer muss ja den *Job* übernehmen, falls sich Pandemie & Co. nicht mehr durchsetzen können. Ob die Natur mit dem Glauben ein Abkommen getroffen hat, dass es bei Mord und Totschlag zugunsten einer *Populationsauflockerung* Rabatt vor dem Jüngsten Gericht gibt? Schließlich schafft der Massenmörder ja wieder Platz für potenzielle Gläubige. Leben wir nach den Geboten und gehen friedlich hin, um uns wie die Karnickel zu vermehren, wird die Natur in uns Anarchie, Sabotage, Hass und Mord freisetzen.

Draußen zieht Amerika vorbei.

Man müsste den Zehn Geboten ein *elftes* anhängen, welches heißen sollte: Lebe nur nach den Zehn Geboten, wenn du dir sicher bist, dass es nicht zu viele tun.

Du stellst dir noch einmal die Frage, ob es zu jedem Teil ein Gegenteil gibt. Vielleicht sitzen gerade irgendwo Typen in einem Bus, die genau das Gegenteil von uns tun? Was tun wir eigentlich, handeln wir nach dem Prinzip der Guten oder der Bösen?

Die von Wäldern geprägte hügelige Landschaft weicht allmählich weiten, flachen Feldern. Ehe sich die Pupillen im freien Feld verlieren möchten, bleiben sie aber an den von Menschen in die Landschaft montierten Quadern und Kuben wieder hängen. Das lose Leben auf der Straße, die Motels, Felder, alles wirkt merklich auf dein Denken ein. Du denkst freier und offener als in New York. Du stellst dir gerade die Frage, was von den Menschen da draußen gedacht wird. Was denkt der Monteur, wenn er Straßenschilder aufstellt, der Schulbusfahrer mit Dutzenden Kindern im Nacken, der Farmer, der seinen Traktor von der Landstraße blindlings ins Feld lenkt? Was denkst du als ein Passagier in einem gelben Pizzalieferwagen?

„Wir werden irgendwo in Indiana nächtigen. Ich schlage vor, drei Bundesstaaten in drei Tagen", sagt Chet. Er drückt den Schalthebel nach hinten und lenkt den Wagen auf den Interstate einundsiebzig in Richtung Cincinnati.

Während einer auf Detlevs Drängen abgehaltenen Pause an einer Autobahnraststation fragst du Dana, Olivia und Charlize, worüber sie während der Fahrt debattierten.

„Eure Mission hat uns dazu angestiftet, darüber nachzudenken, welche verrückten Dinge man noch machen könnte", sagt Charlize.

„Alles kann man tun, wenn man dafür die Konsequenzen tragen kann", antwortest du.

„Konsequenzen? Die gibt es nur, wenn man sich erwischen lässt", sagt Olivia.

15

Kansas ...

Die Dämmerung umhüllt unseren Bus, als wir inmitten einer großen geografischen Einsamkeit vor einem eisernen Tor mit Wachposten halten.

Die Schwestern haben wir im Motel zurückgelassen.

Chet meldet sich bei dem Wächter mittels Losungswort an, welches dessen Hacken zusammenschlagen und ihn in das Wachpostenhäuschen verschwinden lässt, um per Knopfdruck die kunstvoll geschmiedeten Eisentore zu öffnen.

Wir passieren und folgen einer von Ulmen gesäumten schmalen Straße. Weder ein Haus noch sonst irgendeine Form von Zivilisation sind zu erkennen. Die Dimensionen dieses Areals lassen dich eher an ein Ehrfurcht einflößendes Reservat denken. Dunkle Wiesen und Felder schmiegen sich ineinander und ziehen vor der Kulisse einer klaren rotblauen Atmosphäre eine scharfe schwarze Linie. Würzige, herbstliche Landluft strömt durch die Fenster unseres Vans. Die Dämmerung lässt gerade noch so viel Licht übrig, dass hinter Dickicht mit Stacheldraht versehene Mauern wahrzunehmen sind. Wer hier lebt, möchte abgeschieden sein, oder muss die Außenwelt vor den hier Wohnenden abgeschieden werden?

Als wir über die nächste Hügelkuppe gelangen, werden in einer Senke Lichter sichtbar. Sie stammen aus einem sich allmählich aus der Finsternis zeichnenden, vier Stockwerke hohen Kubus aus Beton, Glas und Granit. Chet, nach wie vor schweigsam, fährt gelassen auf diesen Komplex zu. Er sieht sich das Areal genauer an wie jemand, der noch niemals hier war. Du bist nicht gewillt, Fragen zu stellen. Je näher wir kommen, desto größer wird deine Vermutung, dass es sich hier um eine Art *Privatklinik* handeln könnte.

Als wir vor dem Haupteingang parken, bestätigt sich deine Vermutung, denn über dem Portal steht in großen Lettern:

DR. STECHWITZ
– PRIVATE CLEAR CLINIC –

Eine überaus attraktive Frau, du schätzt sie auf Mitte vierzig, nähert sich uns lächelnd in weißem Kittel. Sie hat unter ihrer Achsel ein Clipboard eingeklemmt.

„Ihr Vater wird Sie in circa fünfundvierzig Minuten empfangen können", spricht diese elegante und offensichtlich gebildete Dame mit seidiger Stimme.

„Ist gut, Molly", erwidert Chet, der sogleich bekannt gibt, uns zwischenzeitlich in diesem Palast herumzuführen.

Detlevs Augen sind in Mollys Mantelschlitz stecken geblieben, als sich diese wieder entfernt.

Wir betreten die Klinik. Außer uns und anderen Menschen in weißen Kitteln ist hier niemand zu sehen. Wir queren den Empfangsraum und Chet führt uns auf einen mit feinstem rotem Teppich ausgelegten Flur. Das Licht ist gedämmt und die Atmosphäre beruhigend. Aus unsichtbaren Lautsprechern schallen dumpfe, abstrakte Geräusche, welche entfernt an tiefes Magenknurren erinnern. Die

Bezeichnung Klinik wird ihrem Namen gerecht, denn kein Krümel wagt es hier, unangemeldet herumzuliegen.

Wir gehen an mit Leder überzogenen, schalldichten Türen vorbei, welche mit Bezeichnungen wie *Alpha Hypnosis, Expression Analysis, Delete Chamber* beschildert sind. Zwischen den Türen hängen mit Dankesschreiben versehene Porträts namhafter Menschen. Du erkennst Politiker, Autoren, Filmemacher und Schauspieler.

Was zur Hölle haben die hier verloren?

Was hast du hier verloren?

Chet führt uns weiter bis zum Ende des Flurs, wo Treppen in das Tiefparterre der Klinik führen. Die Luftfeuchtigkeit nimmt stark zu. Sie lässt dich ordentlich transpirieren und das Atmen schwerfällig werden.

Nun halten wir vor einem massiven Stahlschott mit der Aufschrift:

Rebirth Therapy

Detlev guckt doof zu dir. Er bemerkt, dass ihn die Anwesenheit hier daran erinnert, wie er stoned vor Pandoras Jukebox sitzt.

„Wart mal ab, es wird noch besser", sagt Chet.

Das Stahlschott öffnet sich erst langsam und versenkt sich ruckartig in der Wandperipherie.

Wir betreten eine nach Geschlechtern getrennte Garderobe.

„Runter mit den Klamotten!", befiehlt Chet.

Hätte er nicht ein winziges Häkchen im Mundwinkel, würdest du dich spontan weigern.

Nun stehen wir da, wie uns Gott schuf.

Detlevs Penis versteckt sich gut hinter seinem Fettranzen.

Chets Körper wirkt zäh, sehnig und ohne ein Gramm Fett. Sein Penis hat eine beachtliche Länge. Und du? Ein wenig Sport täte dir gut, aber dein dunkler Teint macht das wieder wett, denkst du. Dein Penis ist in sich gestülpt und in einem unbeobachteten Moment ziehst du ihn aus der Versenkung.

„Fertig?", will Chet wissen.

„Fertig wozu?" Detlev wirkt angespannt bis ängstlich.

„Wirst du gleich sehen, Alter, es ist spitze, und wir sind im Moment die Einzigen, die es machen, die anderen wurden gerade niedergespritzt."

Niedergespritzt?

Du bist kein Mauerblümchen, aber diese Aussage hat zweifelsohne einen sarkastischen Unterton von einer Sorte, die dir gar nicht schmeckt. Man hat gewisse Bedenken oder, besser gesagt, Respekt vor einer gewissen Ungewissheit. Er wird nichts Böses im Schilde führen, denkst du, und ermutigst dich, dich ihm anzuvertrauen.

Wir folgen Chet durch eine weitere Stahltür. Diese ist allerdings mit einem massiven schwarzen Gummiwulst umrandet. Irgendetwas darf da nicht von innen nach außen. Du denkst an Gas, aber das kann nicht sein. Nein, hier ist Feuchtigkeit in der Luft, das wäre die Erklärung für diese exorbitante Türdichtung.

Vor uns tut sich ein sehr dunkler Raum auf, oder ist es eine Halle? Es ist gerade noch so viel Licht vorhanden, dass du Farben wahrnehmen kannst. Die Luftfeuchtigkeit nimmt weiter zu und gleicht bereits der in einem Tropenhaus. Das Lautsprechersystem in der Lobby dürfte die Klänge aus diesem Raum übertragen, denn hier sind diese dumpfen, blubbernden Blasengeräusche um vieles lauter.

Chet führt uns abwärts in ein Becken. Doch statt Wasser schmiegt sich eine zähe, schleimige Masse an deine Haut. Dieser gallertartige Stoff passt sich deinem Körper in Form und Temperatur überraschend angenehm an und lässt sich mit relativ geringem Widerstand durchwandern.

Nun ist fast gar nichts mehr zu sehen. Du merkst, wie deine Augen nach Notausgangsschildern suchen. Du steckst jetzt bis zum Hals in diesem dich durchwälzendem *Gallert*. Da fällt dir ein, dass sich dein ganzer Körper anfühlt wie dein Penis, wenn er in einer Vagina geparkt ist. Eine Erektion lässt sich rein assoziativer Herkunft nicht verhindern und im gleichen Moment ergibt die Dunkelheit noch mehr Sinn. Du steckst in einer künstlich erschaffenen Riesenvagina. Ist es das, was hier evoziert werden soll?

Oh, was passiert nun? Deine Schritte werden langsamer, aber du bewegst dich dennoch durch diese Masse, oder bewegt sich diese Masse um dich? Möglicherweise bist du auf ein Förderband geraten, welches deinen Körper durch dieses Gallert zieht. Du bist so sehr damit beschäftigt zu verstehen, wo du hier hineingeraten bist, dass du deine beiden Kumpels völlig aus den Augen verloren hast.

Dein Orientierungssinn ist gleichsam wie aufgehoben und letztendlich gestört. Deine Haut ist durch diese dich umgebende schleimige Masse irritiert und die Schwerkraft bleibt beinahe ungespürt. Liegst du? Hängst oder stehst du? Du bildest dir ein, durch die gedämpfte Soundkulisse Detlevs spitzes Gelächter zu hören, möglicherweise ist er amüsiert. Dir wird übel, mit der Tendenz binnen fünf Minuten zu kotzen. Was hier abläuft, ist das, was du dir leise zuflüsterst:

„Es ist zu viel, es ist zu viel, das ist verflucht noch mal definitiv zu viel!"

Dich plagt der Gedanke, ob man hier einfach so daraufloskotzen dürfte.

Die Dinge potenzieren einander und es geht schneller, als du gedacht hast. Das antrabende Schwindelgefühl lässt sich nicht länger mit klaren Gedanken besänftigen. Es gibt kein Zurück, denn du bist einer Übelkeit ausgesetzt, die bereits im Galopp deinen aktuellen Mageninhalt zum Rapport rufen möchte. Du wirst Chet ordentlich die Meinung sagen, denn er hätte dir verraten können, dass man vierundzwanzig Stunden nichts essen soll, bevor man hier einen Fuß hineinsetzt.

Apropos Fuß, wo ist das gute Stück?

Vergiss den Fuß, denn jetzt wird gekotzt.

Fuck, ist dir schlecht! „Fuuuuuuuck!"

Die eigene Kotze konnte soeben nur eines: dir mit dieser schleimigen Masse gleich wieder *entgegengerieben* werden.

Du findest das alles nicht mehr komisch und schätzt dich nur glücklich, nicht unter Klaustrophobie zu leiden.

Zurück zum Fuß:

Hängt er, steht er?

Dein Bein ist abgeknickt.

Es fühlt sich an wie sitzen.

Das Gallert dürfte exakt deiner aktuellen Körpertempe-
ratur entsprechen, denn es ist nicht nachvollziehbar, wo
dein Körper beginnt oder wo er endet.

Es wird wärmer. Allmählich beginnt das Gallert, mehr
Druck auf deinen Körper auszuüben. Der Raum um dich
wird enger und auch auf deiner Schädeloberfläche baut sich
ein sanfter Druck auf.

Was soll diese abgefuckte Scheiße?

Will man dich vernichten?

Will Chet dich vernichten?

Das kann er nicht, verdammt!

Warum gab er keine Vorwarnung, dass du sterben wirst?

Gott sei Dank bist du halbwegs bei Kräften und fit, bei
Detlev bist du dir nicht so sicher, ob er das überleben kann.
Das Atmen wird schwerer und schwerer. Du bekommst
keine Luft und die, welche du gerade noch *eratmen* kannst,
hat einen betörend süßlichen Duft.

Kifft hier jemand?

Der Begriff Panik wird erstmals zu hundert Prozent
begriffen und verstanden, denn du siehst dieser direkt ins
Auge, wenn nicht *augenblicklich* dieser verfluchte Höllen-
automat deaktiviert wird.

Du wolltest das soeben Gedachte lauthals schreien, aber
dazu fehlt dir bereits der Sauerstoff. Vielleicht ist die
Anlage außer Kontrolle geraten? Vielleicht kommst du
unter die Räder und niemand bemerkt es?

Ein Unfall? Ein gottverdammter Unfall?

Dir treibt es den Schweiß durch alle Poren und im selben
Moment beginnst du zu heulen, denn du bist nun Zeuge
davon, wie dein eigener Körper zerquetscht wird.

Einfach vernichtet.

Du wirst gerade verflucht noch mal zerquetscht! Dein Körper kämpft jetzt ums Überleben und du wartest darauf, dass er endlich den Schalter findet, der diese *körpereigene* Droge freisetzt, um dir unnötiges Leiden zu ersparen. Das hast du einmal in einer DBC-Dokumentation gesehen.

Schockierend, aber wahr:

Nun ist dein Ende gekommen. Ohne gefragt worden zu sein, auf Einladung eines Freundes.

Du bist geliefert.

Das Universum in deinem Kopf gibt es gleich nicht mehr.

Plötzlich tritt eine Wärme in deine Brust, die sich anfühlt, als ob dein Herz zu leuchten beginnen würde. Ist der Schalter gelegt worden oder ist es *pure Liebe*, die sich in dir entfaltet? Du empfindest ein unbeschreibliches Gefühl von Gerechtigkeit!

Unendliche Gerechtigkeit?

Bedeutet Sterben Gerechtigkeit?

Ein gut gemachter Übergang war dir immer schon wichtig. Die fotorealistische Malerei lebt vom Übergang. Hast du Übergänge nicht kapiert, kannst du nicht malen. Dies ist dein letztes Bild, der letzte Übergang, dein letztes Mal im Wissen, dass es dich gibt.

Gut macht er das, der Körper.

Ausgezeichnet.

Wie er das kann, ganz selbstständig.

Du bist stolz auf deinen Körper, und traurig zugleich, dass du nun aus diesem über Millionen Jahre alten Vermächtnis, ständig durch Evolution optimierten Haus ausziehen musst.

Es ist aus.

Nun bist du endlich tot.

Ich denke, ich bin tot.

Also bin ich?

Wer hat das gesagt?

Wer verflucht hat das gesagt? Wer, wer, wer war das? Er muss recht gehabt haben, dieser, der einst gesagt hat, ich denke, daher kann ich nicht tot sein.

So oder so ähnlich.

Du kannst auch etwas hören!

Bestimmt Einbildung.

Du bist allerdings überrascht, denn du kannst dir nicht vorstellen, dass deine Seele hören kann.

Vielleicht gibt es aber tatsächlich etwas zu hören?

Es ist eine Stimme.
Und sie spricht zu dir.
Jemand möchte dir etwas mitteilen.
Sie sagt etwas, doch du hast Mühe, das Lautgeflecht zu entschlüsseln. Du hörst nur:

„EEEEEEE SSSSSSS!
SCHHRRRENNEEEEEE AAAAAAESSSSSSS,
SCHHHRENE DEEEEEKAAAEEEEESSSS!
CHHHRENEEE!"

Das Wummern in den Ohren ist weg.
Helligkeit ist wahrzunehmen.
Deine Augenlider sind geschlossen, aber dir ist klar, dass es nun hell sein muss.
Du hast Augen?
Was sagt diese Stimme?

Zentimeterweise integriert sich das Bewusstsein in einen physischen Körper.
In deinen physischen Körper?
Hast du ihn wieder?
Das Gesprochene wird deutlicher!

Die Stimme spricht einen Namen aus.

Ein Name?

„Rrrenééé?"
Jetzt verstehst du:
René Descartes, sagt diese Stimme.

Zuletzt kommt dir diese Stimme auch noch bekannt vor. Eine seltsame Aussprache hat dieser sprechende Mensch, wer war noch gleich dieser, der mit dem rollenden r, wo hast du ihn getroffen?

Du erinnerst dich an die Geldübergabe in der Kirche. Da war eine Sakristei, und Detlev verpasste einem Typen einen Stromschlag. Einer der Typen spricht hier genauso.

Verflucht und zugenäht, zu genau!

Der Schrecken lässt deinen Oberkörper abrupt hochfahren.

Was siehst du?
Vier verschwommene Gesichter.

Ein Gesicht gehört dem kleinen Seitenscheitelträger, eines diesem Ewald und eines sieht aus wie ein gealterter Chet, und:

Chet selbst!

„Was soll die verfluchte Scheiße, Mann?", schreist du aus voller Leibeskraft. Dabei siehst du in Chets Gesicht.

„Was ist passiert?"

Es gibt nur eine einzige logische Schlussfolgerung. Chet hat uns hintergangen oder, besser gesagt, *ausgeliefert.*

Deine Erkenntnis möchte jegliche weitere Frage ungefragt hinter sich zurücklassen. Es wäre zu enttäuschend.

„Was ist mit Detlev?"

Deine Stimme ist nun ruhig und gesenkt, denn es ist zu Ende gedacht und verstanden.

„Detlev ist in Sicherheit, er schläft", sagt dieser verfluchte Bastard. Er deutet mit einer Kopfbewegung zum Nebenraum.

Du folgst seiner Blickrichtung. Tatsächlich, da liegt er. Hände und Füße ans Bett geschnallt, wie bei dir.

„Warum?", fragst du ihn.

Die Enttäuschung, einen Freund verloren zu haben, ist beinahe größer als der gebrochene Stolz, hinters Licht geführt worden zu sein.

„Was passiert jetzt? Wollt ihr uns ausschalten? Ich schätze, ihr löst das hier mit einer Giftspritze, oder doch mit Elektrizität? Nein, ihr habt sicher etwas für Nächstenliebe übrig, was bleibt da noch? Ein vorgetäuschter Selbstmord?"

Deine gehässige Ironie kratzt hier niemanden. Der mit Chets altem Gesicht hantiert mit irgendwelchen klinischen Utensilien. Chet sagt nichts. Gar nichts. Kann er nicht?

„Chet, sprich! Was sollte das werden? Ist das dein Alter da drüben?"

„Ja, das ist mein Vater, Professor Stechwitz", sagt er.

„Doktooorrr Stechwitz, eine Korrryphäe in Sachen Umprrrogrammierrrung!", sagt der kleine Wichser, der, der von sich glaubt, Gottes persönlicher Sekretär zu sein.

165

Als sich Chets Vater in seinem Rollsessel zurückschiebt, um hundertachtzig Grad wendet, wird dessen lange Spritze sichtbar.

„Mein Sohn, wir haben auf dich gewartet", spricht er in sonorer Stimmlage.

„Du wolltest nicht unterrrrschrrreiben, daher mussten wirrr zu anderrren Maßnahmen greifen!", fällt ihm der kleine Heuchler ins Wort. Ewald grinst nur doof.

„Warte, Vater, lass mich! Ich möchte dem Idioten die schöne Nadel verpassen!", wirft Chet ein.

Würdest du hier nicht in Ketten liegen, hättest du dieses falsche Arschloch zu Tode gewürgt.

„Ist gut, mein Sohn. Niemand hat jemals zielsicherer gestochen als du. Ich ließ ihn schon als Kind die Patienten stechen. Er hatte solch eine Freude", erzählt Dr. Stechwitz mit Stolz.

Der Vater hält seinem Sohn die blanke Spritze entgegen, dreht sich wieder zu seinem Schreibtisch und faselt etwas von einer *Klärung, Therapie, Löschung*, welche, sobald die Droge ihre Wirkung erzielt hat, sofort vollstreckt werden kann.

„Danach kannst du wieder nach Hause, und du wirst sein wie all die anderen da draußen", murmelt Stechwitz.

Chet schnappt die Spritze und nähert sich dir. Du siehst ihm tief in die Augen, in der Hoffnung, so in ihm einen Funken Verstand zu aktivieren. Du möchtest gedanklich durch das schwarze Loch seiner Dreckspupillen kriechen und seinem Ich kommunizieren, dass er gerade dazu ansetzt, einen großen Fehler zu begehen.

Chet sieht nicht weg. Er erwidert deinen Blick und gewährt dir unbekümmert Eintritt durch seine Augen.

Nun siehst du hinab in die Beuge deines linken Armes, dorthin, wo er das *Serum* in dich injizieren will.

Er hält etwas in seiner linken Hand.

„Bleib locker, Terry, zwing mich nicht, Gewalt anzuwenden", sagt er.

Was hat er, was will er? Da, schon wieder das Häkchen in seinem Mundwinkel. Schon einmal hast du diesem Häkchen blindlings vertraut. Das Häkchen hat ja tatsächlich etwas Vertrauenserweckendes.

Du entspannst dich und lässt locker.

Du ergibst dich dem Schicksal.

Was bleibt dir anderes übrig?

Du bist schon einmal gestorben und allmählich bekommst du Übung darin. Wieder ist in dir etwas schlauer als du selbst. Es ist die unkontrollierte Schläue, die auch deine Hand mit dem Pinsel über die Leinwand führt. Diese Schläue hat keine Sprache. Sie ist nur da und tut etwas.

Chet nimmt ein Stück Gummischlauch, bindet damit deinen linken Oberarm ab und klopft in die Beuge. Nun gibt er der Spritzennadel den klassischen Klaps mit dem Fingernagel und setzt dazu an, dir das Ding in dein Fleisch zu stechen.

Du drehst den Kopf weg. Erst als der erwartete Stich ausbleibt, siehst du nach, was passiert. Du kannst gerade noch erspähen, wie Chet den Inhalt der Spritze verdeckt in seine Faust, dort, wo er das Ding eingeschlossen hält, abdrückt. Ist es ein Schwamm, den er gerade impft?

„Denk an was Schönes!", sagt er.

„Denk an Detlev, wenn er seinen Apparat aktiviert", fügt er hinzu.

Er hat dir die Droge nicht injiziert, was ist mit ihm? Will er dich verarschen oder ist er auf deiner Seite und musste diese Show abziehen?

Irgendwie fühlst du dich dennoch erleichtert. Was aber meinte er mit *Detlev und seinem Apparat?*

Detlev kifft für gewöhnlich, ertränkt seine Gehirnzellen mit Bier und setzt dabei uferlos schlechtes Benehmen frei. Will er, dass ich mich nun wie Detlev benehme, das heißt, wie ein Affe zu kreischen, lauthals zu rülpsen und pupsen beginne?

Im Nu sind deine schauspielerischen Fähigkeiten gefragt. Allmählich wird der Trip durch das gottverlassene Land zur Tortur. Als hättest du irgendeinen Anfall, verdrehst du die Augen und beginnst, den Kopf nach links zu wenden.

Ewald und der Sekretär Gottes schauen gespannt zu. Du bist fest davon überzeugt, dass der Zwerg im Anzug und Ewald so katholisch erzogen wurden, dass sie bis dato noch nie mit Drogen in Berührung kamen. Du wirst hier so echt wie möglich wirken und damit dein Überleben sichern.

Du suchst nach einer Situation, einer Geschichte, die du irgendwann einmal unglaublich komisch gefunden hast. Eine schwierige Aufgabe offenbart sich da. Du sollst verrückt kreischen und brüllen, nachdem du fast draufgegangen bist. Dazu bist du in etwa so motiviert wie Typen, die zur Samenspende auf der Station für Kinderwunsch zum Onanieren angehalten werden. Erschreckend.

Wie haben wohl Ewalds Eltern ausgesehen, als sie es getan haben? Ob ihm der Schmiss genetisch vererbt wurde? Sein Vater hatte sicher ein Hakenkreuz am Arsch tätowiert.

„Ewald, hehe, EEEEwald!", rufst du.

„Was hast du da im Gesicht, hihiiiiiii!"

Du beginnst allmählich, Blut zu lecken.

Ewald nähert sich und bemüht sich, besonders autoritär zu wirken.

„Oh, là, làààà! Ein bööööses Gesüchtchen macht Öwald!"

Dir fällt die Frau im Park ein, die mit ihren Chihuahuas spricht, als wären diese geisteskrank und auf eindringlichste Gebärdensprache angewiesen. Innerlich bedankst du dich aber bei dieser Frau, denn sie hat dich auf die Idee gebracht, mit Ewald ein Spielchen zu spielen.

Du spitzt deinen Mund:

„Bist du mein klöööines Öwaldü? War Waldibübchen schlümm? Öiöi, ein Wöhwöchen im Gesüchtchen, hihiiii-iiii!"

Ewald setzt an, dir einen Faustschlag zu verpassen.

„Lassen Sie ihn, die Droge wirkt bereits!", beschwichtigt Stechwitz.

„Wadettidi, böööser Öwald, hihiiiiii!"

Chet löst die Bremsen am Klinikbett und fährt dich hinaus auf den Gang.

„Du warst spitze!", flüstert er dir zu.

„Mann, ich dachte, du hast es wirklich auf mich abgesehen!", konterst du, bevor du erneut gut hörbare Urlaute von dir gibst.

„Ich konnte nicht anders! Detlev und du, ihr beide wurdet mit Gas betäubt, während mich mein Vater aus der Rebirth Chamber holen ließ. Plötzlich standen da die beiden Freaks. Ich hatte keine Ahnung, dass mein Vater offenbar hinter all dem steckte und den Pfarrer schickte, um dein Bild zu holen. Er ist ein sehr inspirierter Katholik, musst du wissen. Vielleicht hat er meine Kolumne über dich gelesen und die beiden Witzfiguren abkommandiert, um dich einzuschüchtern und das Bild aus dem Verkehr zu ziehen. Er stammt aus einer tief religiösen deutschen Familie. Er pendelte zwischen Hitlerjugend und Hausbesuchen des Pfarrers hin und her. Den Rest kannst du dir ausmalen. Der versteht keinen Spaß, wenn man seine verfickte Lebensgrundlage in den Dreck zieht. Ich schwöre dir, ich wusste nicht, dass er hinter dir her war!"

„Okay, was passiert jetzt? Muss ich noch mal verrecken?", fragst du relativ sachlich.

„Du wirst jetzt einer audiovisuellen Indoktrinierung unterzogen."

„Das klingt ja beruhigend", erwiderst du.

„Wenn du den Stoff nicht in dir hast, kann dir der Vorgang so gut wie nichts anhaben", erklärt Chet.

„Was ist mit Detlev?", möchtest du noch wissen.

„Der schläft, dem geht's gut, der bekommt von all dem nichts mit. Er fühlt sich nach dem Erwachen wie neu geboren. Man hat ihn durch den *synthetischen Cervix uteri* gezogen. Ich schieb dich da jetzt rein, spiel den Junkie, denn du stehst offiziell unter Drogen und wirst beobachtet. Klienten mit Meskalin im Blut sehen automatisch auf den Schirm, also simuliere Interesse und versuche, dabei so stoned wie möglich auszusehen. Er wird auch ein spezielles Gas einleiten, welches dich dazu verführen soll, das Gesehene und Gehörte als besonders anregend zu empfinden und ungefiltert aufzunehmen. Das Gas wird dich nach einiger Zeit müde machen und du wirst im Laufe des Verfahrens einschlafen. Hast du den Film ‚Clockwork Orange‘ gesehen? Jetzt weißt du, wer hier schon zu Gast war. Mein Vater ist im Glauben, sein Sohn wäre ihm immer noch hörig. Er denkt, ich hätte dich freiwillig ausgeliefert. Nachdem er dann das Indoktrinationsprogramm mit dir ausgeführt hat, wird er sich zurückziehen und schlafen gehen. Zwischenzeitlich versuche ich, an seine Ton- und Videodokumentationen ranzukommen. Wir versuchen dann, damit abzuhauen. Das FBI interessiert sich bestimmt dafür, wie und was mein Vater den Klienten so in den Schädel schleust. Du bist mein lebender Zeuge, verstanden? Also versuch, dir genau zu merken, was du siehst!"

„Chet, eines noch, verrate mir, warum du das machst. Sag mir den Grund, ich würde mich sicherer fühlen", flüsterst du.

Chet beugt sich zu deinem rechten Ohr und beginnt zu säuseln:

„Es hat ihm Spaß gemacht, in seine Nazi-Uniform zu schlüpfen und mich zu verprügeln, mich über die Sofakante zu legen und zu ficken. Für den Tisch war ich noch zu klein. Mutter hat ihn dabei einmal erwischt. Sie hat sich erhängt. Er wusste genau, in welchem Alter ein Kind imstande ist, effektiv zu verdrängen. Aber bei mir hat das nicht funktioniert. Ich habe nichts vergessen. Das Indoktrinationsprogramm hat er für mich entwickelt. Ich war sein erstes Versuchskarnickel. Gott weiß, warum ich nicht in der Irrenanstalt gelandet bin. Aber morgen ist der Tag, an dem er mir ausgeliefert sein wird. Ich werde ihm eigenhändig die Hoden ausreißen, sie in Stücke schneiden und an die Hunde verfüttern! Es wäre für ihn besser gewesen, er hätte mich umgelegt, aber das konnte Papi nicht. Selbst das Abscheulichste hat eine Hintertür, man muss sie nur finden und durchgehen! So, mein Süßer, gute Unterhaltung, du stehst das durch! Chet Ende."

Du wirst in den *Multimedia-Indoktrinationsraum* geschoben. Kein Wort kommt dir über die Lippen. Bis jetzt dachtest du, du gehörtest einer Minderheit an. Irrtum. Dieser Wahnsinn treibt sein Unwesen, egal ob mit Jungs oder Mädchen. Du gestehst dir ein, Freude zu empfinden. Es ist eine Freude wie die eines Mannes, der einsam durch die Wüste zieht und plötzlich auf Zivilisation stößt.

Chet positioniert das Bett vor einem Bildschirm, klappt den Brustteil des Bettes höher und verschwindet durch die schalldichte Tür. Diesmal hatte er kein Häkchen in seinem Mundwinkel. Sein Gesicht ist nicht mehr jenes, in welches du in New York blicktest, als er vor deiner Tür stand.

Der Raum ist dunkel, ruhig, sachlich und kühl. Du bist hier der Einzige, ein ans Krankenbett geketteter Kinobesucher.

„POOOOOOOPCORN!", rufst du.

„POOOOOOOPCORN!"

Du kannst dir nicht vorstellen, wie das Ganze nun vonstattengehen soll, was mit dir passieren könnte und wie du nach dieser Behandlung zu dem würdest, was der Gesellschaft zuträglicher wäre. Vielleicht wäre die Behandlung ja gut für dich und du würdest anschließend ein von zermürbenden Erinnerungen befreites Leben führen.

„Terry, bist du bereit?", klingt eine tiefe, sonore Stimme durch nicht sichtbare Lautsprecher.

„OHHH! SUSANNNA, OH DON'T YOU FUCKING CRY FOR MEEE!", singst du in der Gewissheit, dass dieses Verhalten nur einem schwer aus der Furche geratenen Menschen zuzuschreiben wäre.

Du hältst inne, denn hinter dir säuselt etwas aus einem Ventil. Es muss das Gas sein, welches Chet erwähnte.

Ein fantastischer Geruch umhüllt dich. Du möchtest dich wehren, volle Atemzüge zu nehmen, aber das Gas duftet zu verführerisch. Du lässt es geschehen und ziehst die *aerosole Sünde* in das Innere deines Schädels, wo aus dem weißen Rauschen Tausender gelebter Momente Spitzen emporgezogen werden, die feine Löcher in das Schlachtfeld deiner Geschichte piksen. Du bist bemüht, die süßen Erinnerungströpfchen nicht abzulecken, doch es geht zu schnell und schon bist du Passagier in einem unüberwindbaren Strudel, dessen Sog nur eine Richtung kennt. Da die Essenz einer frisch gemähten Wiese und dort der vor zig Jahren gekaute rote Kaugummi, hier das geschmolzene Plastik der Weihnachtsbeleuchtung und jetzt dein erster Pfefferminztee mit Schulklebstoff.

Wie kann das sein? Wie kann man solch ein Teufelswerk der Sinnesmanipulation kreieren? Chets Vater muss ein Genie sein! Nein, das darfst du nicht denken! Chets Vater ist ein Satan, ein Henker!

Er ist so mächtig!

„THE BUCKWHEAT CAKE WAS IN HER MOUTH, THE TEAR WAS IN HER EYE, POOOOPCOOORN!"

Du wirst jedes Mal, wenn du Respekt für diesen Mann empfindest, ein Stückchen „Oh! Susanna" singen und deinem dringenden Bedürfnis nach Popcorn Ausdruck verleihen.

Ein Bildapparat geht an. Doch um zu sehen, was dieser zeigt, musst du die Pupillen so weit nach links drehen, dass die Muskeln hinter den Augäpfeln beinahe einen Krampf erleiden.

„ICH SEHE NICHTS, HEHEEEEE!", rufst du.

Da, ein zweiter Monitor, diesmal rechts außen. Deine Augen kullern nach rechts. Du bildest dir ein, einmal eine DBC-Dokumentation gestreift zu haben, in der erklärt wurde, dass Lernen mit rapiden Augenbewegungen besser funktioniere.

Quader, Rechtecke, Kugeln und Kreise, mehr ist nicht zu sehen. Was wird das? Will er mir erklären, wer Kandinsky ist?

„KAAAANDIIIINSKY, FUCK YOUHOUUU!", rufst du lauthals.

Jetzt kommt die Beschallung. Ein konstantes, nervöses Rauschen von rechts hinten. Ein weiterer Monitor geht an, diesmal direkt vor dir.

„GETROFFFEN, ARSCHLOOOCH, JAAAA, JAAA, JAAAA!"

Es tut gut, irre zu sein, es bleibt dir auch nichts anderes übrig. Du bist irre. Die gezeigten geometrischen Figuren morphen sich zu Gestalten. Jetzt morphen sie sich wieder zurück in ihre Urform, den Kreis, das Dreieck oder das Rechteck.

Und wieder. Du brauchst kein Meskalin, um auf den Trip zu kommen. Das hier *ist* ein Trip. Kein unschöner Trip, zugegebenermaßen. Dein Appetit auf Formen, Geometrie, Farben und Gestalten wird hier über alle Maße gestillt.

Verdammt, vielleicht ist es genau das, womit er an dich andocken möchte?

„KANDIIIINSKYYYYY, KANDINSKYYYYY, ICH SCHEISSE AUF KANDINSKYYYYY!", brüllst du.

Wenn du so weitermachst, werden sie dich in eine Zwangsjacke stecken.

Du hörst nun tiefe Töne, die klingen, als würden sie sich in sich selbst zurückziehen. Schade, dass Detlev dem nicht beiwohnen kann. Diese Kammer hier ist die Luxusvariante seiner Jukebox. Vielleicht wäre er sogar eingeschnappt, weil diese Show im Gegensatz zu seiner wirklich großes Kino ist.

Der Irre da draußen am Schaltpult ist ein Großmeister des Horrors, wie du zugeben musst. Der Monitor vor dir dürfte der *Masterbildschirm* sein. In ihm zeigen sich einfache Linien, die sich nacheinander in karge Symbole verwandeln. Aus einer Linie formt sich ein christliches Kreuz, während sich ein Sinuston zu einem dumpfen, mächtigen Wummern wandelt. Du kannst dich nicht dagegen wehren, durch alle intimen sakralen Erlebnisse deiner Vergangenheit noch einmal durchgeprügelt zu werden.

Du kannst dies nicht ertragen!

„GNAAAAAADE! GNAAADE, NEIN, NICHT DIE KIRCHE!", brüllst du aus Leib und Seele.

Ein Versuch, sich auf ganz andere Dinge zu konzentrieren, scheitert so kläglich wie Hunderte Versuche zuvor, nach einer nächtlichen Panikattacke wieder Schlaf zu finden.

Allmählich wird die Frequenz der Bilder erhöht. Der linke Bildschirm zeigt analog zu den Symbolen emotional gespickte Situationen. Ein weinendes Kind, Hundewelpen, ein Kopfschuss eines Uniformierten. Zur gleichen Zeit zeigt der rechte Bildschirm Formen und Figuren, die sich entlang eines gerasterten Feldes wandeln, wo sie sich drehen und verformen, bis sie sich, wenn sie im Begriffe sind aufeinanderzutreffen, in letzter Sekunde so gestalten, dass sie ineinanderpassen. Darunter gibt es auch Symbole, die es nicht schaffen, sich auf das kommende Gegenüber in Form und Gestalt anzupassen. Diese zersplittern aneinander wie Glaskristalle. Jedes Mal, wenn das passiert, gibst du einen begeisterten Affenschrei von dir.

Symbole aller Art, Hieroglyphen, Kreuze, Sonnenräder, alles zieht der Fuchs aus seinem Bau hervor. In immer wiederkehrenden, sich beschleunigenden Sequenzen fällt das Konstrukt in sich zusammen und hält bei Bildsequenzen wie diesem verfluchten christlichen Kreuz.

Jetzt zeigt der Monitor auf der linken Seite wunderschöne nackte Frauen. Du kannst dir vorstellen, dass dein Geist, wäre dieser neben dem Gas auch noch mit Meskalin getränkt, diesen, ehrlich gesagt, im nüchternen Zustand etwas holprig daherkommenden Verknüpfungsversuchen ganz ordentlich auf den Leim gehen könnte.

Allmählich hast du genug von diesem *Fernsehabend*. Dein Körper fleht nach Schlaf, aber da bohrt sich noch eine Frage durch dein Gehirn. Was wäre, würde Stechwitz herausfinden, dass seine Gehirnwäsche keinen Effekt auf dich hat? Würde er dich so lange bearbeiten, bis du nur mehr in einem verwelkten Torso gefangen auf die mit Pervitin entrissene Erlösung hoffen würdest?

Hast du zu viel DBC gesehen? Eines steht jedoch fest. Deine in Öl gebannte Darstellung stellt eine Bedrohung für Stechwitz' Frömmigkeit dar. Nun spürst du es am eigenen Körper, was Menschen imstande sind zu tun, um der Wahrheit nicht ins Auge blicken zu müssen.

Ein massiver Impuls von Müdigkeit lässt nun deine Augenlider zuklappen. Du schläfst. Endlich.

Als du viel zu spät realisierst, dass du samt Bett bewegt wirst, gelingt es dir nicht, die Augen wieder aufzuklappen. Du bist so hundemüde, dass dir alles scheißegal ist.

Jemand flüstert dir ins Ohr. Dein Herz pocht nun, als müsse es Blut durch Arterien pumpen, auf welchen jemand mit schwerem Schuhwerk steht.

„Mann, es ist halb vier! In zwei Stunden beginnen die Therapien, ich hab die Videobänder und wir können abhauen! In sieben Minuten sorgt Detlev für einen Total-stromausfall und legt das Überwachungssystem lahm. Komm, Mann, wach auf!"

Es waren nur Worte, die du gehört hast. Du hast größte Mühe, diese Worte in sinnvollen Zusammenhang zu bringen:

Detlev, ja.

Stromausfall, okay, aber wie war das?

Detlev *verursacht* einen Stromausfall?

Das ist dir neu.

Du setzt an, untertourig zu lachen.

Das ist einfach zu grotesk, um keine körperliche Reaktion zu erleben. Dieser flüsternde Jemand, dessen Gesicht du noch nicht sehen konntest, hält dir nun den Mund zu.

„Halt die Klappe und wach endlich auf, wir müssen hier verflucht noch mal raus!"

Du warst in deinem Leben noch nie so müde. Nun will dich jemand am Schlafen hindern.

„Mach doch, was du willst", säuselst du.

„Komm jetzt, ich habe alles an belastendem Material geklaut! In fünf Minuten geht hier der Strom aus, das ist unsere einzige Chance, lebend rauszukommen!"

„Lebend rauskommen ... lebend rauskommen, das ist gut", flüsterst du und kommst langsam zu dir. Lästige Finger klatschen auf dein Gesicht ein und helfen mit, deinen Kreislauf zu bergen.

„Gibt's hier einen Kaffeeautomaten?", möchtest du wissen.

„Du kannst so viel Kaffee haben, wie du willst, aber jetzt müssen wir weg von hier!"

Du kannst Chet erkennen. Noch nie war sein Unterkiefer so weit nach vorne gestreckt und seine Augen so weit aufgerissen wie eben jetzt. Er sieht *total* mitgenommen aus. Er hat etwas von Jesus, allerdings nachdem er gekreuzigt wurde. Er muss verdammte Angst haben, man kann sein Adrenalin riechen. Vor ein paar Stunden noch dachtest du, er wolle dich beseitigen lassen, nun hilft er dir, dich aufrecht hinzusetzen und auf die Beine zu kommen.

Der Plan lautet, auf das Aus der Stromversorgung zu warten, Detlev vom Schaltkasten der Hauptstromversorgung abzuholen, gemeinsam in die Tiefgarage zu stürmen und dann mit Stechwitz' Limousine den Fluchtweg anzutreten. Dein Auftrag lautet also nur, wach zu bleiben, zu laufen und die Klappe zu halten.

Chet ist zum wiederholten Male der Anführer. Niemals hättest du ihm diese Qualitäten zugesprochen, als er damals im Türstock zu deiner Wohnung stand, um mit dir das Interview zu führen.

Wir schleichen um die Ecke zum Notausgang, welcher zum Treppenhaus führt. Die Nachtbeleuchtung geht aus, Detlev muss den Schalter umgelegt haben. Wir nehmen zwei Treppen auf einmal. Mit deinen weichen Knien könnte das absolut tödlich sein.

Nun brechen wir durch eine Doppeltür, laufen einen Gang entlang. Du folgst nur dem wackelnden, kleinen Lichtkegel aus Chets Taschenlampe. Eine Sicherheitstür passieren wir noch, bis nun Detlevs Umrisse zu erkennen sind. Du empfindest tiefe Freude, als du diesen eigensinnigen Bären umarmst. Diesmal hat *er* das Licht abgedreht.

Jetzt stürmen wir zu dritt durch das Stiegenhaus in die Tiefgarage, mit etwas Wehmut an unserem Shuttle, dem Pizzalieferwagen, vorbei.

Italian food – we deliver!

Du mochtest diese Karre.

Chet läuft voran, zückt einen Schlüssel und sperrt eine lange schwarze Limousine auf. Was ist es? Ein Lincoln? Ein Oldsmobile oder Cadillac? Für dich sehen die guten Amerikaner alle gleich aus. Du wirfst dich mit Detlev auf die Rückbank, denn in solch einem Auto wird man chauffiert! Noch nie war dein Arsch so gut gepolstert wie in dieser Limo. Mit dem Gefühl, dass unsere Gedanken an einem Strang zusammenhängen, keuchen wir uns die Lunge aus dem Leib.

Chet startet den Wagen. Ein Motorgeräusch kann sehr ästhetisch wirken, denkst du. Er schiebt retour, knallt den Hebel auf D und tritt das Pedal in den Anschlag.

Deine Gehirnmasse muss in diesem Augenblick nichts über das Gesetz der Trägheit lernen, denn sie spürt es.

Zielsicher lenkt Chet den Wagen auf die Ausfahrtsrampe. Als wir die Tiefgarage verlassen, bremst er und lässt den Wagen leise zur Ausfahrt schnurren. Jetzt beschleunigt er erneut und holt alles aus dem Wagen. Wir brausen über die vom morgendlichen Tau befeuchtete Straße durch eine noch dösende, in Graublau gehüllte Flora und Fauna, bis Chet erneut den Wagen einschleift, um mit uns zivilisiert wie ein Führerscheinneuling dem Portierhäuschen entgegenzurollen.

Weiß der Portier bereits von unserer Flucht?

Trotz hervorragend belüfteten Innenraums bilden sich Schweißperlen auf deiner Stirn. Dein Herz, welches vor dreißig Minuten gerade einmal für Lebenserhaltung zuständig war, verrichtet abermals die Arbeit einer Hochleistungspumpe.

Jetzt tritt der Mann aus dem Häuschen hervor, salutiert ordnungsgemäß und drückt den Schalter, welcher das Eisentor öffnen lässt.

Getönte Scheiben im Morgengrauen, Chet mit einer Chauffeurkappe, der Mann hatte keine Chance, diesen Fehltritt, uns passieren zu lassen, nicht zu begehen.

Chet lässt den Wagen noch circa eine Viertelmeile ruhig auf der Straße, erst jetzt kickt er wieder das Pedal nieder. Wütend schaukelt des Cadillacs Schnauze durch die frische Morgenluft.

Natürlich ist der Wagen alles andere als unauffällig. Es wäre ratsam, diesen sorgfältig zu verstecken, zumindest so lange, bis Chet das Material an das FBI übergeben hat.

„Was hast du eigentlich für Material geklaut?", fragst du Chet.

„Im Safe meines Vaters befanden sich etliche brisante Dokumente. Er hatte immer wieder höchst prominente

Klienten, welche den Fehler begingen, sich ihm anzuvertrauen. Der Teufel hatte überall Videokameras installiert."

„Und was hat er damit aufgezeichnet?"

„Menschen, die in der Öffentlichkeit stehen. Politiker, Schauspieler, Industrielle, alle im LSD-Rausch, mit minderjährigen Nutten, um nur das Harmloseste zu erwähnen", antwortet Chet.

„Okay, ich schätze, dein Alter wird etwas sauer sein", sagt Detlev.

Chet konzentriert sich auf die kurvenreiche Straße. Du beobachtest ihn. Da, da ist wieder das Häkchen in seinem Mundwinkel.

„Davon träume ich seit Jahren, diesem Arschloch eines auszuwischen!", sagt er leise vor sich hin.

Unsere Fortbewegungsgeschwindigkeit könnte durchaus als Raserei bezeichnet werden. Der Wagen ist ausgezeichnet gefedert. Doch selbst das beste Fahrzeug der Welt könnte nicht verhindern, dass es Detlev bei jeder Linkskurve massiv gegen dich drückt. Irgendwas würde dein Magen schon noch zum Kotzen finden, denkst du.

Erinnerungen an dein Nahtoderlebnis zwängeln sich aus deinem Gedächtnis.

Wir erreichen das Motel in Topeka, wo Charlize, Dana und Olivia auf uns warten. Chet parkt den Cadillac im Hinterhof. Du kannst es kaum erwarten, dir im Hotelbett die Decke über den Kopf zu ziehen.

Die Uhr zeigt fünf Uhr fünfundzwanzig. Chet informiert uns noch, dass er nach einem ausgiebigen Erholungsschlaf das geklaute Material dem FBI aushändigen wird. Er gähnt, hebt verabschiedend die Hand und öffnet die Hoteltür.

„Darf ich den Gouverneur ficken sehen? Wir könnten uns eine Kopie ziehen und ihm etwas Feuer unterm Arsch machen", hörst du gerade noch Detlev flüstern.

„Detlev, halt einfach die Klappe!", antwortet Chet und verschwindet mit ihm im Zimmer.

Auch du schließt die Tür hinter dir, streifst die Sneaker ab und lässt dich rücklings ins Bett fallen. Bevor du das Licht ausknipst, betrachtest du noch diese Marke, die man dir in der *Clear Clinic* um den rechten Arm gebunden hat. Du sagst, dass dies alles Wahnsinn sei, und übergibst dich dem Tiefschlaf.

Selten, aber doch ist es vorgekommen, dass du nach einem erlebnisreichen Tag in der direkt darauf folgenden Nacht das Tagesgeschehen noch einmal geträumt hast. Auch in dieser Nacht konnte sich deine Psyche gegen das kürzlich Erlebte nicht wehren und kratzte förmlich danach, nichts auszulassen, was noch einmal träumerisch auf den Obduktionstisch musste. Es war ein Graus oder, besser gesagt, ein Sinnesgemetzel. Wenngleich das Träumen aus der Feder eines Meisters der Absurditäten stammt, was macht der Meister, wenn das Material bereits so absurd ist, dass dem nichts mehr hinzuzufügen ist? Der Meister gerät ins Stottern, wiederholt sich, versucht, mit autoritären Hinweisen Details zu deuten, wo es schon längst nichts mehr zu deuten gibt. Es war eine Schlappe, für den Regisseur deiner Träume und für dich, der angekettet in diesem Lunapark des Horrors liegen musste. Die Nacht war schwere Arbeit und du hast alles abgebüßt, was es abzubüßen gab.

Wie wohltuend, nun an diesem Morgen die Augen zu öffnen, um einfach nur das bescheuerte Fensterrollo anzustarren. Der Raum ist relativ gut abgedunkelt. Das Tagesgeschehen ist bereits voll im Gange. Du stellst dir die Frage, wie viele traumatisierte Menschen da draußen wohl herumirren. Menschen, die Nacht um Nacht das durch Trauma verursachte Potenzial abschöpfen müssen, um darin nicht jämmerlich zu ersaufen, was der Tag wieder frisch ins Gedächtnis spült. Es kann gar nicht ohne Alkoholismus oder andere Substanzen funktionieren, ohne etwas, womit der Geist in seiner Agilität gedämpft wird, denkst du.

Der Geist, ein schwer erziehbares Kind, das letztlich nur versucht, auf sich aufmerksam zu machen, um beachtet zu werden. Der Plot, welchen du mittels deiner Sinne aufnimmst, kann den Geist entweder erziehen oder ihn zum schlimmsten deiner Feinde machen. Manchmal kannst du den Plot jedoch nicht auswählen, und der Geist erhält eine Schramme. Wie dem auch sei, die Prohibition konnte sich niemals durchsetzen, denkst du. Man wollte fadenscheinig die Menschen vor den negativen Folgen des Alkoholkonsums schützen. Es wäre besser gewesen, die Menschen vor den negativen Auswirkungen des Systems zu schützen. Was soll's, du lebst ja nicht in den beschissenen Zwanzigern. Du wirst dir heute mal einen ordentlichen Rausch gönnen. So viel steht fest. Dem wilden Geist wird das Maul gestopft und ein paar dieser aufrührerischen Zellen werden vernichtet. Vielleicht hat Dana noch etwas Pot.

Du blickst auf die Uhr. Es ist schon zwei Uhr nachmittags. Der Morgenschiss hat sich bis jetzt noch nicht aufgedrängt. Allerdings könnte ein entspannter Schiss wieder einiges einrenken, und noch bevor du den nächsten Gedanken fassen kannst, sitzt du bereits in der kleinen Kammer. Dein Maul ist offen und deine Augen starren auf das kleine abgeplattete Stück am Heizrohr. Für dich sind es zwei Quadratzentimeter abgeplattetes Eisen an einem Heizsystem. Für eine Kakerlake wären es bereits zwei Quadratmeter an einem abgeplatteten Heizsystem. Und für eine Ameise? Die könnte bereits darauf eislaufen, wäre es kein verfluchtes Heizsystem, denkst du.

Ist das die Relativitätstheorie?

Du lässt solchen Unsinn gerne mal *abziehen*, denn dieser *Abziehunsinn* stimuliert deinen Enddarm und auch dieser lässt dann gerne *abziehen*. Auch das Gehirn unterliegt einem Stoffwechsel, denkst du. Es nimmt etwas auf, manipuliert daran herum und lässt es wieder raus. Nach diesem Gestern ist es allerdings ein Wunder, dass du überhaupt halbwegs normal denken kannst.

Im embryonalen Zustand sollen das Gehirn und das Gedärm ein Stück gewesen sein. Das hast du einmal in einer DBC-Dokumentation gesehen. Kein Wunder, dass die beiden so harmonieren. Wenn der eine *Bullshit* denkt, fällt es dem anderen leicht, Bullshit zu machen. Und während der andere Bullshit macht, denkt der eine Bullshit.

Ganz klar, wie du dir denkst.

Was ging wohl in Einsteins Darm vor, als er sich die Relativitätstheorie ausdachte? Saß er dabei in der kleinen Kammer, so wie du jetzt? Du kannst dir nicht vorstellen, dass er unter Verstopfung litt. Nein. Keine Verstopfung kann eine Relativitätstheorie auf die Welt bringen. Wir müssen zusammenarbeiten! Unsere Därme mit unseren Hirnen und umgekehrt. Sonst gibt es Stillstand.

Wie wichtig ist wohl die Relativitätstheorie? Oder hat sie uns letztlich in Form einer Atombombe ins Leben geschissen? Wie wichtig war es für dich, auf Dennis' Skateboard zu scheißen?

Eines ist sicher: Dieser Schiss auf Dennis' Skateboard hat dich weitergebracht, und sei es auch nur, dass du, nachdem du beinahe in Stechwitz' Höllenmaschine krepiert wärst, zeit deines Lebens Alkoholiker zu sein hast. Aber wen kümmert es? Es ist doch *alles* scheißegal. Du könntest dich ebenso mit dem Morgenschiss hinterherspülen.

Es klopft. Wie du es hasst, wenn es klopft, während du die Hosen unten hast. Egal, vielleicht ist es Detlev. Du betätigst die Spülung, ziehst die Hosen nur so weit wie nötig hinauf und schlenderst zur Tür.

„Schon auf? Störe ich?"

Es ist Dana.

„Nein, ich hab nur versucht, ach … was soll's!"

„Was ist passiert?", fragt sie.

„Es war die Hölle." Du setzt dich.

„Chets Vater ist ein verfluchter Psychonazi!"

„Was kann man sich darunter vorstellen?", fragt sie.

Sie setzt sich in dein ungemachtes Bett.

„Er hat professionelle Methoden entwickelt, um Menschen regelrecht ins Hirn zu kacken."

Dana kichert und verkneift es sich, als sie bemerkt, dass du's ernst meinst.

„Was soll ich tun? Ich muss lachen, wenn jemand ins Hirn kacken sagt. Deckel auf, Kacke rein, Deckel zu. So stell ich mir das vor, und das ist ja wohl wirklich komisch!"

„Ja, sehr komisch", antwortest du gereizt.

„Übrigens geht er wirklich so vor. Er spritzt dir was in die Vene, womit er den Hirndeckel öffnet. Dann sperrt er dich vor drei TV-Geräte und überspielt deiner offenen und ungeschützten Wahrnehmung seine Sicht der Dinge. Danach legt er dich schlafen und der raffinierte Stoff beginnt, in dir Arbeit zu verrichten. Er hat auch eine Apparatur konstruiert, mit welcher du das Geborenwerden noch einmal erleben kannst. Damit geht er dir erst richtig an den Sack."

Dana muss wieder grinsen.

„Ja, ich weiß, an den Sack gehen, sehr witzig. Das Arschloch hätte das noch weiß Gott wie lange mit mir durchgezogen."

„Wo sind die anderen?", fragst du sie.

„Charlize und Olivia sind in die Stadt spaziert, ich wollte noch ausschlafen. Detlev sitzt unten im Restaurant und Chet musste irgendwas Wichtiges erledigen."

„Ja, er trifft einen FBI-Typen in Kansas City, der ihm dabei helfen soll, seinen Vater einzubuchten, womit wir schlussendlich dann auch das Eltern-Gebot abhaken können."

„Komm, leisten wir Detlev etwas Gesellschaft, außerdem brauche ich dringend Kaffee!", sagt Dana.

Es ist dir nicht unangenehm, das Zimmer mit Dana wieder zu verlassen. Sie gefällt dir. Ihre zierliche Figur erinnert dich an Kate, das Mädchen, in welches du zum ersten Mal Hals über Kopf verschossen warst.

Momentan ist aber an Zuneigungskram nicht zu denken.

Detlevs bulliger Rücken ist schon aus der Entfernung zu erkennen. Abgeschieden von den anderen Gästen sitzt er alleine am Fenster.

„Guten Morgen, gut geschlafen?", fragt er, frisch aus dem Ei gepellt.

„Geht so", murmelst du.

„Hier, unsere Route nach Nevada", sagt er und schiebt eine Straßenkarte über den Tisch, auf welcher er mit rotem Filzstift eine Zickzacklinie quer durch Colorado und Utah gekritzelt hat. Du bist überrascht, ihn so gefasst und organisiert anzutreffen. Du vermisst den mitleiderregenden Blick in seinem Gesicht.

Dana bringt dir Kaffee, Brötchen, Käse und Schinken.

„Willst du Eier?", fragt sie.

Welches Programm wird hier jetzt abgezogen? Werbefernsehen aus den Fünfzigern? Noch nie in deinem Leben hat dir jemand ein Frühstück mit der „Eier-Frage" serviert.

Du siehst in ihr Gesicht. Ja, sie hat etwas Reizendes an sich. Du verbietest dir aber, dich reizen zu lassen, denn sie bemuttert dich und das könnte ein Spiel mit dem Feuer sein. Findest du bemuttert zu werden reizend? Könnte deine leibliche Mutter wie sie gewesen sein?

Sie schenkt dir ein liebevolles Lächeln, wobei sie ihr linkes Auge etwas fester zukneift als das rechte. Wo hast du bis jetzt nur hingesehen?

„Wir haben das Material geklaut und Chet wird seinem Vater den Arsch aufreißen."

Detlev durchbricht deine Selbstanalyse wie ein über romantische Wälder und Wiesen knallender Überschalljet.

„Bleibt nur noch Mord, Begehren einer anderen Frau und einmal ordentlich Lügen. Wir sind in Kansas, also durchqueren wir noch Colorado, Utah und Nevada. Drei Bundesstaaten. Vielleicht sollten wir das mit den Geboten auf Eis legen und uns endgültig an Ed ranmachen. Es werden sich bestimmt noch Gelegenheiten finden, um die restlichen Gebote zu missachten, was meint ihr?"

Der Mann wirkt seltsam verändert. Er stellt zwar immer noch naive Fragen, diese aber überraschend selbstbewusst und bestimmt. War es sein Gang durch diesen künstlichen Geburtskanal? Kann ihm dieses Erlebnis ein neues Dasein beschert haben? Vielleicht fühlt er sich nun als wiedergeboren, *ohne* noch einmal gezeugt worden zu sein. Möglicherweise befriedet dieses künstliche Geburtserlebnis sein Existenzdrama oder, noch besser, vielleicht denkt er nun, von einer Maschine *erzeugt* worden zu sein?

„Man muss seinen Prinzipien treu bleiben und sich selbst eine klare Linie vorgeben!", sagt er nun.

Stechwitz hat aus ihm einen verfluchten Buchhalter gemacht, denkst du. Siehst du nicht richtig oder fasst diese grobschlächtige, nur an Bierflaschen gewöhnte Hand die Kaffeetasse mit abgespreiztem kleinem Finger an?

„Detlev, was ist mit dir? Wo sind deine üblen Manieren? Du hast noch kein einziges Mal gerülpst und ich bin nun schon seit fünf Minuten hier neben dir", sagst du.

„Das mit der Entschlossenheit ist mir gestern in diesem seltsamen beklemmenden, schleimigen Quallenpool klar geworden. Es gab nur ein Ziel. Immer nach vorne und raus! Übrigens, weißt du was das glibberige Zeugs in diesem Pool war? Es soll tatsächlich aus Quallen hergestellt worden sein. Tote Quallen, stell dir das vor!"

Detlev ist unfassbar aufgeregt. Wieder denkst du darüber nach, ob dein Magen überhaupt etwas wiederzugeben hätte, aber das Essen, welches nun vor dir steht, gelangte noch nicht durch deinen Schlund. Detlevs primäres geistiges Ziel, Ed Parker zu finden, verleiht ihm nun gewisse paramilitärische Züge. Er würde keine weiteren Verzögerungen mehr dulden, sagt er.

„Parker musste seine Strafe im Southern Desert Correctional Center absitzen. Unser nächstes Ziel ist daher genau definiert. Wir fahren dorthin, vielleicht kann ich dort etwas rausfinden. Ich könnte mich ... als sein Stiefsohn ausgeben!"

Während Detlev darüber sinniert, wie er an Ed P. rankommen könnte, betritt Chet das Hotelrestaurant. Dana winkt ihm.

Chet legt seine Schlüssel auf unserem Tisch ab.

„Mein Kumpel Jason hat mir versichert, dass das Material höchste Sprengkraft habe und solange mein Vater und seine Männer nicht unter Arrest stehen, sollten wir uns besser aus dem Staub machen. Ich weiß, Vaters Arme reichen weit und er kann ziemlich üble Kerle auf uns hetzen. Deshalb sollten wir so rasch wie möglich verduften", sagt Chet.

Nachdem wir unsere Sachen gepackt haben, macht Detlev klar, Chets Kopilot zu sein und diesen Mann bei der Navigation zum *Desert Correctional Center* zu unterstützen. Im Grunde genommen bekommt Chet damit sein Fett ab. Uns uninformiert in diese Höllenmaschine zu stecken, dafür muss er noch Buße tun. Diesmal ist er es, der, und sei es auch nur von Detlevs Enthusiasmus, zermalmt wird.

Du bist aber überzeugt, dass sich Chet seiner miesen Tat bewusst ist. Der Spaziergang durch die Höhle des Löwen war verflucht gefährlich, also lässt er Detlevs nervtötende Art geduldig über sich ergehen.

Das *simulierte Geburtserlebnis* dürfte Detlev gewissermaßen in dessen Schranken gewiesen haben, also seine Hirngespinste regelrecht kanalisiert und fokussiert, ihn sozusagen auf eine *gerade Bahn* gerichtet haben.

Nun lassen wir endlich die *Flint Hills* zurück und schneiden im Cadillac durch einen Staat mit einer scheinbar nie endenden Anzahl von Feldern auf einer scheinbar nie endenden riesigen Fläche mit dem Namen Kansas. Vielleicht ist die Welt doch eine beschissene Scheibe, denkst du.

16

Colorado ...

Heute fährt Dana mit uns im Cadillac. Wir haben uns gut aneinander gewöhnt. Wir können stundenlang stumm nebeneinandersitzen und aus den verdunkelten Scheiben des Wagens glotzen. Man lernt nicht viele Menschen kennen, mit denen man Seite an Seite schweigend Zeit verbringen kann. Mit Dana fühlt sich das Schweigen an, als würdest du mit ihr *synchron eine Gedankenwelle* reiten.

Leise säuseln schwülstige Countrysongs aus den Lautsprechern und Dana hält ihr Gesicht mit halb geschlossenen Augen gegen den warmen Fahrtwind. Der Komfort des Cadillacs lässt uns vergessen, dass wir Gejagte sein könnten.

Chet erteilte uns soeben den Auftrag, ständig zu kontrollieren, ob uns möglicherweise ein Fahrzeug folgt. Er hinterließ seinem FBI-Kumpel die Telefonnummer des Cadillac-Telefons, damit uns dieser über den aktuellen Stand der bevorstehenden Inhaftierung Stechwitz' auf dem Laufenden halten kann. Das FBI ist darüber informiert, dass wir uns für die Flucht Stechwitz' Wagen *geborgt* haben. Falls wir bemerken würden, tatsächlich verfolgt zu werden, müssten wir sofort Meldung machen. Das FBI würde unverzüglich einen Streifenwagen entsenden.

Kansas ist ein Land mit außerordentlich wenig Reizen. Hier kann es lediglich darum gehen, möglichst schnell nach B zu kommen und in B zu bleiben, vorausgesetzt, dass A Kansas und B nicht Kansas ist, denkst du. Würde man dich hier aussteigen lassen, hättest du nur einen Auftrag, nämlich den Mann zu finden, der dir mit seiner Knarre den Gnadenschuss verpasst. Glücklicherweise haben wir den Cadillac mit Bier beladen.

Nach fünf Stunden Fahrt stellt sich dir wieder einmal die Langeweile vor. Du bietest ihr Bier an. Der Vorrat an zu bearbeitenden Gedanken ist vorläufig aufgebraucht und du empfindest keine Lust, ein neues Gedankenfass anzuzapfen.

Endlich passieren wir die Staatsgrenze. Vor uns liegt Colorado, der vorletzte Bundesstaat unserer Mission. Ein Staat, an den du gewisse Hoffnungen knüpfst, denn aus geografischer Sicht könnte das Auge wieder einmal Abwechslung vertragen. Seit acht Stunden wurde es nun mit Einöde belichtet. Müsste man über Kansas einen Reisebericht schreiben, dann nur mit der dringenden Empfehlung, sich in absolut psychischer Stabilität zu befinden, andernfalls das Reisegepäck mit *Prozac* auszustatten.

Heute bist du der Erste, der zu raunzen beginnt. Dir wäre nach ein paar Tagen in luftiger Bergatmosphäre. Auf DBC konntest du einmal eine Dokumentation über Colorado sehen. Deine Vorliebe für rote Erde würde bei Detlev jedoch bestimmt auf Granit beißen und du könntest dir jeglichen Naturgenuss mitsamt dem süßen Duft der Pinien- und Kiefernwälder in den Arsch stecken.

Detlev hat es bereits mächtig eilig, aber irgendwo müssen wir ja nächtigen und wenn du Glück hast, ist es nicht wieder eines dieser beschissenen Highway-Motels. Die Fahrt würde noch eine Weile dauern, versichert Chet.

Du entnimmst dem *Bordkühlschrank* das neunte Bier und verordnest dir Entspannung. Sollen die da vorne entscheiden, was sie wollen, es möchte dir egal sein.

Chet steuert den Wagen auf Denver zu. Statt des süßen Geruchs von Kiefern gibt es heute Nacht also Abgase und Sirenen. Die Einfahrt nach Denver gleicht einem Nadelöhr, durch welches ein fettes Tau gezogen werden muss. Tausende Fahrzeuge verdichten sich und ein gewaltiger Rückstau bleibt unausweichlich. Du riskierst einen Blick aus dem geöffneten Fenster. Die untergehende Sonne beleuchtet einen sich aus Tausenden Fahrzeugen formenden Wurm, dessen aus Autodächern bestehender Panzer das orangefarbene Licht der Abendsonne reflektiert. Bis sich dieser Wurm in seine Behausung geschlängelt hat, werden wohl noch Stunden vergehen.

Prinzipiell mangelt es uns im Cadillac an nichts. Wir haben Nahrung und Getränke. Einzig ein akuter Harndrang wäre fatal.

„Wen werdet ihr töten?", fragt Dana.

Mit dieser spontanen Frage verpasst sie dir eine ebenso spontane Blockade.

„Keine Ahnung", erwiderst du.

„Ich denke, wir werden das Brechen dieses Gebots auf unbestimmte Zeit verschieben", stammelst du.

„Warum?", fragt sie weiter.

Spontan faselst du etwas davon, dass es niemandem zustehe, das Leben eines anderen auszulöschen.

Ein tiefer Atemzug soll deinem Argument Nachdruck verleihen.

„Und was, wenn euch jemand darum bitten würde?"

Du öffnest deine Jacke.

„Wer würde das schon tun? Jemand, der krank ist oder unter schweren Schmerzen leidet? Das obläge dann einem Arzt", sagst du.

„Warum nehmt ihr nicht mich?", fragt sie.

Stop-and-go-Verkehr, wie bei Antritt unserer Reise, als wir noch keinen Tau davon hatten, was auf uns zukommen würde. Nun sitzt du in einem Cadillac und wirst von einer Frau gefragt, ob du dir vorstellen könntest, sie zu töten.

„Was hast du für ein Problem?", fragst du, „bist du nicht ganz bei Trost?"

„Nein, ich frage mich nur: warum nicht auf diese Art und Weise nach Hause gehen?"

„Nach wohin gehen? Nach Hause?", fragst du sie.

„Ja, sterben, nach Hause gehen, sagt man doch so. Wer denkt nicht manchmal daran, sich um die Ecke zu bringen? Das tut doch jeder."

„Um die Ecke?"

„Ja, sterben, um die Ecke bringen."

„Du meinst: ins Gras beißen?"

„Ja, abtreten, den Löffel abgeben!"

„Warum willst du vor Ablauf deiner Zeit nach Hause gehen?", fragst du.

„Was erwartet mich noch? Ich hatte ein glückliches Leben. Einunddreißig Jahre Gesundheit und Glück. Es kann ja nur mehr bergabgehen!"

„Woher willst du das wissen?"

„Ich weiß es eben. Ich hatte eine Tante, bei der war es genauso. Sie hat sich mit vierzig erhängt und hinterließ einen Zettel, auf dem stand, dass man sie nun pflücken könne, denn sie sei eine reife Frucht und wolle nicht als Fallobst am Boden verfaulen."

Vor deinem geistigen Auge nimmt jemand den bleichen Korpus vom Seil und beißt in den Hals der Toten.

„Aber das Leben bringt doch immer etwas Neues. Warum nicht darauf warten, bis dich die Schwerkraft vom Baum holt?", fragst du sie.

Der Gedanke an den *eigenen* Tod will dir momentan nichts anhaben. Hat dir Stechwitz im Kanal alle Ängste genommen? Du siehst dich zum wiederholten Male in dieser, seiner Konstruktion verrecken. Aber es gab kein Ende. Du wurdest noch nicht aufgegeben. Du wolltest bis zum Schluss dabei sein, bis es nicht mehr ging. Vor dieser Erfahrung hättest du Dana womöglich beigestimmt, es möglicherweise sogar *progressiv* gefunden, sich selbst einmal das Ende zu bestimmen.

Nun ist es anders.

„Warum willst du dir nicht das Ende ansehen? Du gehst ja auch nicht aus einem Film, bevor er endet, oder?", fragst du weiter.

„Ich gehe regelmäßig aus diversen Filmen. Manchmal nach dem ersten Drittel, manchmal nach der Hälfte, manchmal knapp vor Schluss. Ist ja immer das Gleiche!"

Damit schlägt sie deinen, wie du findest, genialen Vergleich einfach tot.

„Hey, ich bin kein Vertreter für Lebensangelegenheiten und es liegt mir fern, hier eine Keule für das Überleben zu schwingen, aber irgendwie zwingst du mich dazu. Abgesehen davon musst du dir sowieso jemand anderen suchen, der dir dabei helfen soll, frühzeitig aus deinem Lebensfilm zu verschwinden, falls du das wirklich willst", stammelst du vor dich hin.

„Es ist doch scheißegal, wir waren doch alle schon einmal tot", setzt sie fort.

Dieser Satz trifft dich wie eine Lanze mitten durchs Hirn.

„Wir waren alle schon einmal tot?", säuselst du ihr nach.

Du drehst den Kopf zum Fenster. Im Auto nebenan sitzt eine Familie mit drei Kindern am Rücksitz. Die Mutter wird gerade an ihre nervliche Auslastungsgrenze gezerrt. Das Kleinkind am Kindersitz brüllt wie am Spieß.

Verrückt, denkst du, aber Dana hat recht. Wir waren schon einmal tot, bevor wir geboren wurden. Du kannst es nicht lassen und möchtest irgendwelche Argumente finden, die zum Schutze deines Selbst dem soeben Gedachten eine Schranke vorsetzen.

„Glaubst du nicht, dass du, wenn du aus diesem Leben austrittst, anders tot bist, als du tot warst, bevor du in dieses Leben eingetreten bist?"

„Nein, das glaube ich nicht!", sagt sie.

Wieder ein Schlag in deine spirituellen Weichteile. Sie wirkt in ihren Ansichten und Aussagen so starr, dass dir nur mehr eines bleibt, nämlich die Freude darüber, nicht so zu sein wie sie.

Stop-and-go-Verkehr, erneut mit Schweigen. Nun mit geteilter Meinung. Keine gemeinsame Gedankenwelle. Ein Spagat spannt sich nun zwischen der Außenwelt, dem Industriegebiet vor Denver, und deinem kleinen Eiweißbehälter mit der Fähigkeit, Gehirnströme zu erzeugen. Der Bordkühlschrank spendet erneut eine Dose Trost. Dana hat dich während der letzten gesprochenen Sätze keines einzigen Blickes gewürdigt. Im Grunde kann es dir auch egal sein, wie und was die denkt.

Plötzlich wieder:

„Würdest du mich töten?"

„Verflucht, was willst du, ja, ich werde dich auf der Stelle töten, wenn du mich nicht sofort in Frieden lässt!", brüllst du.

„Ich will Frieden, also tötest du mich?"

„Ich würde ja gerne, Schätzchen, aber leider hindert mich das Gesetz!"

„Pah, Gesetzte!"

Sie erniedrigt dich mit hartem Gelächter und dreht dir nun aus deiner Ironie eine Schlinge.

„Nichts ist leichter, als das Gesetz zu umgehen, mein Lieber! Also würdest du's tun?"

„Nein!"

Sowie du *Nein* sagst, kommst du dir vor wie ein verspannter Spießer. Verflucht und zugenäht! Sie versucht, dich in eine Ecke zu drängen, obwohl es bei diesem Thema eigentlich gar keine Ecken geben sollte. Du hast aber bereits körperliche Reaktionen gezeigt. Gibt es in dir ein *moralisches Leck*? Warum bleibst du nicht cool und lächelst nur milde? Du hast ein *gewaltiges Leck*, wie dir gerade bewusst wird. Warum tötest du sie nicht einfach? Es käme bestimmt darauf an, wie. Sanft, mit Liebe. Es scheint, dass du mit dem Thema Tod selbst noch nicht durch bist.

„Hör mal, ich bin mit dem Thema Tod noch nicht durch, lass mich in Frieden!"

Du kommst nicht darum herum, es einfach auszusprechen.

„Solltest du aber, denn wir sind bereits in Colorado."

„Scheißegal, wo wir sind und auf welchem Trip wir sind, ich bring hier niemanden einfach um, verstanden?"

„Warum?", fragt sie erneut.

Du könntest diesem Biest den Hals umdrehen. Wie widersinnig, denkst du. Was ist das bloß für eine verfluchte Taktik?

„Wie oft scheint genau dies passiert zu sein?", fragst du einfach in die Kabine.

„Was?", fragt Dana.

„Dass Menschen ermordet wurden, weil diese andere Menschen in eine unübersichtliche, bedrohliche Situation drängten?"

„Ach das meinst du!"

„Ja, immer passiert das, wenn wer ermordet wird. Und ich meine damit ausschließlich", sagt Dana.

„Es wäre mal was Neues, jemanden ohne Motiv zu töten, ohne zuvor in eine Ecke gedrängt worden zu sein", fährt sie fort.

„Wie wär's, tötest du mich jetzt? Du hättest kein Motiv."

„Gerade eben gibst du mir Anlass, dich umzulegen, aber nur damit du deine Klappe hältst!", sagst du.

„Hab ich dich in eine Ecke gedrängt?"

Verfluchtes Miststück, denkst du. Sie hat dich an den Eiern. Wenn du jetzt beleidigt und eingeschnappt bist, hast du verloren, dann gehört ihr deine Seele.

„Ja, das hast du!", gibst du zu.

Du beschwichtigst und lässt damit die Hosen runter.

Der Stau löst sich. Mittlerweile sind wir ein gutes Stück weiter und das ist gut, denn das von dir konsumierte Bier möchte wieder in den natürlichen Wasserkreislauf zurück.

„Guter Junge, ich mochte dich auf Anhieb!", sagt sie.

„Was meinst du jetzt schon wieder?", fragst du entnervt.

„Ich wollte eben nur herausfinden, ob du ein totales Arschloch bist, aber du bist keines!"

Dein verdutztes Gesicht signalisiert ihr nun, sich gefälligst zu erklären.

„In entscheidenden Fragen lässt du dich eher erniedrigen, als dass du dein Ego aufpolierst und den Chauvinisten raushängen lässt, verstehst du das?"

„Nein, nicht ganz, denn ich denke, niemand würde grundlos jemanden töten!"

Soeben ist dir klar geworden, was sie meinte. Natürlich wird aus geradezu läppischen Motiven gemordet.

„Mein Alter hat's versucht", sagt sie.

„Was hat er versucht? Und wer ist dein Alter?"

200

„Mein Alter hätte mich eher umgebracht, als vor dem, was er liebt, wie ein Schlappschwanz dazustehen."

„Du lebst in Ehe?", fragst du.

Wir haben nun endlich das Zentrum von Denver erreicht. Chet parkt den Cadillac vor einem riesigen Backsteingebäude. Ein Bediensteter in einem roten, mit goldenen Quasten behängten Mantel schreitet aus einer Nische hervor und öffnet uns die Autotür. Hinter uns parkt Charlize den kleinen roten Japaner. Ein Bild für Götter, der edle Portier vor der alten Schrottkiste.

Ohne uns etwas erzählt zu haben, hat uns Chet im Brown Palace Hotel eingebucht. Chet ist ein Meister der Überraschung. Als wir die Lobby betreten, musst du feststellen, dass du bis jetzt mit Mr. Luxus und Mrs. Glamour noch nie so richtig Kontakt hattest. Du kannst nicht umhin, dieses Gebäude als überwältigend zu beschreiben. Die Lobby, ein mit Glas überdachter Innenhof eines gewaltigen, offenbar in den Zwanzigerjahren erbauten Komplexes, besteht ausschließlich aus Marmor, Teppichen und höchst exklusivem, schwerem Inventar. Die Beleuchtung und der Blick hinauf über die kunstvoll geschmiedeten Brüstungen der acht Etagen lassen dich vergessen, wie bescheuert du gerade aussehen musst.

Danas bleicher Zeigefinger hebt zärtlich dein Kinn, um dem staunenden Kopf das Loch zu schließen.

„Wir haben das Zimmer dreihunderteinundvierzig", sagt sie.

„Wir?", fragst du zurück.

Es fällt schwer, sich der Annahme zu entziehen, eine beliebig umherschiebbare Figur auf einem Spielfeld geworden zu sein. Du wirst hier einfach mit Dana zusammen im Apartment einquartiert. Sollte dich das stören? Eine gewisse Logik hätte diese Einteilung jedoch, denn Olivia braucht Charlize' Beistand, Chet unterwirft sich Detlevs neu geborenem Charakter und Dana hegt Sympathien für dich.

Hegst du Sympathien für Dana? Sie hat einen knackigen Arsch, denkst du. Ihr Gesicht ist schmal und ihre Wangen sind rosig. Sie sieht manchmal etwas überhitzt aus. Das verleiht ihr ein ländliches, bodenständiges, gesundes Aussehen. Ihre Augen, blau, mandelförmig, mit Lidstrich markanter gemacht, und die schwarz glänzenden, leicht gewellten Haare, bis zu ihrer Schulter, ja, du hegst Sympathien für sie. Es wird Zeit, dir das endlich einzugestehen. Du bist nur etwas irritiert, denn noch nie zuvor in deinem Leben hat dir eine Frau früher Zuneigung signalisiert als du ihr. Abgesehen von Desiree und Lima natürlich, aber das war etwas anderes.

Olivia scheint über ihren Schmerz hinweggekommen zu sein. Innerhalb der acht Stunden Autofahrt mit Charlize kann schon einiges bewältigt werden, denkst du.

„Das Hotel ist ein kleiner Beitrag zu dieser gemeinsamen Reise. Nennen wir es eine Stiftung aus der Tageskassa meines Vaters. Somit können wir auch den Punkt Stehlen offiziell abhaken", sagt Chet. „Wir haben es verdient", fügt er hinzu. „Was haltet ihr von einem feinen Dinner, später, um neun? Wer ordentliche Klamotten braucht, hier!"

Chet zieht ein fettes Päckchen Hundert-Dollar-Scheine aus der Tasche und teilt es einfach auf. Bei dieser Menge Geld braucht nicht mehr gezählt zu werden.

Kann das alles wahr sein? Was ist passiert? Du hast auf ein Skateboard geschissen und begonnen, das zu tun, was du tun musstest. Jetzt drückt dir Chet Piepen in die Hand, damit du dir ein Jackett für ein Dinner im feinsten Schuppen Colorados besorgen kannst.

„Wir sind hier bis morgen eingebucht und haben nichts anderes zu tun, als die Füße hochzulagern. Also, bis später, wir sehen uns um neun im Restaurant", sagt Chet.

„Und dann machen wir unsere Route dingfest!", ruft Detlev in den riesigen Raum, als wir uns bereits verstreuen, um unsere Apartments aufzusuchen.

Du bist geschafft. Das Bier und Danas *Auto-Mordfantasien* haben dir den Rest gegeben. Eine heiße Dusche wird dich davon überzeugen, dass du auf die Butterseite des Lebens gefallen bist. Mit den Worten „Der Luxus hier ist kaum auszuhalten, welche Verschwendung!" lässt du deinen Arsch in das mit feinstem Stoff bezogene Sofa fallen.

„Ich könnte mich daran gewöhnen!", sagt Dana, durch die Suite wandelnd, als wäre sie hier zu Hause.

Jetzt verschwindet sie im Badezimmer.

„Nettes Bad, Platz für zwei!", ruft sie heraus.

Der Nachhall ihrer Worte lässt auf die Größe des Raumes schließen. Du spitzt die Ohren. Die Dusche geht an.

„Komm!", ruft sie.

Du öffnest die angelehnte Tür zum Badezimmer und siehst einen makellosen nackten Frauenkörper. Danas Aufforderung war so straight, dass du keinerlei Scham empfindest, dich sofort deiner Kleider zu entledigen und dich zu ihr unter den heißen Regen zu stehlen. Sie drückt dir Seife in die Hand.

„Komm, mach mir den Rücken!"

Der jungfräuliche Block Seife schmilzt honigduftend mit den Hügeln und Tälern ihres Gerippes. Es obliegt nun deinem Taktgefühl, wie langsam du voranschreitest, und es obliegt nun deinem Sinn für Erotik, die Temperatur zweier Körper zu regeln, denn du bestimmst, wo diese Frau eingeseift wird. Als sich der Block Seife zwischen ihre Pobacken schmiegt, dreht sie sich um und sieht dir tief durch die Pupillen. Wieder einmal betrittst du die Einbahn, ein geteiltes Geheimnis zu vollstrecken.

„Sieht es dein Plan nicht vor, eines anderen Weibes zu begehren?", fragt Dana, während sie dein gutes Stück nimmt und es sanft einseift.

So hast du das noch nicht gesehen.

Dana beteiligt sich an unserer Themenfahrt.

Nun schläfst du in Bauchlage, nachdem du mit Dana das zehnte Gebot so tollwütig gebrochen hast, dass dein Penis noch nicht in den Normalzustand zurückfinden mochte.

Ein streifendes Etwas belästigt nun deinen Nacken. Zu groß für eine Mücke, zu klein für einen Elefanten, etwas Textiles, denkst du. Du kommst zurück aus dem Nickerchen, hebst dein Haupt und öffnest die Augen. Es ist ein weißes Jackett, welches dir Dana provokant über den Schädel streift.

„Komm, mach dich fertig, in einer halben Stunde gibt's Dinner", sagt sie.

Sie steht vor dem Bett und trägt einen engen, langen dunklen Rock. Sie sieht aus wie eine edle Bürokraft, mit welcher sich der Boss wöchentlich versündigt.

Der letzte Anlass, für den du dich so in Schale geworfen hast, war Seymors Hochzeit. Damals hast du dich noch weniger wohlgefühlt, aber das dürfte wohl an der gesamten Situation gelegen haben.

Heute ist es dir geradezu ein Bedürfnis, den Anzug im Restaurant zu tragen, denn du dinierst mit deinen besten Freunden. So gut könntest du es in einer Familie gar nicht gehabt haben.

Wir nehmen die Gänge und Treppen hinunter ins Restaurant, denn Dana will den Weg durch dieses Prachthotel genießen. Der gewaltige Innenraum repräsentiert ein Quartier einer Elite. Hier hausen Menschen, die es zu etwas gebracht haben, also nicht so einer wie du. Du bist hier nur stiller Beobachter, ein Rezipient einer Collage aus Düften, Lichtern, Farben und Klängen. Auch wenn du hier nicht richtig bist, hast du dich zumindest nicht für eine Sache verkauft und dein Gesicht bewahrt. Das trifft hier bestimmt nicht auf jeden zu, denkst du.

Mit Dana eingehängt in deinem Arm, betrittst du das Restaurant. Sanfte Klaviermusik begleitet uns, als uns ein Bediensteter empfängt und zum nobel gedeckten Tisch ins Separee führt. Das rotgoldene Licht und der glitzernd funkelnde Schmuck vornehm gestikulierender Damen vermitteln dir ein Gefühl, als würdest du durch ein Klimt-Bild wandeln.

Chet und Detlev sitzen bereits da. Mit streng gezogenem Scheitel parkt Detlev seinen Arm lässig über einer Sessellehne. Olivia und Charlize fehlen noch.

Chet verneigt sich, sagt kein Wort und behält seine Arme verschränkt. Der Garçon zieht Danas Sessel nach hinten und offeriert ihr, Platz zu nehmen. Chet hat den Grund für dein entspanntes Äußeres sofort decodiert und lässt seine Augenbrauen zucken.

Nun bekommen auch Olivia und Charlize den Sessel in die Kniekehlen geschoben und der zweite Garçon schenkt Champagner ein.

Chet erhebt sich mit seinem Glas.

„Liebe Freunde!", sagt er.

„Wir wissen alle, dass dieser Abend im Zeichen der Ironie steht."

Chet muss in seinen Kindertagen mit Etikette aufgewachsen sein, denkst du. In diesem Moment erinnerst du dich an das, was er dir geflüstert hat, bevor er dich in Stechwitz' Gehirnwäscheraum schob. Er erzählte von seinem Vater und einer Nazi-Uniform und davon, dass ihn dieser in der besonderen Aufmachung schwer misshandelte. Wenn er so dasteht und dazu ansetzt, eine Rede zu halten, kannst du nicht leugnen, seinen Vater in ihm zu sehen.

„Wir sind nun über eine Woche unterwegs, um einen Mann aufzuspüren, den Detlev als seinen wahren Schöpfer bezeichnet. Hätte sich Terry nicht überwunden, sich, verzeih, Terry, gleichsam animalisch aus der Kunstszene New

Yorks zu kacken, um seiner wahren Identität zu folgen, hätten wir diese Reise wohl kaum angetreten. Wir hätten euch, Dana, Charlize und Olivia, nicht kennengelernt. Wie sich die Dinge so ergeben."

Chet zündet sich eine Zigarette an. Die Gasflamme erhellt dabei sein Gesicht. Im Flammenschimmer fällt auf, dass er sich nach langer Zeit wieder einmal rasiert hat. Nur ein *Errol-Flynn*-Bärtchen wollte stehen bleiben. Er sieht dem echten Errol damit ziemlich ähnlich, denkst du.

„Auf dieser Reise haben sich einige Dinge ereignet, die wir uns noch vor zwei Wochen nie hätten erträumen lassen. Ich konnte lästigen Ballast aus meinem Leben abwerfen. Übrigens, der berühmte Psychosomatiker Doktor Stechwitz wurde heute festgenommen. Darauf trinken wir!"

Wir erheben das Glas.

„Auf das vierte Gebot!", sagt er dazu.

Als du das Glas vor dein Auge hebst, betrachtest du die dahinterliegende Welt durch die weißlich gelbe Flüssigkeit unermüdlichen Perlens. Der Duft aus der Küche, Zigarren- und Pfeifenqualm, das Klimpern des Bestecks und die säuselnden Tischgespräche der Anwesenden, fragil von nur einzeln wahrnehmbaren Tönen des Barpianisten geziert, reizen deine Sinne, bis du pures Glück empfindest. Die Idylle schlechthin, wäre da nicht eine feine Druckstelle im Gemüt. Was drückt da? Ist es vielleicht Danas Aussage heute im Cadillac, dass sie nicht wüsste, was in ihrem Leben noch Besseres nachkommen könnte? War das bloß so dahingesagt? Du siehst sie an. Ihr Gesicht sollte Glückseligkeit ausstrahlen. Anmutig stützt sie den Kopf mit den hübschen, rosigen Wangen empor und ihre Augen funkeln im Kerzenlicht. Sie hat das Lächeln im Gesicht regelrecht montiert, denkst du. Mit der Annahme, sie könnte möglicherweise zufrieden, ja glücklich sein, beginnt sich das Unbehagen in dir zu verstärken. Verflucht, es könnte ihr letzter Abend sein, denkst du. Sie ist so schweigsam. Vielleicht ist ihr Lächeln nur einer Gleichgültigkeit ergeben? Du versuchst, dich zu beruhigen, aber dein Pulsschlag erhöht sich und du fühlst dich plötzlich genötigt, diese wunderbare Stimmung zu zerstören. Bist du paranoid? Egal, du beschließt, dass Danas Glücksbäume heute nicht in den Himmel wachsen dürfen, denn sie könnte von diesen in den Tod stürzen. Dir fällt die Geschichte über ihre Tante ein, die es vorgelebt hat, oder sollte man besser sagen: vorgestorben ist. Suizid kann speziell in der Familie Vorbildwirkung haben. Das hast du einmal in einer DBC-Dokumentation gesehen.

„Okay, Leute, schöne Ansprache, Chet, freut mich, dass dein Alter endlich eingebuchtet ist, was steht sonst noch auf dem Plan?"

Es ist dir gelungen. Du hast der aufgeblasenen *Abendmahlidylle* die Nadel verpasst. Charlize und Olivia sehen dich etwas verschmitzt an und suggerieren dir ein Gefühl, als hätten sie die Idee hinter dieser doch sehr rüpelhaft herbeigeführten Zäsur verstanden. Siehe da, auch Detlev hört auf, nervös das Bein zu wippen, denn nun konzentriert man sich wieder auf das eigentliche Vorhaben.

Chet wirkt noch etwas irritiert. Als er dich fragend anblickt, formst du ein komisches Gesicht und rollst deine

Augen in Blickrichtung Dana. Nun scheint auch er verstanden zu haben, dass es hier am Tisch nicht zu romantisch werden sollte und dein Einschreiten einen tieferen Grund haben muss.

Dana sitzt statisch da. Ihr Blick ist auf irgendeinen Punkt auf ihrer Serviette fixiert. Grotesk ist nur dein Gedanke, nämlich der, dass es ein idealer Zeitpunkt wäre, sie in Öl auf Leinwand zu bannen.

Sie provoziert dich, noch rüpelhafter zu sein, worauf du sie mit dem Ellbogen stößt, während du verkündest, dass man nun auch ein Vergehen gegen das zehnte Gebot hochleben lassen könne.

Das üppige Essen samt Cabernet Sauvignon, der Cognac und die fette Juan López haben dir den Rest gegeben. Es ist kurz nach Mitternacht und du liegst endlich in dieser edel gefederten Hotelfalle. Man möchte nicht glauben, wie strapaziös so ein Trip sein kann. Aber das ist alles nichts gegen Danas Psyche, welche dich regelrecht malträtiert. Das ständige Hin und Her, deine bemühten Versuche, dieser lebensmüden Person mittels Logik Zuversicht vorzulügen, um dem eigenen Gewissen vorzutäuschen, sie vorerst rational wiederbelebt zu haben, haben dich echt geschafft. Letztlich wurde dir klar, dass es ihr Krieg ist und du nicht ihr Kanonenfutter bist. Am Ende würde sie nur aus Mitleid zu dir am Leben bleiben.

Diese Lektion hast du nun ihr zu verdanken. Irgendwann bist du zu einem elastischen Element geworden, mit der Aufgabe, Stöße zu absorbieren. Du dachtest immer, es wären Stöße gegen dich, aber es sind die Stöße in den Leben der anderen, die du ständig zu dämpfen versuchst.

Wortkarg schläfst du ein.

Du öffnest die Augen, es ist Morgen. Geträumtes ist bereits außer Reichweite. Dana sieht dir ins Gesicht.

„Du hast es ernst gemeint, richtig?", fragst du sie.

Dana nickt und schmunzelt.

„Du hast mein Leben verlängert", sagt sie.

Du drehst dich auf die Seite. Dir ist klar, dass es unmöglich ist, ihr ein Versprechen abzuringen, dem Suizid zu widerstehen.

Sie streicht dir durchs Haar.

„Hab keine Angst", sagt sie.

Für dich ist alles zu spät, denn du bist hoffnungslos in sie verliebt. Sie ist es nicht und daher bist du im Nachteil. Jetzt, wo du dich gerade von deiner Geiselhaft, dem Malen halbseidener Sujets, befreien konntest, bist du daran, dich wieder gefangen nehmen zu lassen. Hast du dich selbst gefangen oder dich fangen lassen? Du hattest wohl keine andere Wahl.

Chet und Detlev sitzen in der Lobby.

„Wir nehmen den Siebziger bis Utah", sagt Detlev, „dann ab nach Thompson, den Hunderteinundneunziger durch die Wüste, White Mesa, Bluff, Tselakai Dezza, danach die Mexican Water Road, bis wir auf den Hundertsechziger nach Tuba City wechseln, danach fahren wir am Neunundachtziger hinunter bis Flagstaff. Also immer durch den Colorado State Park."

„Es sind circa siebenhundert Meilen bis Flagstaff. Die Nacht könnten wir irgendwo vor der Wüste verbringen, das wird dann circa in der Mitte liegen. Hier, das scheint das letzte halbwegs zivilisierte Gebiet vor der großen Wüstendurchquerung zu sein", sagt Chet und fuchtelt auf der Landkarte herum, während Detlev diese bereits zusammenfaltet.

„Nach Flagstaff setzen wir dann zur letzten Etappe an, bevor wir hinüber nach Nevada, Indian Springs abbiegen", fügt Chet hinzu und schnappt sich seine Jacke.

„Indian Springs, dort soll Parker inhaftiert gewesen sein", sagt Detlev, „vielleicht finden wir dort Hinweise darauf, wo er jetzt lebt."

Teilnahmslos hörst du dir Chets und Detlevs Gequassel an. Deine Gedanken sind zerstreut. Du hast nur mitbekommen, dass sie durch den Grand Canyon wollen. Da bist du allerdings dagegen.

„Warum müssen wir durch die Wüste, gibt es keinen direkten Weg nach Indian Springs?", fragst du spontan.

„Wir dachten, wir könnten die Fahrt mit etwas Sightseeing verbinden", sagt Chet.

„Ich dachte, Detlev hat es schon sehr eilig, um nach Nevada zu kommen?"

„Olivias Traum war es schon immer, den Grand Canyon zu sehen", sagt Detlev. Dabei zwinkert er bescheuert mit den Augenlidern.

„Okay, hast heute Morgen wohl auch du das zehnte Gebot am Gewissen?", fragst du provokant.

„Nein, sie ist nicht verheiratet", sagt Detlev.

„Und du, Chet?"

„Nein, Charlize ist weder verheiratet noch haben wir's miteinander getrieben!"

Unsere Autos sind vollgetankt und für den *Wüstenritt* gewappnet. Dein Arsch ist erneut dazu verflucht, Stunden abzusitzen.

Mit Dana bist du vorerst durch. Die Tatsache, nicht zu wissen, wie lange sie sich gestattet, am Leben zu bleiben, ist zermürbend. Dir bleibt nur, geradeaus zu denken, dich abzukapseln, sich sozusagen dem Problem geistig zu entziehen.

Jetzt sitzt sie wieder neben dir, lautlos wie immer. Irgendjemand hat einmal die Ansicht vertreten, sich von Dingen, die man nicht selbst beeinflussen kann, zu lösen, sich schlichtweg abzuspalten. Wahrscheinlich hast du das wieder aus einer DBC-Dokumentation.

17

Utah ...

Chet lenkt den Wagen aus der Stadt. Erneut lassen wir ein stummes Zeugnis menschlichen Zusammenrottens hinter uns, erneut zwingt dich die Situation, durch deine Denkkanäle zu torkeln. Du wirst versuchen, dich mehr auf *dein* Leben zu konzentrieren, denkst du.

„Musik?", brüllt Chet nach hinten.

„Aber sicher! Mach den Tuner an, Det!", brüllst du zurück.

DJ Detlev stellt den Sender ein und nimmt erst die Finger vom Regler, als Delta-Blues den Wagen beschallt.

„Son House, gefällt euch Son House?", brüllt er wieder, „das ist der Death-Letter-Blues!"

„Ja, lass das!", erwiderst du, ohne zu wissen, wer Son House ist.

Du erinnerst dich an den Abend, an dem du mit Chet in diesem Klub in New York gesessen bist. Du denkst an diese seltsame Country-Formation, die zu sehr danach roch, den engen Weg durch den Arsch ihrer Idole genommen zu haben. Chet wirkte damals ganz anders auf dich. Dann trat Detlev auf. Es ist eine befremdliche Vorstellung, dass das die beiden Jungs da vorne waren, mit welchen du nun in einem Cadillac durch eine gottverlassene Wüste braust. Sie haben mit den beiden Personen aus deiner Erinnerung kaum mehr etwas gemein. Verfremdung durch Anfreundung? Die Personen in deiner Erinnerung gibt es nicht mehr. Auch du bist nicht mehr derselbe.

Du erlebst pausenlos Momente eines *partiellen Sterbens*, wenn dein mit Empfindungen ausgestopftes Erinnerungsvermögen die Vergangenheit als geistige Dekoration deiner selbst Revue passieren lässt. Dekoration, das ist gut, denkst du.

„Ich werde deine Dekoration in Ehren halten, bis ich selbst nichts anderes war als ein Dekorateur", sagst du spontan zu Dana.

Die Striche auf der Straße sind wieder lang. Dana schnieft. Du brauchst sie nicht anzusehen, um zu bemerken, dass sie heult.

„Edward N. Hines", sagst du.

„Wer?", fragt Dana nach einer Weile und rotzt weiter.

„Der Erfinder der Straßenmarkierung, Ed Hines", antwortest du. Sie grunzt.

Du konntest ihre Traurigkeitsbarriere durchbrechen.

„Okay!", wimmert sie.

„Alle Farben sind die Freunde ihrer Nachbarn und die Liebhaber ihrer Gegensätze", sagst du.

„Klugscheißer", sagt sie.

„Deine Hirnwichserei?", rotzt sie in ein Taschentuch.

„Nein. Das einzige TV-Gerät, das ich jemals besaß, konnte nur DBC wiedergeben", sagst du, „Marc Chagall, war der Klugscheißer."

„Und was bedeutet das?", fragt sie.

„Keine Ahnung!", sagst du.

Das statische Starren aus dem Fenster hat dich ermüdet. Dana tut Ihres dazu. Du bist jetzt einfach zu faul, um den tieferen Sinn von Marc Chagalls Leitsatz zu erklären.

„Nachdem seine Frau gestorben war, malte er Bilder, um mit ihr in geistigen Kontakt zu treten", fällt dir noch ein.

„Halt deine verfluchte Fresse", sagt Dana.

Wie gut. Sie scheint von dieser Thematik allmählich selbst genervt zu sein. Das ist zumindest besser, als sich in lethargischer Antiakzeptanz zu suhlen, denkst du. Du wirst sie ab jetzt immer und immer wieder konfrontieren beziehungsweise provozieren, indem du ihr vor Augen halten wirst, dass sie von Menschen, die sie mag, vermisst werden würde.

Die Landschaft verändert ihr Äußeres. Der Highway schlängelt sich nun durch die Berge Colorados. Noch nie hast du so hohe Berge gesehen. Dir ist nach Unterhaltung mit den Jungs.

„Wie sieht's aus, kann man sich bald die Füße vertreten?", fragst du.

„In einer Stunde machen wir halt in Glenwood Springs, dann haben wir in etwa die Hälfte unserer Tagestour", sagt Detlev.

Das hoch gelegene Land verliert allmählich sein Grün an eine ausgetrocknete Steinhölle und abermals blickst du in ein topografisches Nichts. Du dachtest bislang, Kansas wäre in Sachen landschaftliche Einöde unschlagbar. Gemessen an diesem Land ist Kansas allerdings so aufregend wie eine Geisterbahn. Ein jähes Lebensende lauert da draußen in dieser Steinwüste, denkst du. Plötzlich fühlst du dich in diesem klimatisierten Cadillac wohler denn je.

Bis auf Son House gibt im Cadillac kein Mensch einen Laut von sich.

Das Bordtelefon läutet.

Detlev überreicht den Hörer an Chet. Es muss sich um eine Information über seinen Vater handeln. Vielleicht haben sie auch die anderen Mitspieler von Stechwitz eingebuchtet? Wir sind gespannt und beobachten Chet, *wie* er informiert wird.

„Ja ... mhmm ... verstehe ... und wie?"

„Aha .... okay ... danke!"

Er sieht den Hörer an, seufzt und legt auf.

Stechwitz wurde tot in der Zelle aufgefunden. Er hat es geschafft, sich mit dem Bettlaken zu strangulieren.

Stumm lenkt Chet den Wagen weiter.

„Freunde", flüstert er, „ich brauch mal einen kurzen Moment, okay?"

Chet ist orientierungslos. Der Anruf ließ ihn spontan zu einem Fahrer ohne Ziel werden. Gott sei Dank hat Detlev jetzt so viel Taktgefühl, nicht nervös die Karte zu durchstöbern, um festzustellen, ob wir noch auf Kurs sind.

Der Wagen wird in den Exit hundertzweiundachtzig gefahren. Unüberhörbar saugt Dana ein Quäntchen Luft durch ihre Nase. Als Mensch ist man auf solche Nasenluftströme konditioniert, denn manchmal machen menschliche

Zeitgenossen durch solch einen Nasenluftstrom auf sich aufmerksam, weil sie etwas besonders Wichtiges zu sagen haben.

„Was ist?", flüsterst du.

„Exit hundertzweiundachtzig, rechne mal die Quersumme!", flüstert sie.

„Was soll ich rechnen?", fragst du.

„Die Quersumme von hundertzweiundachtzig! Eins plus acht plus zwei macht elf!"

„Und, was soll ich damit?", fragst du.

„In der Bibel gilt die Zahl Elf als Zahl der Sünde!"

Oh Gott, denkst du.

„Weil sie die Zahl nach zehn darstellt und somit als Übertretung der Gebote und des Willens Gottes gilt", erklärt sie.

Du hast Dana soeben von einer neuen Seite kennengelernt. Sie kann sich offenbar für Esoterik begeistern, und das schmeckt dir nur bedingt bis gar nicht.

„Numerologie, heißt das, hab ich mal auf DBC gesehen!", flüstert sie und würde sie nicht flüstern, würde sie schreien, das verrät ihr Gesichtsausdruck. Sie ist erregt, was man durchaus positiv, sozusagen als Zeichen eines Lebenswillens, deuten könnte, denkst du.

Wir halten an einer Stop-Tafel. Chet ist ratlos und fragt Detlev, ob er nach links oder nach rechts fahren soll. Detlev hebt zaghaft die Tatze, um in Slow Motion mit dem Zeigefinger nach links zu deuten. Dana beugt sich vor und legt ihre Hand auf Chets Schulter. „Tut mir leid", sagt sie.

Ein guter Zug, denkst du.

„Er war so ein sadistisches Arschloch!", flüstert Chet.

Er beginnt zu rotzen und zu heulen.

„Er war ein beschissenes, sadistisches, verfluchtes Arsch-loch!"

Jetzt schreit er und hämmert wie verrückt auf das Lenk-rad ein. Wie ferngesteuert fasst du in die Kühlbox, öffnest den Bourbon und füllst einen Pappbecher ab.

„Da, trink, Mann!", sagst du.

Du erntest fragende Blicke. Aber die Insassen haben ver-standen, dass jetzt keine Diskussion über Alkohol am Steuer geführt werden kann. Der Bourbon verschwindet auf ex in Chets Schlund und jetzt wischt er den Rotz in seinen Jackenärmel.

„Danke, sorry, geht schon wieder", wimmert er.

„Wie oft habe ich mir gewünscht, er möge vom Blitz getroffen werden und eines ihm gerechten Todes sterben. Jetzt heule ich ihm auch noch nach. Kann mir das jemand erklären?"

„Er war dein Vater, dein Erzeuger", sagt Detlev.

Das konnte nur von Detlev kommen.

„Ja, das war er, in der Tat! Diese miese Ratte, er soll ver-rotten!"

„Sind wir noch richtig?", fragst du Detlev, um dem Tag Kontinuität zu schenken.

„Bis zur nächsten Stadt sind es noch knapp dreißig Meilen, fahr einfach weiter, Mann", sagt Detlev.

Die Straße schlängelt sich aus der unwirtlichen Wüste in ein Tal, welches vom Colorado River gekreuzt wird. Es dämmert und einige Grünflächen sind gerade noch zu sehen.

18

Moab ...

Das Ortsschild verrät, dass wir nun in der Stadt *Moab* angekommen sind. Detlev hängt zum wiederholten Male an der Armatur und hält Ausschau nach einem Motel. Es müsse nichts Besonderes sein, es sei ja nur für eine Nacht. Wir passieren einige Campingplätze und es scheint, dass wir hier in einem *Mekka für Freizeitaktivisten* gelandet sind.

„Hey, ein Holiday Inn, dort drüben!", brüllt Detlev.

„Gott sei Dank, ich kann nicht mehr", flüstert Chet und lenkt den Wagen auf einen mit Caravans, Pick-ups und Motorrädern verstellten Parkplatz.

Das Hotel wirkt einladend. Dutzende Kanus zieren die Terrasse des Hotelrestaurants.

„Welchen Tag haben wir heute?", fragt Chet.

„Samstag", sagt Dana.

Man hört Musik, Gelächter, klimperndes Besteck und Teller. Ein Grill parfümiert den bereits in Dunkellila gehüllten Himmel mit atomisierten Steaks. Unsere Mägen knurren. In der Hoffnung, noch Zimmer zu bekommen, nähern wir uns der Rezeption. Du brauchst dringend eine Dusche und freust dich darauf, auf der Restaurantterrasse eines dieser Steaks zu verdrücken.

Chet bleibt gleich auf der Terrasse, nimmt einen doppelten Whiskey, steckt sich die siebenundvierzigste Kippe ins Maul und starrt mit hochgezogenen Schultern durch den

Rauch des Grills. Charlize und Olivia versuchen, ihm dabei Trost zu spenden.

Nachdem wir uns alle, bis auf Chet, erfrischt haben und am Tisch sitzen, steht Chet auf, erhebt das Glas und setzt an, einen Toast auszusprechen. Chet ist ein alter Toaster, denkst du.

„Auf eine vergangene Ära des Leidens! Möge sich diese verfluchte Ratte in der Hölle zurechtfinden und gemeinsam mit Hitler von Satan höchstpersönlich zum Buddhismus bekehrt werden!"

Ein scheußliches *Falsett-Gelächter* folgt dieser auch für die anderen Gäste gut hörbaren, eigentlich grotesken Ansprache.

Chet sieht richtig mitgenommen aus. Elendig, um genau zu sein. Das über die Jahre verloren geglaubte, in die Tiefen der Verdrängung abkommandierte Nazi-U-Boot Stechwitz schoss mit einem Anruf an die Oberfläche der Gegenwart empor. Man merkt, wie Chet von den erwachten Enterhaken im Gewölbe seines Körpers in sich verzurrt wird und es ihm den immanenten Lebensschmerz herauspresst, der ihn die Summe aller Gräueltaten dieser bisher als unzerstörbar geltenden väterlichen Höllenmaschine noch einmal erleben lässt.

Kann er sich jemals von dieser tragischen Vorgeschichte erholen und die verbleibende Strecke seines Lebens unbeschwert zu Ende laufen?

Sein Haar ist fettig, in alle Windrichtungen abstehend. Unrasiert, schwitzend steht er da wie ein geläutertes Ross, bestialisch malträtiert und knapp zu Tode geritten. Chet, der einstige Alpha, gleicht letztendlich einem mit Whiskey sedierten, unter die Räder gekommenen Penner.

Auf der Restaurantterrasse wird es ruhig und die erwachsenen Gäste ziehen alle Register, diese entzündete Situation mit dem Klischee eines samstäglichen Familienessens zu nivellieren. Chet hat sein Publikum. Während er in den Augen der Fremden als verkommener Verlierer missbilligt wird, eilt ein Restaurantmitarbeiter herbei, um dezent darauf hinzuweisen, dass sich einige *Freizeitparadiesianer* in ihrer Wochenendidylle irritiert fühlen könnten.

„Ich scheiße auf die, zisch ab, du Freak!", brüllt Chet den bemüht freundlich wirkenden Mitarbeiter an.

Wir schreiten ein, entschuldigen uns bei diesem Muttersöhnchen und versuchen, den gebrochenen Mann auf sein Zimmer zu schleppen.

„Lasst uns das machen", sagt Dana.

Olivia und Dana greifen ihm unter die Achseln und bewegen ihn fort. Die Augen der Freizeitmenschen werden nun erneut auf deren Steaks gerichtet und man setzt das Gespräch fort, in welchem man zum Beispiel das Für und Wider einer geführten Colorado-Bootsfahrt abwägt.

Du setzt dich zu Detlev, fasst zur Speisekarte und gönnst dir einen ordentlichen Schluck Bier.

Schon als du das Lokal betreten hast, hast du eine Gruppe seltsam gekleideter, an einem etwas abseits gelegenen Tisch sitzender, gereifter Menschen bemerkt. Während sich Chet sehr prominent von seiner Vergangenheit einholen lassen musste, fiel dir auf, wie diese Zeitgenossen regungslos und starr blickend dasaßen. In dir wurde der Eindruck erweckt, als würden sie anhand von Chets Niedergang genießen, durch ihre bewusste Lebensführung noch nicht zum Opfer der Verwirrungen heutiger Zeit geworden zu sein.

Nun steht einer dieser Menschen auf, um sich unserem Tisch zu nähern.

„Verzeihung, meine Herren, mir ist nicht entgangen, dass es Ihrem Freund sehr schlecht geht. Sind Sie auf der Durchreise?", fragt er.

„Ich wüsste nicht, was Sie das kümmern sollte", kommt unbedacht aus deinem Mund.

Soeben wird dir klar, gerade verflucht unhöflich gewesen zu sein. Der Fremde möchte sich entschuldigen, uns belästigt zu haben, und wendet, um sich an seinen Platz zurückzubegeben.

Dir ist die Sache jetzt unangenehm, woraufhin du diesen Menschen sanft am Ärmel zurückziehst.

„Entschuldigung, war nicht so gemeint", sagst du.

„Schon in Ordnung, Bruder!", sagt dieser mit beschwichtigender Stimme.

„Darf ich mich kurz setzen?"

„Aber ja, setz dich!", sagt Detlev und zieht einladend einen Sessel vom Tisch, ohne jedoch dabei den Blick aus der Speisekarte zu heben.

„Ich habe mich gerade mit meinen Brüdern und Schwestern beratschlagt und könnte Hilfe für Ihren Freund anbieten."

Brüder und Schwestern, sagte der Fremde soeben mit sackloser Stimme. Detlev rollt seine Augen auf halbmast und du liest in seiner Visage, dass auch er diesen Mann als Erleuchteten entlarvt hat. Detlev würde aber keinesfalls zulassen, dass sich irgendein erleuchteter Schwanz an Chet versucht. Aber du hast ob deiner unnatürlich schroffen Art noch etwas gutzumachen und gestattest diesem Mann weiterzusprechen.

„Und an welche Art Hilfe hast du dabei gedacht?", fragst du.

„Wir würden Sie und Ihren Freund dazu einladen, mit uns zu sein."

Seine Sprache wirkt so jenseitig, dass man glauben könnte, er wäre auch genau von dort.

„Was tut ihr denn so gemeinsam?"

Detlev kann auch richtig fies wirken, denkst du. Obwohl diese Frage durchaus berechtigt ist, verrät Detlevs Augenspiel, dass er gerade an eine *SM-Gruppenaktion* gedacht hat.

„Wir sind eine Glaubensgemeinschaft, die sich innerhalb von sieben Jahren zusammengefunden hat. Jedes Jahr treffen wir uns hier in Moab."

„Wie viele sind es?", fragt Detlev wie ein Kammerjäger.

„Mittlerweile zählen wir an die dreihundert Seelen. Darf ich fragen, was Sie in diese Gegend verschlagen hat?", fragt er.

„Das ist eine längere Story, wir sind mehr oder weniger auf der Durchreise", antwortet Detlev.

Er weiß genau, würden wir hier die wahre Bestimmung unserer Reise preisgeben, wären wir von Mr. Sacklos gefressen und gefangen. Zumindest besteht der Verdacht, dass sich dieser Mann als lästige *Klette* entpuppen könnte.

Er schenkt uns ein mildes Lächeln.

„Auf der Durchreise, das ist gut", sagt er, erhebt sich und tritt ab.

„Wichser!", flüstert Detlev, als der Mann außer Hörweite ist.

„Flachwichser", fügst du hinzu.

Der Duft des Grills hat unsere Mägen nackt ausgezogen. Detlev schnippst mit den Fingern, um eines dieser leckeren Steaks zu bestellen. Im Moment der Bestellung kommen Dana, Olivia und Charlize zurück.

„Schon bestellt?", fragt Dana.

„Ja, gerade eben. Was macht Chet?"

„Er hat sich beruhigt. Wir haben das Baby schlafen gelegt. Der Ärmste", antwortet Olivia.

Und wieder: mütterliche Instinkte, überall.

„Ich finde, wir sollten hier ein paar Tage ausspannen und das gerade Erlebte setzen lassen, was meint ihr?", fragt Olivia.

„Detlev soll entscheiden, er ist an der Reihe, jetzt ist es seine Mission", schlägst du vor.

Detlev blickt auf, holt tief Luft, sieht rund um sich und sagt: „Okay!"

Am nächsten Morgen ...

„Wir haben beschlossen hierzubleiben, bis wir entspannt und ausgeruht sind", sagst du zu Chet, als dir dieser bemüht gefasst, jedenfalls frisiert, am Frühstückstisch gegenübersitzt.

„Mich drängt nichts, bleiben wir noch ein paar Tage hier", antwortet er sachlich.

„Das heißt, nur wenn Detlev damit einverstanden ist", fügt er hinzu.

Charlize wirft einige Prospekte auf den Tisch.

„Hier, Freizeitangebote", sagt sie.

Obenauf ein Folder, auf welchem eine Gruppe von Menschen in einem Raftingboot abgelichtet ist.

„Sieht ja vielversprechend aus", murmelt Chet.

„Rafting, schon mal probiert?", fragst du prüfend.

Es ist ganz klar. Heute wird nur äußerst zarter Small Talk geführt. Wem nach tieferen Sinngesprächen ist, der wird in der Wüste gnadenlos gesteinigt.

Dana steht auf, wandert zur Rezeption, quasselt auf die rothaarige Angestellte ein, worauf diese sogleich zum Telefonhörer greift. Nach einem zu kurzen Telefonat lässt die Körpersprache der Rezeptionistin durchsickern, dass der Colorado River hier die Lebensader dieser Wüstenstadt ist und für uns kein einziges verfluchtes Boot frei ist, weil damit Millionen andere Freizeitmenschen zuerst fahren müssen.

Dana kommt zurück und bestätigt deine Vermutung.

„Alles ausgebucht", sagt sie.

„Verdammt!", sagt Detlev, obwohl es ihm offensichtlich scheißegal ist.

„Wer braucht schon so eine öde Raftingtour?", sagt Chet und hebt seinen traurigen Kopf aus einer Regionalzeitung. Kollektives Mitleid wird spürbar.

Unser Vorstoß, etwas gemeinsam zu unternehmen, wurde von seiner Depression schlicht demontiert.

„Das können wir auch selbst organisieren", fügt er hinzu.

Jetzt grinst uns dieser Bastard frech an.

Er hat uns verarscht oder schlicht wissen lassen, dass er seine Krise im Griff hat.

Wir sind alle geschafft und der Tag vergeht ohne jegliche Organisation. Immer wieder verschwinden manche von uns kommentarlos aufs Zimmer.

Dana sitzt auf der Terrasse, sie raucht, trinkt irgendwas mit Eis und glotzt durch ihre überdimensionale Sonnenbrille hinauf auf die roten, sandigen Hügel und Steine, die wie verwitterte Ziegel einfach nur Trostlosigkeit darstellen.

Du holst dir eine Coke und setzt dich zu ihr.

„Hey", sagt sie.

„How", sagst du.

Nun rollen auch deine Augen entlang der schroffen Konturen dieser gottlosen, roten und toten Wüstenmaterie. Dana greift auf den Tisch und hält dir ein paar dieser Prospekte vor die Nase.

„Wir sollten dorthin, wenn wir schon mal da sind", sagt sie.

„Ja, sieht toll aus", hebst du geplagt über deine Lippen.

Diese Felsformationen, Bögen aus Stein und alles, was der Colorado River noch so über Millionen von Jahren durchgefressen hat, lässt dich in Wahrheit so kalt wie naive Kunst.

„Es fällt mir schwer, etwas überdurchschnittlich zu mögen, wo keine durch menschliche Gedanken organisierte Struktur dahintersteckt", sagst du.

Dein Herz hat für Gebilde aus Stein erst zwischen den von Menschenhand gebauten Monolithen am Battery Park zu schlagen begonnen, denn diese sind genial geplant und architektonische Meisterwerke.

„Das hieße, würde man hier einen englischen Rasen in Symmetrien und toll ausgedachten Mustern anlegen, würdest du mehr Gefallen an dieser Landschaft finden?"

„Ja, vielleicht. Mount Rushmore finde ich zum Beispiel schon wesentlich besser", erwiderst du.

Sie sagt, dass du bescheuert seist.

„Du wirst mit mir jetzt da rausgehen und begeistert sein, das verspreche ich dir", sagt sie drohend.

Es fehlt dir an Power, dich zur Wehr zu setzen.

„Okay", sagst du mit der Erkenntnis, ein elendiger Schlappschwanz zu sein.

„Wir treffen uns hier in zehn Minuten. Hast du halbwegs gute Schuhe?", fragt sie.

Du blickst hinunter auf deine ausgefransten Sneaker. Was soll's, die Indianer laufen barfuß, denkst du.

Du gehst auf das Zimmer, um den Jungs Bescheid zu geben und die Toilette aufzusuchen. Chet und Detlev liegen am Bett und gucken sich einen Western an.

„Jungs, ich muss mir kurz mal die Wüste reinziehen!", sagst du zu zwei wiederkäuenden Junggesellen, die gerade mitten in eine Schießerei verwickelt sind.

Chet schenkt dir augenblickliches Mitleid.

„Dana, richtig?", fragt er.

„Bei mir hat sie's auch versucht!"

Detlev hebt nur die Hand zum Gruß und konzentriert sich voll und ganz auf das Geschehen in der *Fernsehwüste*.

Chet, der alte Rotzer, konnte sich durchsetzen.

„Da draußen gibt es tolle Felsformationen!", brüllst du, während dein Strahl das stehende Ablaufgewässer aufsprudelt.

19

Die Wüste ...

Du verlässt das Zimmer mit der Intention, in Felsformationen eine gewisse Schönheit zu entdecken, zumindest diesen neutral gegenüberzutreten und dich Dana nicht als Opfer ihrer Ästhetikdespotie zu präsentieren.

Nun steht sie mit verschränkten Armen vor dir, mustert dich und dreht sich wortlos um hundertachtzig Grad, um ihre Fersen in Richtung Steinhölle zu hämmern.

Übt sie mütterliche Dominanz an dir? Du konntest dich jedenfalls nicht durchsetzen und musst dir nun gefallen lassen, dieser Frau hinterherzutrotten.

Es ist halb fünf. Wanderwege und ausgetretene Pfade sind nicht deutlich vom Rest der umliegenden Topografie zu unterscheiden. Dana ist das vollkommen egal. Sie klettert beliebig ausgesuchte Felsen hoch, bleibt kurz darauf stehen, um sogleich den nächsten Punkt am Horizont anzupeilen. Das geht nun schon seit eineinhalb Stunden so. Die wirklich imposanten Felsformationen hast du bisher nur im Prospekt gesehen. Je weniger Felsformationen, desto aggressiver stampft sie in den Sand.

Wieder stehen wir auf einem dieser großen Brocken inmitten dieser einzigartigen landschaftlichen Enttäuschung.

„Toll ist es hier!", sagst du mit dem Versuch, so gelogen wie möglich zu klingen.

„Nicht wahr?", sagt sie und springt von einem weiteren Felsen, um zum nächsten zu laufen.

Eine Stunde später, die Sonne macht sich allmählich aus dem Staub, erlaubst du dir, Dana *die Kardinalsfrage* zu stellen:

„Weißt du noch, wo wir sind? Wir sollten zurück zum Hotel, es wird hier bald sehr dunkel sein", fügst du bewusst zurückhaltend hinzu.

„Ja, du hast recht. Aber dort, sieh mal, dort ist dieser Felsbogen, komm, da wollte ich eigentlich hin!", antwortet sie. Ehe du noch sagen konntest, dass du schon genug gesehen hast, spürst du die Vibrationen ihres in den Boden gestampften Fußes.

Du hast vorhin nicht genau hingesehen, *wo* dieser Felsbogen hätte sein sollen. Vielleicht meinte sie auch etwas anderes, der berühmte Felsbogen bleibt uns nämlich nach wie vor verborgen.

„Diese verfluchten kleinen Täler sind unten größer, als sie von oben aussehen", gesteht sie.

Wie recht sie hat, denkst du.

„Hast du noch Wasser?", fragt sie dich.

„Nein, hatte auch vorher keines", murmelst du leise.

Du winkst ab, denn das, was sie sagen will, kannst du dir klar und deutlich vorstellen, nämlich dass du ein naiver Idiot bist.

Dennoch, sie brüllt dich an.

„Ich hatte keine Ahnung, dass du die totale Wüstenexpedition vorhattest!", brüllst du zurück.

Sie schweigt und marschiert wütenden Schrittes voran. Du zappelst hinterher. Dana scheint nicht zu dem kleinen Personenkreis zu gehören, welcher sich Fehler eingestehen kann. Schuld sind immer die anderen. Aber du wirst ihr das schon noch klarmachen.

„Wo gehst du jetzt hin, was hast du vor?", fragst du sie mit schärferem Ton.

„Wir gehen zurück zum Hotel, zufrieden?", wettert sie.

„Und bist du dir sicher, dass dies der richtige Weg ist?", keifst du zurück.

„Ja, du Arsch!", bekommst du zur Antwort.

Ganz klar. Dana hat ihre Periode. Jegliche weitere Diskussion würde in einem Desaster enden, so viel steht in Stein gemeißelt. Bleibt nur mehr eines, sich stur hinzusetzen und die Klappe zu halten.

Als sie bemerkt, dass du nicht mehr an ihrer Seite gehst, rennt sie noch auf den nächsten Felsen zu, bleibt stehen und schreit:

„Was ist?"

„Ich setze mich und genieße die Ruhe der Wüste!", schreist du zurück.

„Dazu fehlt uns die Zeit, verflucht! Wir sollten auf den nächsthöheren Hügel, damit wir die Lichter der Stadt sehen können!"

Du ignorierst ihre Ansage. Deine Netzhaut genießt eine zarte Massage der dunkelvioletten Färbung der Wüste. In einem Punkt musst du ihr recht geben. Diese Wüste ist bezaubernd! Kein Laut ist zu hören. Nichts. Dana steigt herab und setzt sich zu dir.

„Sorry", sagt sie.

„War nicht so gemeint. Du bist kein Arsch. Ich bin ein Arsch."

„Lass nur, schon gut, und danke!", sagst du.

„Danke? Wofür?"

„Dass du mich hierhergebracht hast."

Damit hast du sie überrascht.

„Ich wusste, dass du es hier lieben würdest", sagt sie.

„Warum?", fragst du.

„Die Wüste, sie ist wie du", sagt sie.

Damit hat sie dich überrascht.

„Sie ist karg, das Leben in ihr ist versteckt, unter Steinen, in Felsritzen, überall dort, wo die tödliche Hitze der Sonne nicht hinkann. Das Leben hier braucht Schutz. Es ist der Oberfläche nicht gewachsen", sagt sie.

Eine Träne fällt in den Wüstensand. Sie gehörte eben noch Dana. Ein Tropfen im noch warmen Sand. Sie umarmt dich.

Minuten vergehen. Du kannst nicht sagen, ob wenige oder viele. Es ist egal, ob wir ins Hotel zurückfinden oder nicht. Manchmal ist Stillstand besser als Bewegung, denkst du. Du grübelst vor dich hin, blickst in die Ferne und realisierst nach und nach, dass deine Augen zwei kleinen, sich durch die Felshügel schlängelnden Lichtkegeln folgen. Da muss es eine Piste geben oder vielleicht sogar eine richtige Straße?

Die Lichter nähern sich. Erst die Dunkelheit macht unsere Rettung klar und deutlich sichtbar. Wir springen auf und laufen drauflos, wortlos, dem unbekannten Fahrzeug entgegen. Gelingt es uns, dem Wagen den Weg abzuschneiden, können wir nur hoffen, auf einen uns freundlich gesinnten Fahrer zu treffen.

Nach größter Konzentration, in der Dämmerung nicht über irgendwelche Steine zu stolpern, stehen wir auf glattem Asphalt. Dana springt und tanzt darauf, als wären wir bereits wochenlang verschollen gewesen. Sie neigt zu Übertreibungen, das war dir von Anfang an klar.

Der Wagen stoppt. Ein Typ wendet uns ein längliches, von einem *Stetson* bedecktes Haupt zu. Es ist ein faltiges Gesicht, welches die Front dieses Schädels mindestens seit fünfundsechzig Jahren überzieht. Seine Augen sind versteckt, irgendwo hinter dichten Augenbrauen. Der Fahrer wirkt mürrisch. Du gehst diesem Mann jetzt schon am Arsch. Und es liegt nicht daran, dass du ein Typ bist, denn auch Dana geht diesem Mann am Arsch. Aber es macht nichts, denn diesem Mann gehen alle am Arsch, denkst du. Er sieht uns nur an, spricht kein Wort.

„Sir, können Sie uns bitte ein Stück mitnehmen, wir haben die Orientierung verloren. Wir müssen zurück nach Moab!", sagt Dana.

„Jaja, das kenn ich schon", murrt er.

Das Aufglühen seiner Virginia hebt eine schauerliche Maske aus der Finsternis. Seine Augen sind immer noch nicht sichtbar, aber du fühlst, wie sie dir zwei Löcher ins Gesicht brennen.

„Wir sind gerade hier angekommen, eigentlich auf der Durchreise, sie wollte mir die Wüste zeigen, da haben wir uns verlaufen", sagst du verlegen, denn du empfindest massive Unbehaglichkeit.

Er lässt dich spüren, dass dir kein Mann, sondern ein elender Schlappschwanz innewohnt. Und das tut er zu Recht, du bist ein Schlappschwanz, denn soeben hast du dich hinter einer Frau verkrochen und ihr die Schuld für deine hiesige Anwesenheit zugesteckt.

Ruckartig bewegt er seinen Kopf, um anzudeuten, dass wir in seinen Wagen steigen sollen.

Nun sitzt du neben ihm. Er wirkt so männlich, dass an seiner Seite selbst Ares ein Schattendasein fristen würde. Er lässt den Wagen dezent anfahren.

Du versuchst zu erkennen, was er sich in die Beuge seines linken Armes tätowieren ließ.

„Leben Sie hier?", fragt Dana.

Mit seiner Antwort lässt er sich Zeit.

„So gut es geht", stammelt er an der Virginia vorbei.

Die Tätowierung verläuft zu einer Spitze eines Gegenstandes, welcher kein Messer, keine Lanze oder irgendetwas Derartiges sein kann. Du kannst zusammenlaufende Linien sowie sich kreuzende Streben erkennen, die hinter dem aufgekrempelten Hemd verschwinden. Kein Herz, kein Name, kein Anker und keine Nackte. Der unheimliche Fremde ließ sich ein völlig *atypisches* Motiv in die Haut ritzen. Du denkst nicht weiter darüber nach.

„Und was machen Sie hier draußen?", fragst du.

Seine harte Tour hat dich stimuliert, nun sprichst du mit gesenkter Stimme.

„Ich jage Touristen, die diese Wüste mit Großmutters Vorgarten verwechseln."

Eiskalter Sarkasmus, das war zu erwarten.

„Hier treiben sich jede Menge Verrückte rum. Hippies und andere gottlose Wichser. Sie verstecken sich in den Höhlen und feiern verfluchte Wichserpartys", sagt er.

„Mein Job ist es, unangemeldet aufzutauchen und diese Happenings zu beenden. Mary hilft mir dabei. Nachts hat hier kein Stinktier was verloren", sagt er.

„Da drüben!"

Er streckt seinen Arm so nahe an deiner Nase vorbei, dass du riechen kannst, dass er sich mit Terpentinseife wäscht.

Nun beschleunigt er den Wagen, steuert auf einen Felsen zu und bremst die Räder grob in den Sand.

„Ihr bleibt sitzen! Diese verfluchte Bande!"

Er kickt den linken Fuß aus dem Wagen, schnappt sich Mary Winchester, und zeigt, dass er sich in konditionell beachtenswertem Zustand befindet. Kein Gramm Fett hängt an diesem Mann, der sich lässig über die Steinbrocken schwingt, um der *verfluchten Bande* den Arsch aufzureißen.

„Was die da oben wohl zu feiern haben?", fragt Dana.

Wir beobachten die Felswand und tatsächlich, aus einem dieser unzähligen Löcher kann man Licht schimmern sehen.

„Was für ein seltsamer Typ", sagst du.

Gerade in dem Moment, als dir erneut die Stille der Wüste bewusst wird, wird diese mit einem Blitz aus dem Lauf seines Gewehrs erschossen. Der Ranger nähert sich dem Wagen, reißt die Fahrertür auf und fasst an die Konsole, um einen Schalter zu betätigen. Ein greller Lichtstrahl beleuchtet nun den Eingang der Höhle, aus welcher Menschen mit erhobenen Händen herauswandern.

„Ich sagte, ihr sollt von hier verschwinden! Zum letzten Mal, wenn ich euch hier noch einmal erwische, werdet ihr eingebuchtet! Macht das verdammte Feuer aus und bewegt euren Arsch hier runter!", brüllt der furchteinflößende Ranger.

Diese seltsamen Gestalten, sieben an der Zahl, schreiten mit erhobenen Händen aus dem Loch, sehen sich kurz um und wandeln zum Ranger herab. Dieser nimmt jetzt die Winchester herunter, sichert sie und begleitet die sich offenbar in Trance befindenden Figuren zum Pick-up.

Als sie das Scheinwerferlicht des Wagens kreuzen, wird erkennbar, dass sie wie Steinzeitmenschen gekleidet sind. Einer von ihnen trägt eine Nickelbrille. Du erkennst diesen Mann sofort wieder, es ist der Typ aus dem Restaurant. Du stößt deinen Ellbogen gegen Danas Oberarm.

„Ich kenne den Kerl, er wollte an Chet ran, nachdem er im Restaurant durchgedreht hat."

„Was wollte er von Chet?", fragt sie.

„Er sagte, er könne dafür sorgen, dass es ihm wieder gut gehe, wie genau, das weiß ich nicht. Das ist irgend so eine bescheuerte Sekte, keine Ahnung", sagst du.

Dana weiß nichts darauf zu antworten. Wir sehen diesen Freaks zu, wie sie friedlich ohne einen Mucks auf die Ladefläche des Pick-ups hopsen.

Der Ranger steigt ein.

„Ich fahre euch hinunter, für heute reicht es mir. Ich habe die Schnauze voll!", murmelt er.

Du wagst es kaum, ihn anzusprechen. Dana ist selbstbewusster als du. Sie befragt den Ranger, was diese Menschen da oben zu suchen hätten. Er startet den Motor, drückt den Hebel zurück.

„Sie beschmieren die Höhlenwände, besaufen sich und treiben es wie die Karnickel. Eine Schande ist das!"

Der Ranger ist stinksauer. Er nimmt sich das ungezügelte Benehmen in seiner Wüste sehr zu Herzen, denkst du.

Wir fahren noch ein paar Kurven und schon sehen wir die Lichter einer in der Wüste lebenden Zivilisation.

Es ist kühl geworden. Du bist durchgefroren, aber du fürchtest, der Ranger würde dir mit Mary den Gnadenschuss versetzen, fragtest du ihn, ob du die Heizung anschalten dürftest. Du träumst von einer heißen Dusche.

Der Wächter der Wüste hat uns stumm zum Holiday Inn gefahren. Die spärlich gekleideten Steinzeitmenschen klettern vom Pick-up und du steigst mit Dana aus. Der Ranger entlässt noch einige *Fluchparolen* und macht sich aus dem Staub.

Der Typ mit der Nickelbrille sieht den roten Lichtern nach. Er hat noch immer sein friedvolles Gesicht und erklärt, dass die Seele des von bösen Mächten getriebenen Rangers in einem Gefängnis lebe und außerordentlich bedauernswert sei.

„Du kennst den Typen schon länger?", fragst du Mr. Feuerstein mit Nickelbrille.

Eine etwas ältere, stark geschminkte Dame tritt hervor und meldet sich zu Wort. Sie erinnert dich an eine dieser Schrumpfköpfe aus der New Yorker Galerieszene.

„Der Mann hat ja selbst gesessen!", faucht sie in die Nacht.

„Wer? Der Ranger, dieser Hüter des Gesetzes?", fragst du sie.

„Jawohl, genau der!", sagt die entrüstete Dame.

„Weswegen?", fragt Dana.

„Man weiß es nicht genau, aber die Menschen erzählen sich, er hätte einfach einen Strommast in die Luft gejagt", antwortet die Dame.

Du fasst Dana bei der Hand.

„Gnädigste, können Sie das bitte wiederholen, was Sie da eben gesagt haben?"

„Ja, er hat vor Vegas einen Strommast gesprengt, das ist Jahre her!"

„Woher wissen Sie das? Sind Sie sicher?"

„Man erzählt es sich", sagt sie noch einmal.

„Was wissen Sie noch?", fragst du.

Du kommst auf Touren.

„Er soll zunächst auf Bewährung hierhergekommen sein. Sie suchten einen Parkranger und er bewarb sich für diesen Posten. Er ließ sich nichts mehr zu Schulden kommen und wegen seiner Kenntnisse als Geologe hat er nun den Job als Ranger", erzählt die Dame weiter.

„Wie heißt dieser Mann, etwa Parker?", möchtest du wissen.

„Nein, Pullman nennen sie ihn", krächzt ein weiterer, bei näherer Betrachtung betagter Herr.

Diese aus sieben Menschen bestehende Sekte ist ein Klub lebensfreudiger Rentner, wie dir soeben klar wird.

Es ist nicht zu fassen. Auch wenn er nicht Parker heißt, aber deine Vermutungen wollen unkontrolliert in Richtung Gewissheit driften. Wie sollen wir das Detlev beibringen, denkst du.

„Wir können Detlev unmöglich vor diesen Typen zerren und behaupten, dass der da jetzt sein Elektrodaddy wäre", flüsterst du Dana zu.

„Wir sollten uns außerdem sicher sein, ob der Ranger wirklich Parker ist", sagt Dana.

„Ich glaube nicht, dass viele Typen herumirren, die einen Strommast in die Luft gejagt haben. Wir werden den Ranger aufsuchen müssen und ihm die Sachlage erklären, bevor wir dort mit Detlev aufkreuzen", sagst du.

Wie erwartet sitzen Charlize, Olivia, Chet und Detlev in der Hotelbar.

„Hey, wo habt ihr so lange gesteckt?", fragt Detlev.

„Wir haben uns verlaufen, aber letztendlich wieder auf den rechten Pfad gefunden", antwortest du.

Mittlerweile ist es halb elf.

„Wir dachten schon, wir müssen einen Suchtrupp in die schöne Wüste schicken", lallt Chet.

Er versucht, dich anzublicken, doch seine Augen schaffen es nicht.

Du bist überrascht, wie gut es dir gelingt, die Auffindung des mutmaßlichen Ed Parker geheim zu halten. Wenn Detlev das wüsste, denkst du. Chet, Charlize und Olivia müssen alsbald eingeweiht werden, so viel steht fest. Im Moment erscheint dir dies allerdings unmöglich, denn diese Gestalten repräsentieren nichts anderes als eine Bezeugung eines sich über den ganzen Nachmittag ziehenden, erklecklichen Versuchs, sich die Gegenwart schönzutrinken. Wir werden das morgen abhandeln, denkst du. Dein noch immer durchgefrorener Körper muss unter eine heiße Dusche!

Bevor wir am Hotelflur in entgegengesetzte Richtungen abzweigen, gibst du Dana einen Klaps und sagst:

„Was für ein bezaubernder Abend!"

Sie zeigt dir den Stinkefinger, dreht sich um und steckt den Schlüssel in das Türschloss.

Wir haben es gerade noch geschafft, die Reste des Frühstücksbuffets zu ergattern. An der Theke mit den Cornflakes ziehst du Chet am Ärmel und versuchst, ihn einzuweihen.

„Wir haben ihn gefunden", flüsterst du, während du Detlev beobachtest, wie er am anderen Ende des Buffets mit der Gabel am Wurstteller herumfuchtelt.

„Wen habt ihr gefunden?"

„Ed, Ed Parker, Hombre!"

„Willst du mich verarschen?", grunzt Chet.

„Psssst, nein, Mann, unfassbar, denn eigentlich haben nicht wir ihn, sondern er uns gefunden, er ist uns gestern regelrecht entgegengekommen!"

Deine Stimme überschlägt sich vor Begeisterung. Chet sieht nur, und wie sollte er auch anders, doof aus der Wäsche. Du vermutest, dass abgesehen von Verwunderung ob des Zufalls auch Enttäuschung in seiner Mimik auszumachen ist, denn das Ziel der Reise wäre somit erreicht, Detlev würde seinem *ideologischen Vater* gegenübertreten und nach der Rückreise nach New York wäre wieder alles beim Alten. Verdammte Scheiße, das sind auch genau deine Bedenken, die du aus seinem Gesicht liest. New York, und alles beim Alten, eine grauenhafte Vorstellung, denkst du. Du blickst zu Boden und beißt auf deiner Oberlippe herum. Ohne Details zu erfragen, sagt Chet, dass das dann wohl das Ende der Mission sei.

„Verflucht, ja!", sagst du.

„Es sei denn ...", sagt Chet und überlegt.

„Du meinst ...", sagst du.

„Ich weiß es nicht", sagt Chet.

Einige Sekunden traurigen Schweigens ziehen zwischen uns durch.

„Was ist Parker für ein Typ?", fragt er.

Du denkst nach, wie man diesen Misanthropen am besten charakterisieren könnte, denn verschiedenste Charakterisierungen würden Chet verschieden beeinflussen und folglich in ihm verschiedenste Motivationen evozieren, die ihn letztendlich zu verschiedensten Handlungen bewegten, welche möglicherweise zu Detlevs Ungunsten wären. Andererseits gibt es bei Parker auch nichts schönzureden und du fällst ein Urteil.

„Parker ist ein Arschloch und er hasst Menschen", sagst du.

„Können wir das Detlev zumuten?", fragt Chet.

„Keine Ahnung, kommt darauf an, was er sich erwartet", sagst du.

„Ich werde ja aus seinem Wahnsinn nicht schlau", sagt Chet.

„Ich hab mir, ehrlich gesagt, keine großen Hoffnungen gemacht, Parker tatsächlich zu finden, und jetzt, wo wir mehr oder weniger über ihn stolpern, stellt er uns vor ein massives Problem", fügt er hinzu.

„Ich bin ratlos", sagst du und greifst zur Tasse Kaffee.

Dana hat ebenfalls die Chance genutzt, um in Detlevs Abwesenheit Olivia und Charlize die frohe Botschaft zu verkünden. Auch sie sitzen nun ratlos da.

Was, wenn Parker von Detlevs Story nichts wissen will und ihn zum Teufel jagt? Vielleicht aber wandelt er sich und findet nach Dets Story plötzlich Sinn im Leben? Aber was sollte er Detlev Großartiges sagen?

„Wir müssen es ihm sagen und mit ihm zu Parker fahren! Mich habt ihr auch nicht gefragt, bevor ihr die Kirche zugenagelt habt. Im Moment war es ein Schlag, aber jetzt bin ich glücklich über die Tatsache, diesen Wahnsinnigen nicht geehelicht zu haben. Ich denke, wir können es nicht verantworten, Detlev um sein Ziel zu bringen. Ich bin daher für Konfrontation!", sagt Olivia.

„Einfach so? Ohne zuvor mit Parker über Detlev gesprochen zu haben?", fragt Chet.

Detlev nähert sich dem Tisch und brennt darauf, sein sehr fleischlastiges Frühstück einzunehmen, um anschließend sofort nach Nevada aufzubrechen.

In seinem Kopf läuft noch der alte Film.

Chet verlässt den Tisch und wandert zur Rezeption, er möchte womöglich herausfinden, wo Ranger Pullman wohnt.

„Was würdest du sagen, wenn du plötzlich vor Ed Parker stehen würdest?", sagt Dana völlig unbekümmert und schenkt Detlev etwas Kaffee nach.

Sie durchkreuzt unseren Plan, der gar keiner ist und noch nie einer war, denkst du.

Detlev beißt in sein Brötchen und starrt in die Tischmitte.

Vielleicht gar kein schlechter Vorstoß, denkst du jetzt.

„Ich denke, ich würde ihn einfach umarmen und Papa zu ihm sagen", sagt Detlev mit vollem Mund.

Dir kommt etwas Kaffee durch die Nase. Okay, wir sollten nach Plan B vorgehen und nach Nevada fahren, um dort nach einem Mann zu suchen, der unauffindbar zu sein scheint, denn Parker würde sich Mary schnappen und im Falle einer solchen Umarmung Detlev vor seinen eigentlichen Schöpfer befördern, da bist du dir ziemlich sicher.

„Süß, das würde ich zu gerne sehen!", sagt Dana mit einer Prise Ironie.

Detlev ist irritiert, er mag zwar in gewisser Hinsicht an Naivität unübertroffen sein, aber er ist kein Idiot.

„Wir haben Ed Parker getroffen."

Detlev hört auf zu kauen.

Du hast der verdammten Geheimniskrämerei ein Ende gesetzt. Dana hakt sofort nach und beginnt, die Geschichte von vorne zu erzählen, während Olivia und Charlize gelangweilt in ihrem Kaffee rühren und Brotkrümel sortieren.

„Ich muss auf der Stelle zu ihm!"

Detlev bekommt leuchtende Augen.

„Okay, okay", sagst du, „aber bitte versprich mir, ihm nicht um den Hals zu fallen und Papa zu ihm zu sagen, er könnte dich sehr missverstehen!"

Er beäugt dich und signalisiert Einwilligung. Das ist ihm jetzt etwas zu schnell gegangen, denkst du. Ohne zu fragen, wie Ed sei, wie er aussieht, was er für ein Mensch sei, stürmt er auf sein Zimmer, um seine Sachen zu packen.

20

Ed Parker ...

Wieder sitzen wir im Cadillac, nun aber auf dem Weg zu unserem letzten Reiseziel und diesmal zu sechst.

Chet lenkt den Wagen vom sandigen Parkplatz auf die asphaltierte Hauptstraße. Es dauert nicht lange und die Luxusschaukel wiegt sich nach links in ein überschaubares Wohnviertel. Nach gut hundertfünfzig Metern halten wir vor einem bescheidenen Einfamilienhaus.

„Hier, da wohnt er, sein Pick-up steht in der Einfahrt", sagst du.

„Geh zu ihm", sagt Chet.

Detlev gafft durch die verdunkelte Scheibe. Er sagt nichts, öffnet die Tür und betritt das Grundstück des ihm völlig Unbekannten.

Es ist das Grundstück seines Werfers, welcher in ihm nach und nach vom simplen Faszinosum zu einer *Ikone* und letztlich zu einer *fixen Idee* gereift ist. Der Mann, der für zehn Jahre eingebuchtet war, weil er mutwillig einen Strommast in die Luft gejagt hatte und damit das Geschehen auf der Erde veränderte.

Warum tat er das? Dieser schräge Typ, der nun Korrektheit und Achtung der Gesetze sogar mit Gewehrschüssen von der Gesellschaft einfordert, und selbst wenn es nur die Gesetze einer Wüste sind.

Parker schiebt ein Fenster hoch.

„Was willst du? Was hast du hier zu suchen?"

Detlev bleibt stehen.

„Ich möchte mit dir reden!"

Detlev hat allen Mut zusammengenommen. Das merkt man an seiner Stimme und daran, wie er den Arsch zusammenkneift. Trotzdem wirkt er entschlossen und bestimmt.

„Was willst du bereden? Hier gibt es nichts zu bereden, hau ab!"

Mein Gott, wie du es dir gedacht hast. Mit Parker ist heute nicht gut Kirschen essen, und das ist es vielleicht auch noch nie gewesen.

„Detlev, lass ihn!", plärrst du aus dem Fenster, doch Detlev geht noch einen Schritt vorwärts.

„Halt habe ich gesagt!", keift Parker und ladet seine Winchester durch.

„Det, komm, hör auf ihn!", ruft Chet aus dem Wagen.

„Komm zurück, wir verduften!"

„Du bist mein Vater!", antwortet Detlev weinerlich und bewegt sich weiter auf dessen Haus zu.

Parker verschwindet vom Fenster und stößt plötzlich die Tür auf.

„Ich hab meine Strafe abgebüßt, ich bin euch nichts mehr schuldig, lasst mich verflucht noch mal in Ruhe!"

„Was ist mit ihm?", fragst du Chet.

„Vielleicht denkt er, der Cadillac wäre ein FBI-Fahrzeug", sagt Olivia.

„Ein FBI-Fahrzeug? Wohl eher eine Karre eines Mafia-gangsters, die hängen doch in Vegas herum", sagst du.

„Ja, das könnte sein, daran hab ich nicht gedacht", sagt Chet.

„Vielleicht hat er mit dem Stromausfall ein paar Casinos lahmgelegt", fällt dir ein.

Detlev bleibt stehen. Hoffentlich hat er nun begriffen, dass Ed Parker keine Lust auf Besuch und noch weniger auf eine erzwungene Adoption hat.

„Bist du Ed Parker? Was war der Grund, warum hast du den Mast gesprengt?", flennt Detlev.

Shit, er hat nichts begriffen, denkst du.

„Das geht dich einen feuchten Scheißdreck an!"

„Bitte, sag es mir, ich muss es wissen!"

Nun geht Parker auf Detlev zu und nähert sich ihm bis auf Gewehrlänge. Seine Stimme wird leiser.

„Wie ich schon sagte, das geht dich einen Scheißdreck an, und jetzt verschwinde, sonst puste ich dich über den Haufen!"

Detlev fasst allen Mut zusammen und streckt seinen Bauch gegen Marys Gewehrlauf. Dana möchte aus dem Wagen springen, um Detlev endgültig zu überzeugen, dass es nun an der Zeit wäre, nach Hause zu fahren. Du drückst sie an der Schulter zurück in die Rückenlehne, denn die Anspannung ist zu groß und Ed ist unberechenbar.

„Warum hast du den Mast gesprengt?"

Detlevs wimmernde Stimme lässt Parker völlig unbeeindruckt. Spätestens jetzt müsste jedoch klar sein, dass Detlev kein Sprössling eines Mafiaclans sein kann.

„Ich habe den verfluchten Mast gesprengt, und damit hast du dich abzufinden. Ich sage es zum letzten Mal: Steig in die verdammte Karre zu den anderen Wichsern und zieh Leine!"

Parker gibt keinen Millimeter nach. Mehr noch, nun feuert er in die Luft, ladet Mary noch mal durch und richtet sie erneut auf Detlev.

Detlev kann und will nicht nachgeben. Es wäre für ihn die größte Niederlage, nach New York zurückzukehren, ohne den Anlass für Parkers Mastsprengung erfahren zu haben.

Dieser Idiot, jetzt umfasst er mit der linken Hand den Gewehrlauf der Winchester, steckt seine rechte provokant in die Hosentasche und lächelt Parker an.

Was um Gottes willen tut er?

„Wenn du keinen Grund hattest, den Mast zu sprengen, gibt es für mich keinen Grund weiterzuleben!"

Es ist bewölkt. Schwerer Dunst liegt in der Luft und lässt erahnen, dass binnen kurzer Zeit ein heftiges Gewitter niedergeht. Gegen ein Gewitter ist man machtlos. Man kann nur zusehen, wie es passiert, vielleicht noch rechtzeitig Schutz suchen. Doch auch wenn noch so klar ist, was physikalisch vor sich geht, wenn sich die elektrische Spannung zwischen Himmel und Erde durch einen Blitz entladet, den Groll des Donners wirst du immer als Ausdruck von Zorn empfinden.

Es hat zu regnen begonnen. Wie lange muss er noch im Regen liegen, damit sich sein Flanellhemd vom Blut auswäscht? Wie lange würde sein Körper abgekühltes Blut nach außen absondern, durch die Löcher, die ihn zusammenfallen ließen wie einen nassen Sack?

Man trägt die beiden Leichname weg, hinaus aus Ed Parkers Garten.

Lieutenant Swanson will wissen, wie es dazu kommen konnte. Swanson hat etwas in seinem Mundwinkel, ein Brösel eines Bagels oder Muffins.

Man fragt dich, ob du wüsstest, warum Detlev einen Rasierapparat in der Hosentasche trug. Was sollst du sagen. Detlev hantierte eben gerne mit Elektroutensilien.

Swanson notiert, dass sich der Erschossene einen Stromschlag mit einem selbst gebauten Elektroschockgerät gab, während er den Gewehrlauf des Täters umfasste. Am Revier werden sie Swanson fragen, ob er sie verarschen will.

Swanson sagt, dass sich somit auch erkläre, warum Parker eine Herzattacke erlitt und vermutlich im Schock des Stromschlags den Abzug der Winchester betätigte.

Swansons Frage, was Detlev von Parker wollte, regt deine Erinnerung an und du siehst dich mit Chet in Detlevs Wohnung sitzen. Es läuft gerade Pandoras Jukebox und Detlev erzählt das erste Mal von Parker und dem Stromausfall.

Nein, Lieutenant Swanson, das ist nichts für dich und deinen Notizblock, denkst du.

Du sagst, Detlev sei einfach an Parkers Story interessiert gewesen, er hätte ihn gerne befragt, warum er damals den Mast gesprengt hat. Du sagst, Detlev sei Amateurmusiker gewesen und habe Parker einen Song widmen wollen.

Dana, Charlize, Olivia und Chet stehen neben dir und starren dich an. Sie nicken und stimmen deiner spontan verfassten Lüge zu. Auch ihnen leuchtet ein, dass man hier nur falsch Zeugnis wider unseres Nächsten reden kann.

Swanson notiert. Seine Ermittlungen laufen gut.

21

New York, Chantals Galerie ...

Chantal lehnt sich an deine linke Schulter.

Sie hat dein von Detlev angefertigtes Porträt mitten unter nichtssagende zeitgenössische Schmierereien gehängt. Jetzt hängt Detlev dort, wo zuvor dein Bild „Segnung" gehangen hat.

„Sein Blick, genauso konnte er einen ansehen", sagt Chet.

„Ja, so muss er ausgesehen haben, als er zum ersten Mal einen Weihnachtsbaum sah", murmelst du.

Detlev hat die Seite gewechselt.

Chet drückt dir ein Glas Champagner in die Hand, du hebst das Glas und betrachtest die hier anwesende Gesellschaft durch die weißlich gelbe Flüssigkeit unermüdlichen Perlens.